直到遇见了你，我才发现自己有那么多过剩的精力，为了让你笑一笑，我做了很多很多傻事。所以就算分开了，我也还是想象着。

重逢的那一天，就靠着这么一点儿幻想，逼着自己快速地成长，想着或许有一天，我可以凭借自己的力量，重新遇见你。

旧雨重落
Soul Recognition 2
稚楚 著
长江出版社
CHANGJIANG PRESS

Milk Tea
ood morning

『这么长的椅子，你一定要挨着我吗？』许其琛笑了一声：『我不觉得挤啊，你挤吗？』

苏澟『嗯』了一声，许其琛往外稍微挪了几厘米：『好了。』

夏知许扔下自行车，走到他的面前。
夏知许有好多话想对他说，
可是又全哽在喉头里，最后只能艰难地问上一句：
『你还好吗？』

眼前撑着伞的人瘦了一大圈，
黑色的伞盖将许其琛包裹着，
他的脚步好像很虚，踩在地上没有声音。

目录 CONTENTS

行星和卫星会在万有引力的作用下不断靠近，
但它们之间有一个保持安全的最短距离，这个距离就是洛希极限。
一旦超过洛希极限，强大的潮汐力将会把那颗卫星撕得粉碎。

“时间过得好快啊，十年一晃就过去了。”许其琛停了下来，倚靠着桥上的栏杆，
“有时候我在想，我之所以成为现在的我，没有变得歇斯底里，愤世嫉俗，
或者变成更可怕的人，大概都是因为你吧。”

你尝尝这个味道嘛 上

许其琛醒来的时候，闻到了一股他很讨厌的消毒水味。他睁开眼睛，呆呆地望着白色天花板，直觉和经验告诉他，他已经离开上一个世界了。

许其琛一如既往地有些失落，明明才讨论了时空的问题，一睁眼，就来到了另一个完全不同的时空。

可奇怪的是，许其琛在失落的同时，这一次似乎多了一些别的情绪。

就像是童话故事里常常出现的桥段，一个旅行者走在路上，走到某个地方，从天而降一个苹果，他小心翼翼地吃掉苹果，觉得味道还不错。他继续往前走，到达了一个新的地方，又一个水蜜桃掉在怀里，他仍旧半信半疑地吃掉它，觉得很好吃，好吃到甚至有些不愿意离开这个好地方。这样的稀奇事重复第三次，到了被迫离开的时候，他的脑子里想的却是，下一个地方，会有什么好事发生呢？

经验主义带来的一点点期待，几乎快要抵消他被迫离开的消极情绪，人真是善变的动物。

许其琛转了转头，病房里还有一张床，但是空空的，病人好像暂时不在。他想爬起来，却发现自己的腿被吊了起来，还打了石膏。

0901的声音出现：“许先生，您已经来到了BE狂魔求生系统的第四个世界……”

羞耻感让许其琛一阵头晕：“求求你不要再提这个系统的名字了……”

0901：“好的，许先生，我发誓，以后不提BE狂魔求生系统这个名字了。”

许其琛额头上的青筋都要冒出来了：“麻烦你直接切入正题。”

0901说了一声“好的”，继续说道：“许先生，在这个世界您需要扮演的角色是陆暄，这个世界是雪裔设定，您的任务对象是一位雪裔人，同时他也是一名骨科医生。您的主线任务是改变这本小说的两位主角最后分道扬镳的结局。”

许其琛的第一反应竟然是太好了，这个世界没有人要死，隔了一两秒的时间，他才反应过来——雪裔？！

这可以说是他最害怕的世界了。雪裔人畏光、寿命长，同时武力值很高，补给养分时会对人类造成伤害。若是伤害了人类，雪裔人就会遭受雪裔猎人的追杀。

因为在这个世界的陆暄患有晕血症，一个晕血症患者攻略一个雪裔人，最后还被这个雪裔人变成一个晕血的雪裔人，这是什么诡异的设定啊？

他无奈地开口：“0901，我们都这么熟了，晕血这个设定可不可以稍微改一下啊？”

0901的语气仍旧毫无波澜：“许先生，这是您自己的设定，我们无权更改。”

许其琛生无可恋地叹了一口气。

0901：“许先生，如果您非常担心，我们可以为您出售一种药品，服用后可以暂时在您的虹膜上增加一层过滤器。换句话说，在药物作用下，您所看见的血液颜色会发生变化，同时药物也会影响您的嗅觉，这样能很大程度避免您的晕血症发作。”

这个办法听起来还不错，许其琛兴致勃勃地问道：“那我看到的血会变成什么颜色？”

0901回道：“这会根据您当下的心情进行变换，所以我也无法给您一个准确的答案。”

“这样啊……”许其琛若有所思地点点头，“这个药多少钱？”

0901：“四千点数一瓶。”他还十分贴心地提示道，“许先生，您现在的点数总额一共是五万九千八百。”

“有点儿贵啊。”不过也是，这属于修改设定了，贵一点儿也很正常，许其琛考虑了一下，“先给我来一瓶吧，有机会我试试效果。”

“好的，许先生。”许其琛听到了点数被划走的音效，0901又开口道，“考虑到您不方便收纳，我先替您保管，您需要的时候直接叫我就可以了。”

许其琛满意地“嗯”了一声，胳膊肘撑着床，半个身子起来，靠在枕头上。趁现在没人打扰，他努力地回忆了一下原本的设定。

其实这本小说的设定他很早就有了，大概是高中的时候，他在自己的笔记本上记下了这个设定。可是后来就一直搁着，到了大学开始写文，完结了好几本小说都没有新文的脑洞，于是想起这个古早的设定，才真正动笔，所以这本小说里的角色和之前的三个世界有很大的差距。

尤其是主角陆暄，大概是和自己的性格差距最大的角色了。陆暄一点儿也不安静、不沉稳、不内敛，充满了令许其琛不适应的朝气，对着亲近的人就像是一块被加热过快要化掉的棉花糖，黏黏糊糊的，再怎么使劲甩开，也还会有那么一点点糖丝粘在手指上。

许其琛觉得非常苦恼，何况这一次的任务对象还是一个高岭之花。

在原文里，陆暄是一个大一的学生，学校就在三医院附近。

刚上大学的时候，陆暄某一天晚上经过三医院后门的黑巷子，被两个又高又壮还拿着匕首的人打劫，正巧遇上下班的苏凛。

陆暄像是抓到救命稻草一样喊着救命，可苏凛十分冷淡地从两个匪徒的身边走了过去，没有任何反应。这就罢了，两个劫匪对他的无视感到非常不满，又看他穿着不俗，心生歹意，于是其中一个转向了他，陆暄钻了空子，连忙假装被吓得昏倒在地。

苏凛将劫匪手中的匕首一把夺过，扔得老远，转身看向两个不要命的劫匪，瞳孔一瞬间从漆黑变得通红，在清冷的月光下，露出了自己的獠牙。

就这样，两个出师不利的劫匪吓得连滚带爬地跑掉了。而这一幕，都被陆暄看在眼里。

他可是一个十足的“中二少年”，看见活生生的雪裔人简直激动得心都要跳出来。从那天起，他便决心要成为这个雪裔人的同类，为了接近对方，甚至不惜摔伤腿。

可就算他软磨硬泡，明里暗里说了无数回，对方就是无动于衷。

在脑子里播放完前情提要的许其琛无奈地瘫在床上，看来这次是要彻彻底底地放飞自我了。

许其琛正做着心理建设，病房的门被打开了。许其琛抬头，抻着脖子看了一眼，是一个胖胖的男生，年纪和他差不多大，穿着和他一样蓝白相间的病号服，捂着肚子走了进来。

还没等许其琛开口，他就先说了话："陆暄，你终于醒了，一觉睡到中午，你不饿吗？"

许其琛想了想，心里有了点儿数："我刚醒，你这么一说我还真有点儿饿。"他观察着小胖的表情，"小超，你刚刚去哪儿了？"

小超走到了自己的床边，小心翼翼地捂着肚子坐下："别提了，我们病房的厕所没水，我去外面上厕所了。"

许其琛点了点头："这样啊……正好，你给我把这个腿解开，我想出去买点儿东西吃。"许其琛不是说谎，是真的有点儿饿了。这个身体一觉睡到中午，什么都没吃，再这样下去，他低血糖的毛病就该犯了。

"行吧。"小超又站了起来，给他把吊着的腿解开，"你小心点儿啊，别摔着。我刚刚上厕所的时候扯了一下，开刀的位置有点儿疼，就不陪你了。"

许其琛正想说没关系，想了想设定，立刻露出一张绝对够灿烂的笑脸："没事，我摔不着，你放心吧。"

打了石膏的腿重得要命，许其琛费了半天劲才坐到床边，往四周瞄了瞄，看见床头搁着两根拐杖，伸手够了够，撑在地上站了起来。不过之前许其琛也有过受伤住院的经历，拄拐杖对他来说也不算特别艰难。

许其琛才拄着拐杖站在医院走廊上，还没走几步路，就已经收获了一堆问候。

左边一个推着轮椅的大婶："哎，小暄出来转悠啦。"

"是啊，是啊。"许其琛笑道。

右边一个剥着橘子的老奶奶："小暄，吃橘子吗？"

"啊，不用了，不用了。"许其琛被硬塞了一口橘子。

前面又来了个壮壮的中年大叔："小暄，等会儿陪我下盘象棋啊。"

“啊，没问题……”

…………

这个人的人缘究竟是有多好啊？嘴甜会来事就是不一样，连医院这种地方他也能混得风生水起。

许其琛走出病房没几步，几乎跟所有遇到的人打了照面，人人对着他都是笑呵呵的，果真是对得起原文中“三医院吉祥物”的设定。

一个长相十分亲切可爱的护士小姐看见许其琛，上前扶了扶：“小暄，你干吗去？”

许其琛笑着说：“我去弄点儿吃的东西。”

谁知护士姐姐竟给他使了个眼色，贴在他耳边说：“哎，苏医生在楼下便利店里呢。”

许其琛愣了愣，一下子没反应过来，只见小姐姐拍了拍他的肩膀就走了。

苏医生？

许其琛回忆了一下设定，没错了，就是苏凛。

0901 的声音再一次出现：“许先生，这个世界的角色设定与您本人相差较大，请您务必伪装好自己，千万不要让这个世界的其他人看出异常，尤其是任务对象。”

许其琛“嗯”了一声，敷衍着 0901。他实在是饿得厉害，肚子空空的，一步一步，费力地走到了走廊尽头的电梯里，顺利地下了楼。

这间医院的环境非常宜人，正值春天，鹅黄的嫩芽从枝丫上蹿出来，温和的阳光从微蓝澄净的天空中降落，到处都是柔软的色彩。离开了消毒水的味道，许其琛的心情也好了起来。

许其琛四处看了看，在浅粉色的晚樱花枝中隐约看到了深蓝色的便利商店的招牌。许其琛拄着拐杖，慢慢地朝着那个方向走过去，满心想的是软乎乎的包子、关东煮，还有金枪鱼馅的饭团。

路面不如医院的地面好走，许其琛的胳膊又酸又累，他好不容易走到门口，一个高大的身影从里面出现。就一瞬间，许其琛的眼睛好像照相机一样，记录下了他完整的面貌。

对方套着白大褂，里头却穿了一件黑色的连帽衫，帽子好大，几乎将他的整张脸都罩在了里面。他还戴着一个浅蓝色的口罩，就和天空的颜色一样。

他露出来的少量皮肤苍白得不像话，眼睛低垂着，浑身散发着一种生人勿近的距离感。

就是这一瞬间，许其琛便立刻确定，他就是苏凛。

怎么办？这么快就遇见了，许其琛一点儿心理准备都没有。许其琛心里有点儿慌，就这么擦肩而过会不会太可惜？毕竟这个高岭之花不好对付，自己得抓紧一切机会才能早点儿完成任务。

抱着这样的想法，许其琛在苏凛从自己身侧走过的那一瞬间，视死如归地松开了胳膊下的拐杖，伸手抓住了他的胳膊，就这样直接碰瓷上去。

其实许其琛原本只是想抓住他而已。倒在地上的许其琛心想，没想到真的有点儿站不稳。

两个人倒地的瞬间，地上蛰伏已久的樱花花瓣在气流的作用下扬了起来，就像少女的校服裙摆，在空中旋转了几下又轻飘飘地落回到他们的身上。

担心这个意外会引起对方的反感，贴在地上的许其琛小心翼翼地抬起头，看了一眼苏凛的脸。

苏凛那没有被口罩完全遮住的鼻梁上，有一片小小的花瓣。

许其琛心虚地伸出手，用食指和拇指将那片花瓣轻轻拿走，然后十分抱歉地开口："对不起，我低血糖犯了，有点儿头晕……"

一旁的苏凛没有回应，许其琛心里有点儿忐忑，不知道接下来该怎么办。既然都说自己低血糖犯了，那就装死装到底吧。

许其琛假装出一副晕晕忽忽的样子，也不吭声。便利店又走出来一个年轻女孩儿，手里握着瓶汽水，一路望着这个奇怪的医患组合。

顾不上解读旁观者的眼神，许其琛正核对着他的设定，身边的人忽然开口，吓了他一跳。

"起来。"苏凛的声音透过口罩传递出来，听起来闷闷的，很低沉。

许其琛咽了咽口水，还想假装下去："我……我使不上劲……"

不知道是不是许其琛幻听，感觉身旁的人发出了一声叹息，苏凛手撑着地面，抬起上半身，伸出胳膊，像捞小猫一样将许其琛捞着坐了起来。

不知道算不算报应，许其琛这一刻还真的头晕起来，额头不受控制地冒汗，眼前一黑，什么也看不清。他不记得自己写过言灵的设定，说低血糖，还真的低血糖了。

许其琛原本以为苏凛会把病弱的自己扶到一边，关心几句，然后去给自己买点儿糖水什么的。结果他直接后退了一些，毫无罪恶感地独自站了起来，果然是冷血动物。

苏凛拍了拍自己的衣服，正要抬脚走人，却发现迈不开步子。他一看，肇事者竟然半趴着抓住了他的裤腿。

“我真的很难受……”许其琛的声音变得很虚，和刚才装出来的完全不同，他勉强地抬起头，一副可怜兮兮的样子，“没骗你……”

苏凛沉默了一下，将手伸进白大褂的口袋里，摸出了一根棒棒糖，用自己的牙将拧在一起的糖纸边缘咬开，剥下了糖纸，然后蹲了下来。

“张嘴。”

虽然苏凛的语气还是很冷淡，但起码给了他糖。保命要紧，许其琛听话地张开了嘴，任苏凛将那根棒棒糖塞进嘴里。

好酸，怎么会有人买这么酸的糖?

许其琛的眉毛、眼睛都皱在了一起，整个人活像只被人踩了小爪子的猫。

苏凛将手里的糖纸揉成一团，扔进口袋的瞬间，被许其琛看见了包装上印着的水果图案。

是柠檬味，许其琛感觉好熟悉。

这种感觉就好像是，旅行者走到了一个新的地方，一个柠檬掉下来，砸进他的怀里，还得配上一句懒洋洋的背景音：“是你啊，又见面了。”

正发着愣，看见面前的苏凛似乎准备走，许其琛赶紧一把抓住他。

“苏……苏医生。”糖果虽然很酸，但是已经开始生效，眩晕感逐渐消失，许其琛直视那双深黑的瞳孔，嘴里含着棒棒糖的缘故，说话都变得含含混混，“你能不能帮帮我？我站不起来呀。”

帽子压住了苏凛的额发，半掩住眼睛，让人不易从他的眼神里分辨他的情绪。苏凛看了他一会儿，才伸出手，将他的胳膊扶住。

许其琛终于借上力，抓着拐杖站了起来，还没站稳，对方就不扶了，像是故意躲着他。

“哎……”许其琛撑着拐杖走了一步，就发现哪里不对劲了。

许其琛的胳膊肘，刚刚在倒地的时候蹭了一下，破了皮，有点儿疼。许其琛感觉自己应该流了点儿血，但是不敢看，只能一直说服自己。

——我没流血，我没流血。

许其琛一抬头，发现苏凛的眉头紧紧地皱着，一副很不舒服的样子。不仅如此，他的喉结轻微地动了动。

他是雪裔人啊。许其琛忽然意识到这一点，像是找到了什么隐藏宝藏，“噔噔噔”地拄着拐杖凑近他：“苏医生，我好像擦破皮了。”嘴里的棒棒糖太大，影响他的发挥，“你帮我看看，我怕血。”

看着苏凛一句话也不说，就这样转过身，许其琛心里涌起一股恶作剧得逞的快感，于是更加着急地赶了几步，走到苏凛的身边：“苏医生，苏医生。”

对方仍旧不搭理他。

“苏医生，我跟你说话呢。”

苏凛沉默地快步往前。

“苏医生，你看看我啊。”

对方忽然停了下来，许其琛结结实实地撞到了他。好疼。

苏凛转过身，许其琛还抱着一丝看戏的恶趣味，藏不住脸上开心的表情。

这人终于忍不了了吧？

见苏凛从白大褂的口袋里伸出手，凑到自己的面前，许其琛内心的愉悦感一步步攀升，如同一个不断膨胀的气球。

结果，那只手毫不客气地夺走了他嘴里那根又酸又甜的棒棒糖，然后毫不留恋地转身离开，留下他一个人呆呆地站在原地，看着那个白色的背影。

气球泄了气，在半空中飞得老远，最后蔫蔫地掉在地上。

许其琛左边的口腔内壁在糖果的浸润下变得皱巴巴的，舌尖舔上去还有一丝丝甜意。春天的鸟叫个没完，像是叽叽喳喳发表各种评论的看戏观众。

一片樱花的花瓣落到了许其琛的鼻尖上，弄得他好痒，他忍不住打了个喷嚏。

这个人可真是冷漠啊。

这是他来到这个世界的第四天。

许其琛靠在病床上，抽出一根巧克力棒叼在嘴里慢条斯理地吃着，满脑子想的都是怎么才能把苏凛骗过来。

自己现在的形势非常不利，腿脚比在上个世界还不方便，下床都费劲，更别提去找苏凛了。可是如果他不巴巴地找苏凛，苏凛是连看都不会看他一眼的。

好难啊，许其琛忍不住叹了一口气。

隔壁床的小超不知道正看着什么综艺节目，捂着肚子笑也不敢笑，发出奇怪的气声，像只鸭子。

许其琛瞅了他一眼，对方注意到他的眼神，暂停了视频："我说你最近怎么这么奇怪啊，一天到晚发呆，还唉声叹气的？"

感觉马甲不稳的许其琛立刻装出一副元气少年的样子："没有啊，我还不能想点儿自己的事吗？"

小超把手机搁在一边："话说你最近都没有看你的小盒子了，平常每天晚上看，跟个傻子似的……"

这是什么话啊……

两个人正说着，病房的门被打开了，一个快要秃顶的中年男医生走了进来，面无表情地说了一句："查房。"

小超一见，连连叹气。

许其琛倒是羡慕："你的主治医师真好，总是来查房。"

小超却是一副"我并不十分期待查房"的丧气表情："你那是腿伤，都打了这么久石膏了，又不会怎么样，苏医生干吗天天来？我这可是手术。"

也是。许其琛吃掉了最后一根巧克力棒，想起小超刚刚说的什么小盒子，于是转着身子在枕头边找了找，什么都没看见。

盒子在哪儿呢？许其琛忽然想起原剧情，躺倒在床上，伸着手在床底下摸了半天，果然摸到了一个方方正正、两个巴掌那么大的小盒子。

许其琛像条蚯蚓似的拱回到了刚才那靠着的姿势，将盒子放在面前，仔细地看了看，上面贴了一张字条，字条上写着六个字：陆晅的，不许碰。

——反正现在是我的了。

许其琛心安理得地将盖子打开，吓了一跳，里头居然装的是照片，照片的背面还写了字。

"今天的苏医生下班有点儿晚。"

"今天晚上的时候撞到苏医生了，他的身上掉出一个血袋，吓得我差点儿晕倒。"

…………

许其琛无奈地摇摇头，将盒子的盖子盖上，懒得放回到床底下，就搁在了床头。

“你最近也不玩手机了。”小超理了理自己的上衣，“真是奇怪，难不成在这儿住了大半个月人都变‘佛’了？”

许其琛心虚地干笑几声：“是吗？我就是觉得最近有点儿累。”他赶紧转移话题，“这个腿受伤可真是难受啊，想走走不了，想蹦蹦不了。”说完就从枕头旁边摸出手机，故意自言自语道，“不知道最近有没有什么好看的动漫呢？”

话虽这么说，但不那么沉迷于手机的许其琛也只能随意地滑一滑屏幕，看到微信图标，忍不住点开看看，果然，看到了“苏医生”的备注。

苏凛居然还会加他的微信？不怕被烦死啊……

许其琛半信半疑地点开消息框，清一色全是单方面聊天……陆暄几乎每一天都会给他发消息。

糟糕，他根本忘了这茬，这都来了四天了，一条消息都没有发，苏凛该不会怀疑了吧？而且自己上次演的戏好像也挺拙劣的。

虽然这么想，但许其琛还是觉得保住自己的马甲最重要。反正这本小说是自己写的，角色也都是自己设计的，现在矜持也没什么意义。想了想，许其琛飞快地打了几个字。

陆暄：“苏医生，早安！我的腿有点儿疼，而且麻麻的，你有时间能不能过来看一下啊？拜托了。”

发完这句话，许其琛自己都起了一身的鸡皮疙瘩。

许其琛打开了一个视频网站，舒舒服服地躺下，点开一个影评类节目看了起来，进度条都过去一半了也没有跳出任何微信新消息。

许其琛也没在意，只是这个影评节目的背景音乐和独白实在是太催眠了，他看着看着就困起来。

“陆暄，你的眼皮都快粘一块儿了，又困了？”

许其琛迷迷糊糊地“嗯”了一声，破罐子破摔，把手机放到一边，扯了被子蒙着头就睡过去了，世界上没有什么比回笼觉舒服。

一如既往地，他又做梦了。

这一次的梦倒不算是噩梦，不知道是不是因为前几天发生的事，许其琛竟然梦见了高中时候的樱林。

说是樱林，其实只有五六棵樱花树而已，还是校友在校庆的时候送给学校的礼物。虽然数量少，但是开得很好，枝叶繁盛，春天的时候总是落英缤纷。就是因为太美，校园里这么一小块隐秘的粉色区域也就自然而然地成了告白圣地。

但是许其琛并不是非常喜欢这里，因为他总是被分配到打扫樱林大道，每次拿着粗笨的大扫帚走到这里时，还没开始扫，就会被路过的女生们小声吐槽："这么美的花瓣，干吗要扫掉啊？"

"就是啊，樱花雨这么好看，一扫完意境都没了。"

——也不是我要扫的，学校要求的啊……

握着巨大扫帚的许其琛弯腰站在路边，扫也不是，不扫也不是，跟个傻子一样。

值周的最后一天，许其琛遇到了一件尴尬的事。

他下早自习就过来了，扫得累了，把扫把放在地上，正想坐着休息一会儿，忽然看见一个熟悉的身影走了过来。他也不知道为什么，下意识地躲到了樱花树的背面。

许其琛并不是故意偷听，但隔得很近，一不小心就听见了对话内容。

"有事吗？把我叫到这里。"

一个陌生的女生声音出现："嗯……我……我想跟你说……"

这个场景实在是太尴尬了。

还没等女生说完自己的台词，许其琛就听见那个熟悉的声音开口打断："我明白你的意思了。"他的语气带些抱歉的意味，"不好意思。"

许其琛靠着大树，后背隔着薄薄的春季校服被粗糙的树皮磨得难受。

女生显然很不甘心："为什么？"

"这你就没必要知道了吧，同学。"

明明是很冷漠的话，却被他用一种非常阳光、明朗的语调说了出来，就像是春天的太阳。

许其琛听见帆布鞋踩过草地急促跑开的声音，越来越远，紧张的心情稍微缓和了一些，反复确认没有其他声音了，这才从树的背后走了出来，结果和他撞了个正着。

自爆的尴尬和羞耻感让许其琛像是被点了穴一样，没法动弹，连手指都是僵硬的。

“你今天值周啊。”

对方的语气很轻快，一点儿被撞破的尴尬也没有，反而显得许其琛更加难堪，难堪到忘记回答他的话。

他朝着麻痹的许其琛走了过来，歪了歪脑袋：“你是不是在这里站了很久？”

没有用“躲”这个字，许其琛觉得他已经非常留情面了。

“没有，我刚刚过来。”许其琛说谎的时候总是会不自觉地咽口水。

“是吗？”对方抿了抿嘴唇，最后还是忍不住笑出来，“可是你的头上落了好多花瓣啊，看起来不像是‘刚刚’到的样子啊。”

许其琛慌乱地用手拍了拍头发，果然撒谎总是会露出马脚的。许其琛匆匆捡起地上的扫帚，装作什么事都没有发生一样准备离开。

身后，他的声音再一次出现：“哎，许其琛，你就不好奇……”

许其琛转过身，眼睛里有迷茫之色：“嗯？”

对方耸了耸肩：“没什么。”

然后他转身离开了。

好奇什么……他为什么不说完呢?

许其琛感觉眼皮刺得慌，不舒服地动了动，迷迷糊糊地睁开眼睛，发现蒙在头上的被子竟然被掀开了。

那个冷冰冰的苏凛一声不吭地站在床头，毫无表情地盯着他。

许其琛缓慢地眨了眨眼睛，想要继续伪装下去的意识却没跟上还没清醒的大脑。惯性还被泡在困意之中，看完了这一眼，许其琛就下意识地缩进被子里，只露出半个额头，然后继续睡觉。

他还没睡稳，被子又一次被掀开。

“你把我叫过来，就是看你表演睡觉的吗？”

许其琛的脸皱成了一团，听见他说的这句话，人才稍微清醒一点儿：“苏医生，你来了啊……”

许其琛揉了揉眼睛，身子往上拱了拱，然后对着面无表情的苏凛露出一张谄媚又迷糊的笑脸：“苏医生，你坐啊。”

苏凛取下了口罩。他的皮肤很白，加上五官立体，看起来倒像是个混血儿。

“你不是说腿疼吗？”

刚醒不久的许其琛正转着脖子，突然想起来刚刚发的短信：“哦，对啊，我……我的腿疼了好久了，苏医生，你快帮我看看……”

苏凛狐疑地看了他一眼，然后走到他的腿边：“具体哪里疼？”

许其琛转了转眼睛：“就是……小腿骨那儿……”许其琛看了一眼隔壁床，发现小超不在，这间病房里只有他们两个人。

机会难得。

床头的桌子上放着一个红彤彤的苹果，还有一把水果刀，许其琛忽然想到一个办法：“苏医生，你吃午饭了吗？”

苏凛低着头认真地做着检查，一句话也没说。

“我给你削个苹果吧。”

对方这才冷冷地回答道：“不用了，我吃过了。”

他真够冷淡的。

许其琛还是拿起了苹果：“没事，就当饭后甜点吧。”说着就自顾自地削起苹果来。

虽然说他挺会做饭的，但削水果的技能从来没有被点亮过。许其琛笨手笨脚地转着手里的苹果，完全不是想象中一整条苹果皮旋转着落下来的画面，削一点儿断一截，苹果皮跟秋风扫落叶似的掉了一床。

这样不行啊。许其琛看着这个不怎么好看的苹果，心里开始打鼓。

“0901，我现在就想喝那个药。”

0901的声音不疾不徐地出现：“当然可以，许先生。如果血量很大，您可以喝一整瓶；如果血量不多，喝一小口就足够了。”

许其琛“嗯”了一声：“你直接在后台帮我操作吧，我现在没法喝实物。”

“好的，许先生。”

过了几秒，0901的声音再度出现：“许先生，药物已经补给到位。”

听到这句话，许其琛将心一横，用水果刀的刀尖划破了自己的食指，然后非常做作地叫了一声。看见苏凛抬头，他就将那个苹果放在桌子上，然后抓住自己受伤的食指。

趁这个空当，他小心翼翼地看了一眼指尖。

咦？粉色的？

好奇怪啊，看起来不是很惨的样子，于是许其琛又故意挤了挤，好不容易挤出一条血迹，粉粉的，像蘸了草莓巧克力酱似的。

“苏医生！我流血了！”

太假了，太假了。许其琛一边装，一边吐槽自己的演技。

谁知道这个冷血动物竟然就要往外走，这可把许其琛急坏了，别的不说，药是真金白银买的，自己总不能白喝啊。

只能假装晕血昏倒了，许其琛两眼一闭，身子一侧，笔直地朝着床边倒去，心里默念着：快来救我，快来救我，不然我就要摔倒在地上了。

果然，这一招还是起了点儿作用的，苏凛在最后一刻扶住了歪倒的许其琛。

许其琛松了一口气，继续装死。

苏凛将他放平在床上，伸手掐了一下他的人中。

实在是太疼，许其琛的眼睛皱了一下。

“别装了。”

被识破也没有别的办法，许其琛只能睁开眼睛，露出一个尴尬的笑容：“我是真的有晕血症啦……”

“我知道，”苏凛从床头扯了一张纸巾，“但是这种血量你不至于会晕倒。”

见他手拿着纸巾，正准备抓住自己的食指将上面的血擦掉，许其琛急了，将手藏在背后。

“你干什么？”苏凛微微皱眉，疑惑地看着他。

“没有其他事，我就走了。”

“别啊，”许其琛心一横，抓住了苏凛，“苏医生，我的血止不住啊，你得帮我处理一下吧。”

“放开我。”

“哦。”许其琛乖乖松手，仰头看着苏凛。

“你想怎么处理？”

许其琛犹豫了一下，还在思考怎么用血让苏凛把自己变成雪裔人。

苏凛已经坐到病床旁的椅子上，一把抓住许其琛的手腕，利落地扯了纸巾将他的伤口上的血擦拭干净。

“别，别，别……”许其琛觉得很气馁，想把手挣脱开。

“别动。”苏凛的力气很大，许其琛根本挣脱不开，只见苏凛从白大褂的口袋里拿出一个创可贴。

他的口袋是哆啦A梦的口袋吗？怎么刚好什么都有啊？

因为只有一只手可以活动，苏凛就用牙齿辅助撕开了创可贴的包装。

就在他走神的时候，苏凛已经不声不响地包好了他的手指。

看着指尖的创可贴，许其琛感到有一点儿气馁。

许其琛抽出手，有点儿生气地靠在垫得高高的枕头上，却不小心打翻了之前放在枕头边的小盒子，盒子“啪”的一声掉到地上。

照片散了一地。

看见苏凛低头要看照片，许其琛觉得实在是太尴尬了，可是腿又不方便，捡也不方便，只能将手伸到苏凛眼前，阻止他看：“你别看！”

他这样实在危险，翻个身就会掉下来，苏凛用手扶住他：“你是想把另一条腿也摔断吗？”

“苏医生，你是在关心我吗？”许其琛已经彻底丢掉了心理包袱，“你不许看啊。”

苏凛不吭声，许其琛当他默认了，移开手的时候把他的口罩撸到上面遮住了他的眼睛。

“你干什么？”

“不许看。”许其琛弯着腰，一只手抓住床板，另一只手在下面够着那些照片，弄了好几分钟才勉强把散开的照片都捡起来放到盒子里。可小超的床边还有一张，许其琛根本够不到。

许其琛正发着愁，看见身边的人伸出手，捡起了那张隔得老远的照片，还拿起来看了看。

许其琛拿着盒子爬起来，将苏凛手里的照片也一并抢了回来：“别看了。”看见苏凛望着自己手里的盒子，许其琛干脆破罐子破摔了，“都是你的照片，不用看了。”

明明不是他做的这些事，他却不得不背黑锅。这回倒好，他划破手指头又吃了药，也没能让苏凛把自己变成雪裔人，还把这么丢人的偷拍行径暴露给了当事人，真是赔了夫人又折兵。

病房里陷入了一种诡异的沉默状态之中。

许其琛不知道该说什么好，于是拿起刚刚削好的苹果，假装镇定地咬了一口。

病房的窗户没有关，四月的风轻飘飘地吹进来，吹动了苏凛挂在耳边的浅蓝色口罩。

他的声音冷冷的，但是很好听，让许其琛想起了之前熟悉的冷调香水味。

他用毫无感情的语气，缓慢地背出了刚才那张照片背后的文字。

正在吃苹果的许其琛差点儿噎着，憋着气把苹果放回桌子上，咳嗽了半天。

“你！你干吗啊？咳咳咳……”

苏凛望了他一眼：“你自己写的，还不好意思？”

许其琛灌了口水，这才止住咳嗽。真的好想一了百了啊，这个世界他真待不下去了……

0901冷不丁冒了出来：“许先生，您要加油，前面那么多世界您都挺住了！”

许其琛在心里叹了一口气。

“苏医生，你以后能不能天天来查房？”

苏凛没说话。

许其琛的表情不自觉地变得有些委屈：“别的病人天天都有医生来看，就我没有。”

这话说得，就像是别人家的小朋友都有大人来接，就他一个小可爱在幼儿园里等到天黑一样。

“你这伤很快就可以出院了。”

许其琛抓住苏凛的袖子：“我不，你不来查房，我不出院。”见苏凛依旧没有反应，许其琛威胁道，“你要是不答应，我就从三楼跳下去，再摔断一条腿，还让你治！”

苏凛的眉尾抽了抽。

“你不说话我就当你默认了！”许其琛低头，满脸诚恳的表情，“不许反悔啊，苏医生。”

苏凛一脸无奈的样子，抿着的嘴唇微微动了动。

这么一点点细节被许其琛捕捉到了，许其琛觉得这是个再来一击的好机会，于是收回手，看向苏凛的眼睛：“告诉你一个秘密。”

“我刚刚梦到你啦。”虽然是说谎，但自带真诚光芒的许其琛毫无心理负担，笑得眉眼弯弯，“梦一醒你就在这里。是不是很巧啊？”

自从那天起，苏凛还真的来查房了。

虽说他不是天天来吧，但这已经是莫大的进步了。苏凛每次来的时候，许其琛就想尽办法多跟他说话，毕竟对方是个大冰块，许其琛想一下子就焐热是不可能的。

“苏医生，我的腿什么时候能好？”

“苏医生，你吃不吃糖？”

“苏医生，我最近看了部电影很好看，男主角长得有点儿像你！”

“苏医生，你……”

一直静静听着不发表任何意见的苏凛某一天终于忍不住开口：“你不应该伤腿，伤着舌头才好。”

这人真恶毒。

一转眼，时间又过去了几个星期。

陆暄一直住校，宿舍没有电梯，打着石膏不太方便上下楼，所以在医院多住了一段时间。

这天，许其琛一个人在病房里等了很久，等到太阳都快落山了，苏凛都没来查房。许其琛实在是觉得不能等了，因为护士姐姐告诉他，明天他就可以拆石膏了。

以苏凛的性格，出院那天十有八九是不会来送他的，他可不能坐以待毙。

许其琛拄着拐杖，慢悠悠地离开了病房，也不知道苏凛现在在哪里。许其琛决定先去便利店买一瓶汽水，顺便碰碰运气。

他刚走到便利店附近，就看见苏凛和另一个穿着白大褂的女医生站在一起。这一幕很稀奇，因为在他来到这个世界的这么多天里，他从来没有看见过苏凛跟其他的同事有过密接触，苏凛一直是形单影只的。

许其琛的第一反应又是找了棵树躲起来，虽然他在下一秒就有点儿后悔，因为这个行为不符合陆暄的人设。但是他躲都躲了，看看他们究竟在干吗吧。

“苏医生，我们都是成年人了，有些事情我也就不拐弯抹角了。”

他可不只是成年人这么简单，他活了很久了。

许其琛扒着树干，胳膊夹着拐杖。

“我一直对你有好感，也知道你目前是单身。”女医生的眼睛直直地望着苏凛，“我们可不可以试试看？”

“试试看？”

苏凛这个回应让许其琛有些惊讶，照常理来说，高岭之花不是应该直接拒绝，告诉她“不好意思，我不喜欢你”这种话吗？

现在是什么情况，他们真的准备试试？这剧情不对啊。

女医生从这句反问中抓住了一丝希望，立刻靠近了一步：“嗯，我觉得我们……”

苏凛这时候却后退了一步，与女医生保持着安全距离。

女医生自觉操之过急，有些尴尬：“啊，我的意思是，我们可以从朋友开始做起，如果你觉得太快……”

刚才苏凛退了一步，位置的移动导致许其琛看不到他的表情了，许其琛只能扒着树干往外挪了挪，没想到胳膊一个没夹稳，拐杖“哐当”一下砸到了地上。

哎呀，这就尴尬了。

不远处的两位医生都望了过来，许其琛下意识地背过身子，贴着树，假装什么事都没发生。

许其琛隐约听到苏凛说了什么，但声音好小，怎么都听不清。

他们走了吗？走了吧。

许其琛小心翼翼地贴着树，看见刚才那个女医生离开了，走的时候还特地回头看了他一眼，眼神里有种说不出的不友善感。

——我不是故意打断你的告白的，抱歉，抱歉。虽然我不止一次做了这种事。

许其琛伸着打了石膏的那条腿，想试试蹲下来能不能拿起那个拐杖，可是难度实在是有点儿高，刚蹲下来一点点就累得要命。

算了，他看看苏凛走了没有。

许其琛站了起来，伸出脑袋望了望，便利店外面没有苏凛的身影。

苏凛走了吧。

许其琛一回头，苏凛的脸出现在眼前，吓得他浑身一抖。

“苏……苏医生，”许其琛不好意思地笑了笑，“好巧啊。”他指了指地上的拐杖，“你可不可以帮我捡一下啊？”

苏凛理所当然地没有按照他所说的去做。

许其琛心一横，双手合十，声音都软了几分："求求你了。"

被拜托的高岭之花终于动容，弯腰捡起了他的拐杖，转身就往便利店的方向走去。

许其琛一跳一跳地跟在苏凛的后面，两个人一前一后地进了便利店。本来想买汽水的，可看到了小时候喜欢吃的棒冰，许其琛临时换了主意，拿了一根草莓味的棒冰，结账的时候看见苏凛买了一包香烟，结完账就头也不回地出去了。

许其琛有些着急，店员却不慌不忙："请问是会员吗？"

"不是。"许其琛很快地回复，然后飞快地结了账，推开门往外走的时候，发现苏凛竟然没有离开，只是坐在便利店外的长椅上。许其琛松了口气，半跳着走到了他的旁边，挨着他坐下。

"这么长的椅子，你一定要挨着我吗？"

许其琛笑了一声："我不觉得挤啊，你挤吗？"

苏凛"嗯"了一声。

许其琛往外稍微挪了几厘米："好了。"

苏凛也没辙，低头拆开香烟的包装，抽出一根烟点燃了。还没放到嘴边，身边的人"啪"的一声掰断了粉色的棒冰，将小的那一半递到他面前。

"我不吃。"苏凛说完就把烟放在嘴里。

"我没说给你吃，"许其琛将棒冰塞到他手里，"我一下子吃不完两根，怕它化了。你的手凉，替我拿一拿。"

苏凛："……"

许其琛咬了一口棒冰，草莓味的粉色碎冰融化开来，他盯着皱着眉头抽烟的苏凛，终于忍不住笑出来："骗你的，你可以吃。"

苏凛把棒冰递给他："不用了。"

"很好吃的。"许其琛一把抽走苏凛嘴边的香烟，然后握住他的手腕将手中的草莓棒冰塞到他的嘴里，"你尝尝啊。"

猝不及防地被塞了一口棒冰，苏凛的头往后缩了缩，眉头皱得更紧了。

许其琛盯着他的侧脸，企图从他这张面部神经不太发达的脸上捕捉到一些可以利用的小细节。

他这天的脸色似乎不太好，连嘴唇都是苍白的，许其琛不知道是不是自己的错觉。

苏凛侧过头看了他一眼。

许其琛立刻回神。

说不清怎么回事，明明眼前这个人和夏知许一点儿也不像，不爱笑，也不说话，可是两个人的侧脸就是会在某一个时刻重合。

许其琛一个没注意，将手上的香烟递到了嘴边。

但是他根本不会抽烟，发现自己搞错的时候，又因为惊讶不小心吸了口气，那股陌生而刺激的烟雾极具攻击性地破开喉咙，没一会儿就钻进肺腑，呛得他飞快地将烟拿出来，弯着腰不住地咳嗽。

苏凛下意识地想要去拍他的背，手掌却在距离他的脊骨十几厘米的位置停了下来。

许其琛根本没注意到他的动作，捂着嘴咳了好一会儿，红着脸把手里的烟还给了他："为什么会喜欢抽烟啊……很刺激吗？"

许其琛本来也就是被呛到抱怨一下，没指望苏凛能真的给出答案，谁知他竟忽然开口。

"填补空白而已。"

许其琛愣了愣，忽然想起了最后一次同学聚会的场景。

那个时候他已经大学毕业了，原本不想参加什么同学聚会，更何况是没分班前的高一（13）班聚会，统共只当过一年的同学，他不明白有什么好聚的。

可是巧的是，（13）班的班长和他上同一所大学，有他的联系方式，连着游说他好几次，说就他一个人没有给准话，无论如何也想要办一场完完整整的同学聚会。

许其琛虽然外表看起来冷淡，但也不愿意一而再，再而三地拒绝别人。

许其琛知道那个人会来。

一个包间里有四张桌子，许其琛没有走到他所在的那一桌，只是默默跟着极力邀请他的班长落了座。那个人还是像以前一样，永远是人群中的焦点，是所有行星自觉自发绕着他公转的太阳。

许其琛全程低着头，吃完了饭，正要回学校，又被班长拉住，跟他们一起去了 KTV。其实许其琛心里很清楚，如果他坚持一点儿，也不是不可以拒绝，只是当时的他受了蛊惑。

KTV的光线混乱又晦暗，许其琛坐在长沙发的最边上，静静地喝着啤酒。旁边一个女生不断地跟他说着话，实际上他都快忘记她的名字了，却还是有一搭没一搭地接着话。

长沙发的那一头热闹很多，所有人都在起哄，因为那个人是出了名的会唱歌。

许其琛望了那人一眼，却见他不住地推辞："最近抽烟抽得厉害了，嗓子不行。"

"没事的，随便唱嘛。"

"还没听说谁抽烟抽成真烟嗓了，你这完全是客套话！不行，今天不唱不许回家。"

"对！唱一个，唱一个。"

他被磨得没办法了，终于松口。副班长特别热心："你唱什么？我给你点。"

他看了一眼别人点好的歌单："不用重新点了，就第三首吧。"

许其琛低着头，看着自己的帆布鞋尖，白色的部分有一点儿脏。许其琛低头擦了一下，擦不干净。

"许其琛，光是我在说，你都不说你自己的事。"身边热情的女生撞了撞他，"最近在忙什么啊？"

前奏快结束。

许其琛开口："瞎忙，我自己都不知道在做些什么。"

女生一下子不知道怎么接话，正好那边的人已经开始唱歌，她也就没有继续。

和你也许不会再相拥，

大概你的体重会抱我造梦。

从前为了不想失约，连病都不敢痛。

到哪一天才回想起我蠢。

他为什么要唱这样的歌？

许其琛很震惊。

他没有说谎。他的声音已经不是高中时那种清亮的少年音，变得低沉了许多，有种熟悉又陌生的感觉。

这歌词还真是应景。

高一的时候，班上组织小组结对学习，许其琛和他被分到了一组，每天晚上下晚自习还会留校学习一个小时，也不做什么，就是互帮互助地做题讲题。

他们一个文科好，一个理科好，正好满足要求。

某一天的晚上，许其琛发现他整个人都不对劲，脸色很难看，说话的声音也奇怪，可他没有说什么。到了第二天看到空空如也的后座，听见同学的议论，许其琛才知道昨天他就发烧了，晚上回家烧得不省人事，连夜被送去了急诊。

可许其琛心里不过是觉得，这个人真坚持，一个小时能做多少题，干吗这么拼命?

从来未爱你，

只喜爱跟一颗心血战。

亦怀念那些吸不透的香烟。

…………

许其琛不想再待下去，站了起来，在音乐声中推开门离开了热闹的KTV包间，径直走到洗手间，拧开水龙头，低头洗了把脸，半天也抬不起头来。

许其琛一个人在洗手间待了好一阵子，才准备离开。

巧的是，许其琛刚走出来，就看到他和同班的一个女生站在包间的外面。

许其琛还记得，这个女生以前追过他一阵子，后来放弃了。就这样走过去，实在是太尴尬，许其琛迈不出脚步。

“怎么样，还在和你的对象异地恋呢?”

“嗯。”

“刚刚那首歌唱得那么苦，我还以为你们分手了呢。”那个女生的高跟鞋跟一下一下地敲着地面，“你也真是够了，就这么喜欢她啊?”

他低着头，靠在墙上，喃喃：“喜欢啊……”

许其琛靠着墙，手指冰凉。良久，许其琛深吸一口气，镇定自若地走了过去。

那个女生看到他，甜甜地笑了笑：“嘿，其琛。”

许其琛露出一个礼貌却毫无感情的笑容，走进了包间。

背后传来女生小声的话语：“他倒是没变，和高一的时候一样，不爱说话。”

散场的时候，班上的人都一拨一拨地打车走了，只剩下许其琛和他。

两个人家住得很近，离这家KTV也很近，不需要打车，这样的情况就变得更加尴尬了，一起走尴尬，不一起走好像也尴尬。

最后是他打破了僵局：“我们好久没有一起走了吧。”

许其琛轻轻地“嗯”了一声，没有了下文。

“怎么不交个女朋友什么的？”他的语气很轻松的样子。

许其琛低头走着：“没有遇到喜欢的。”

“啊，也是，现在谈恋爱也挺不容易的。”他从口袋里拿出一包烟，“你不介意吧？我烟瘾犯了。”

见许其琛摇头，他就抽出一根烟点燃了，继续刚才中断的话题：“你喜欢的人吧，不一定喜欢你；喜欢你的人，你又不一定喜欢。世界上这么多人，两情相悦的概率太低了。”

“嗯……”

两个人沉默着走过了一条街，到了一个红绿灯前站定。

“你不问问我过得好不好吗？”

许其琛侧过脸，看到他在笑着发问。

许其琛很久没有说话。

红绿灯倒数的秒数一点点减少，他也一点点失去等待的信心。

“算了，我开玩笑的……”

“你过得好吗？”

两个人的声音同时响起，两个人又同时陷入沉默之中。

“绿灯了。”他迈出腿，“我也不知道过得好不好。”烟雾萦绕在他的脸侧，让许其琛看不清他的表情。

“人活着不是得有点儿盼头吗？我总觉得我的盼头越来越少了，每天都过得特别慌，一颗心空荡荡的，感觉里面什么都没有。”

许其琛不是很习惯他的剖白，走到了斑马线的尽头，也没有想到如何接话。

红绿灯一过，就是一个转角，一个人要向左，一个人得向右。

许其琛看着他，终于问道："你为什么要抽烟？"

他愣了愣，将烟从嘴里拿开，手垂了下来。

"我不是都说了吗？我心里太空了。"

许其琛从回忆中抽离的时候，手里的棒冰已经化了许多，浅粉色的液体从断了一半的透明塑胶容器中溢出来，滴在了许其琛的虎口处，黏黏的。

他看了苏凛一眼："你很像一个人。"

苏凛的睫毛微微动了动，随后他吐出一口白茫茫的烟雾。

"尤其是抽烟的时候。"

苏凛没有说话，手里握着的棒冰忽然被许其琛拿走："果然放在你手上就不会这么快化掉。"说着许其琛就咬了一大口棒冰。

凉凉的碎冰、过甜的草莓味香精，还有口腔里散不去的烟草气味，被春日微暖的夕阳搅拌在一起，成为一种诡异又和谐的搭配。

许其琛低头看了看自己手里的两截草莓冰，又看了看苏凛指缝间的香烟，忽然开口："你喜欢这种味道吗？"

苏凛不明所以："什么？"

"草莓冰和烟混在一起的味道。"许其琛一口气吸掉了化掉的糖水，"我们现在尝到的味道，应该是一样的吧。"

苏凛没有回答，只是将那根烟灭了，站起来，把它扔到了一边的垃圾桶里。

许其琛这一次没有跟着起来，只是对着他的背影说道："苏医生，我后天出院，你送一送我吧。"

没有得到回应，许其琛也没在意，低头将手里的冰吃完。

第二天是许其琛拆石膏的日子，他一大早就去放射科照了片子，护士姐姐又领着他去了骨科。

"苏医生呢？"

护士姐姐笑道："他今天休病假了。"

病假？雪裔人怎么会生病？许其琛又问道："他怎么了，病了吗？"

"不清楚，不过这两天他精神一直不太好，可能是太累了吧。"说完她就去准备器材，“等会儿王医生给你拆，你坐在这儿等一等。”

许其琛点了点头，过了一会儿，王医生和护士一起进来了，两个人还聊着什么话题。

“小方什么时候从检验科走的？”

“我也不知道，前两天有一台手术，我去血库的时候就没见着她了。”

“她是不是要结婚了？”

“她连男朋友都没有啦，王医生。”

小方、检验科、血库……这几个关键词一下子引起许其琛的注意。

他在大脑里搜索着一切相关的剧情，这才想起来，在原文里苏凛之所以选择在三医院就职，就是因为这里有一个和他一样的雪裔人方雅。她在检验科就职，负责定时检查和处理血库里的标本，这就是苏凛的补给来源。

她现在离职，苏凛的供应链也就断了。

“你这拆了还是不能立刻负重知道吗？还得用一阵子拐杖。”王医生苦口婆心地交代着，“有时间就过来医院的复健科做一下康复锻炼，这些药也要按照医嘱每天服用。”

“知道了，谢谢王医生。”许其琛有些心不在焉。

难怪那天苏凛抽烟抽得厉害，整个人看起来也没精神。

许其琛回到病房，给苏凛发了好些微信消息，对方一条也没回。

凭着对原文的记忆，许其琛一出院就打了车，转了很久，才勉强找到苏凛的住所。那是一个很偏的新小区，设施环境很好，但住户不多，得亏他在小说里详细描写过这个小区的地理位置和苏凛住的具体楼层，否则一时间还真不知道去哪儿找苏凛。

许其琛到的时候天已经黑了。他坐电梯上了顶楼，可并不知道苏凛住在哪一间，只能硬着头皮一家一家挨个儿按门铃。不过他还算幸运，住在顶楼的人并不多，总共也就只碰了两次壁。

到了最后一家，许其琛按了几次门铃，都没有人开门。

该不会出什么事吧？身为写手的许其琛已经无法控制自己的脑洞了。

许其琛又连续按了几次，感觉门铃都快被他按坏的时候，门终于被打开了。

苏凛戴着一副金丝边框眼镜，衬衣的袖口挽到了肘关节处，露出白皙的胳膊。

他的脸色很差，苍白得不像话，连嘴唇都毫无血色，看见许其琛，他也没有任何情绪波动，只冷冷地说道："你来做什么？"

许其琛一只胳膊夹着拐杖："我来探病啊，苏医生。"说着他就一跳一跳地往房间里钻，也不管苏凛愿不愿意让他进去。

"你怎么知道我住在哪儿？"苏凛"啪"的一声把门关上了。

听到这个问题，许其琛有些心虚："我……我连你的微信都能弄到手，家庭住址算得了什么啊？……"

这间房子很大，可几乎没有什么家具，偌大的客厅里只有一组沙发，许其琛走到沙发扶手边，刚放下拐杖，后衣领就被苏凛揪住了："谁允许你这么自作主张了？"

许其琛没了拐杖支撑，只能单脚跳着转过来，面向苏凛嘻嘻笑了一下："我自己啊。"

苏凛的眉头忽然皱了一下，许其琛发现他的额角都开始渗出汗来："苏医生，你……"

话音未落，苏凛的身体就直直地倒了下去。许其琛下意识地接住了他，可许其琛原本就是单脚站立，怎么接得住一个一米八几的男人？

于是两个人双双倒了下去。

许其琛有一点儿强迫症，于是说完了刚才的话："看起来很不好……"

苏凛的意识还没有消散，对一个高阶雪裔人而言，原本并不需要大量进食维持自身机能，但他已经很久没有进食了，身体囤积的能量几乎也消耗殆尽。

可即便如此，他也不想把眼前这个人当成食物，仍旧强撑着支起胳膊想要起来。

可这一刻，一向笑嘻嘻地追着他跑的那个人脸色忽然变了。

"我今天吃了很多糖，很甜的，不骗你。"他露出了一个微笑。

一瞬间，苏凛的瞳孔变成了红色。

"你疯了……"他的眉头紧锁，神色痛苦不已。

"我没有。"许其琛看见他努力克制的样子，没来由地想到了第二个世界的牧遥，有些难受，"是你忍到快疯了，你为什么不承认？"

最后一片雪花落下，一切就此崩塌。

冰冷和温热在血液中交汇，如同冰块坠入烧得滚烫的酒中。脉搏微弱，呼吸却变得急促。不知过了多久，许其琛似乎陷入了半昏迷之中，身体微微发抖，皮肤上出现一层薄薄的汗，这些都是失血的症状。

苏凛懊恼不已，之所以一直抗拒与他接触，就是想要克制。

许其琛现在的样子和睡着没有什么分别，夜晚的风透过窗子慢悠悠地吹进来，轻轻地撩拨着许其琛的额发，弄得他有些痒，他微微皱起了眉头。

苏凛静静地看了许其琛一会儿，离开了卧室。

许其琛醒来的时候脑子一片空白，躺在床上迷糊了好一会儿才清醒过来，看了看床边桌上的钟，才发现已经是晚上十点。

被子被他睡得柔软而温暖，他翻了个身，懒懒地趴着，眼睛盯着卧室的门缝，不想起来。

外面传来了水声，好像是淋浴的声音。许其琛清醒了很多，觉得好饿，于是掀开了被子。没有拖鞋，他扶着墙壁，光着脚一跳一跳地来到半开放式的厨房里，打开了冰箱，里面除了饮用水什么都没有。

本来还想自己随便做点儿吃的东西填饱肚子的，许其琛失望地关上冰箱门，又跳着来到了客厅，发现沙发上有一个精美的盒子。许其琛坐了下来，看了看盒子的包装，并没有擅自打开。

苏凛穿着深色的浴袍从浴室里走出来，浑身笼着一层水汽，头发湿漉漉地半贴在额角。许其琛觉得有些尴尬，偏过头，假装看落地窗外的夜景："你家的位置视野很好呀……"

他刚说完这句话，自己的肚子就不争气地叫了一声。

苏凛走到沙发边，将那个盒子打开，一句话也没说地放在他的膝盖上。

许其琛低头一看，里面装了四个漂亮的杯子蛋糕。他抬头看向苏凛："原来是给我的吗？"可对方并未回答，转身进入浴室吹干头发。

许其琛饿得要命，一口气将四个蛋糕都吃了，饱腹感让他心情大好，看见苏凛再一次出来，刚吹干的头发很柔软的样子，看起来也没那么冷淡了。

"苏医生，我今天可以在这里留宿吗？"他的声音很讨好，"现在这么晚了，我回学校有点儿不方便……"

苏凛没有给出答案，许其琛也没有等，直接站了起来，走到他的面前："你不说我当你默认了。"苏凛不小心瞥到他皮肤上的伤痕，绕过他，一言不发地走进了卧室。

许其琛毫不介意他的冷淡样子，转身跳到玄关处，从自己的背包里拿出一套换洗的家居服走进浴室。镜子里的他脸色有些苍白，破掉的皮肤看起来并没有如想象中那样结出可怕的血痂，那个伤口比他以为的小很多。

他的腿导致他没办法冲澡，不过他还算幸运，苏凛家的浴室里有一个足够大的浴缸，他自己放好了热水，舒舒服服地躺了进去。

他已经有太久没有泡澡了，感觉整个人都松弛了下来，仰着脑袋望着浴室的天花板，思绪开始放空。

在原文中，苏凛就是一堵坚硬的冰墙，陆暄又撞又凿，使出了浑身解数，直到被他转换成了同类，才凿出一丝缝隙。

可是这个苏凛，似乎比他想象中的多一些人情味。

水已经有些冷了，许其琛试着从浴缸里出来，却发现没这么简单，一只腿无法承重，他试着用手掌撑着浴缸的边缘，单脚站起来，但还是没法单脚从浴缸里跳出来。

怎么办？许其琛陷入了苦恼之中。

"苏医生！"

苏凛靠在床上，听到浴室传来的声音，摘下了眼镜。

"苏医生，快来帮我！"

被催到没办法的苏凛走近浴室，只见许其琛裹着一条浴巾，单脚扶着浴室墙壁站在浴缸中，像一只幼小的丹顶鹤。

见苏凛也不进来，只是抱着双臂靠在浴室的门框上，许其琛忍不住开口："苏医生，我一只腿不方便，不敢往外跳。你……可不可以过来帮我一下？"

高岭之花仍旧是那个样子，也不吭气，许其琛有些急了："你就这样对我啊？"他小声地补了一句，"无情。"

苏凛终于走了过来，站到许其琛的面前，许其琛伸出一只手，原本是希望他扶一扶自己，结果对方竟然一句话也不说地将他提出了浴室。

"哎，哎……可以了，可以了。"许其琛有些不好意思，"苏医生，你放我下来吧。"

苏凛将他放下来，他拿了浴室门口的衣服，一跳一跳地跑到了客厅里，坐在沙发上，留下了一连串湿漉漉的脚印，活像一只被主人从浴缸里捞出来的猫。

苏凛没有停留，转身回到自己的卧室。

尴尬让许其琛忘记了陆暄的人设。

陆暄怎么会觉得尴尬？他应该狂喜到去楼下跑圈才对。他不会崩人设了吧？会不会被苏凛发现什么不对劲的地方？

许其琛内心纠结地换好了衣服，扶着墙壁一路轻轻跳着到了卧室门口，苏凛似乎已经睡下了。

许其琛蹑手蹑脚地钻进被子里，也没有其他动作，远远地看着苏凛，隔了好久轻声说了一句“晚安”。

他腿脚不便，睡沙发容易摔下去，苏凛默认了让他睡床。

睡眠越深，身体和意识就被剥离得越分明。意识似飘忽到了某个云层，无法再操控什么，身体就只能凭借条件反射和长久累积的惯性自发地产生动作。

许其琛在医院住院的时候，总是睡不安稳，整晚整晚梦见高中时候的事，有时候想醒都醒不过来。可奇怪的是，这一夜他却没有做梦，一觉睡到了天亮。

他醒来之后动静不小，翻了个身。

还在睡梦中的苏凛听到声响，皱了皱眉头，没打算睁开眼，手掌虚虚地轻轻拍了拍。

这个动作实在是太熟悉了。

许其琛的睡意全部消退。

他想起自己看过的一部悬疑电影，看第一遍的时候太粗略，到最后成为被拍摄技巧和剧本编排欺骗的观众。因为太不甘心，他又看了第二遍，才发现原来不是因为电影的剧情有多么复杂，只是自己总是忽略细节。

许其琛闭上了眼睛，不知道过了多久，感觉苏凛醒过来了，不作声地坐起来，离开。听见他的脚步声越来越远，许其琛才睁开眼睛，发了一会儿呆后，若无其事地起了床。

洗漱完之后，苏凛主动说话：“我送你回学校。”

许其琛想了想，笑道：“好啊，谢谢苏医生。”他给自己穿上袜子，抬头问道，“对了，你还有创可贴吗？我的伤口……露出来不太好。”

“下去买吧。”

许其琛跟在苏凛的后面，苏凛这天大概还是请假，穿得很休闲，黑色针织衫搭配深蓝色牛仔裤，头上戴着一顶黑色棒球帽。

两个人的背影太像了。

许其琛看着他把车开了出来，拄着拐杖，拉开了车门钻进去。

车子开出一段路后，苏凛看到一间药店，下车买了一盒创可贴，扔在许其琛的怀里。

“我饿了，苏医生。”许其琛看了苏凛一眼，“我想吃小馄饨，那边有一家。”苏凛虽然不说话，但还是朝他指的方向看了看，和刚才那个药店隔着三间店铺的地方，的确有一家馄饨店。

他打开了车门，许其琛立刻明白他的意思，跟着下了车，拄着拐杖走得飞快，进门就冲着老板说道：“两碗小馄饨。”

“什么都要吗？”

许其琛点了点头，看见苏凛也跟着进来了，就赶紧找了个位子坐下。

“苏医生，你可以吃馄饨吧？”

苏凛点头。

“那就好。”

店子不大，老板的手脚也特别麻利，不一会儿老板就端着两碗新鲜热乎的馄饨上来了。许其琛拿了两个小勺，递给苏凛一个，然后看了看馄饨，上面撒着鲜嫩的葱花和香菜末，看起来十分可口。

他瞥了苏凛一眼，伸出手，用自己的小勺将苏凛碗里的香菜和葱花一点点撇了，放到自己的碗里。

“好了。”

苏凛的碗里除了馄饨和清汤，什么都没有了，他看了许其琛一眼，许其琛反倒笑得十分真诚：“吃啊，苏医生。”

一碗馄饨，苏凛并没有吃多少，倒是许其琛，吃得干干净净，连加了辣椒油的汤都喝了一半。

吃过早饭，苏凛开车将许其琛送到学校门口。许其琛解开了安全带，忽然看到那个创可贴，于是拿出一个，撕开包装递给了苏凛。

“苏医生，我找不到位置，你帮我贴一下吧。”许其琛微微抬了抬下巴，将伤口暴露在苏凛眼前。

他在请求人的时候，总是会不自觉地放低声音，让人无法拒绝。

苏凛犹豫了一下，接过他手中的创可贴，将背后的胶条撕去，隔着手刹凑到他身边。看到那两个细微的伤口，他将手中的创可贴覆盖上去，用指腹轻轻地压平。

就在他的手指快要离开创可贴的时候，许其琛突然笑道：“苏医生，你好温柔啊。”

说完这句话，许其琛飞快地跳下了车，拄着自己的小拐杖，一跳一跳地离开了，留下愣在原地的苏凛。

才上大一，陆暄的课倒是不多，许其琛没事就往三医院骨科跑，好几次都没碰上苏凛，倒是经常遇到上次替他拆石膏的王医生。

王医生就跟操心的老父亲似的，一见到许其琛就让他去复健科，他被催得没辙，也就跟着护士去了。

“那王医生，等会儿苏医生来了，你记得告诉他我来找过他。”

“行，没问题。”

复健科里有不少病人，大部分是和许其琛一样受了伤过来做康复训练的。许其琛去的时候正好被分到了一个男护工，男护工长得还不错，个子高高的。最重要的是人够温柔，不管许其琛走得好还是不好，他都是笑容灿烂，毫不吝惜各种鼓励的话，简直浑身散发着“圣父”光环。

一连来了四天，许其琛已经开始由衷地佩服复健科的护工培训人员，要是所有的服务行业都有这样的培训力度，那简直是造福社会。

“慢点儿走，对，一步一步来……”

看着护工小张站在一排横杠的尽头等着他走过去，他忽然感觉自己就像刚开始学步的孩子一样。

“好的，很好了小暄，受伤的腿不要太用力……”

许其琛好不容易扶着横杆走到了尽头，背后都出了汗。小张比他还激动，一下子抱住了他：“太好了！”

许其琛有些哭笑不得，只是能扶着东西走十几米而已，怎么小张激动得好像他参加残奥会获得了世界冠军一样？

他干笑着，抬手拍了拍小张的肩膀：“谢谢，谢谢，多亏了你……”

许其琛忽然有种不好的预感，因为按照一般的小说剧情，这个时候该有另一位主角登场了。

他朝门外看了看，总是学不会不给自己立flag（这里指乌鸦嘴的意思）……

看着复健科门外的苏凛，许其琛咽了咽口水，背后的汗凉透了。许其琛发现这一幕场景还蛮熟悉的。

看见苏凛脸上阴沉沉的表情，许其琛转了转眼睛，原本尴尬地垂着的双手抱了抱小张的后背，笑得开心极了。

“谢谢你！”

原本算计着苏凛应该过来了，许其琛一抬头，发现他竟然转身走了。

见此情形，许其琛拍了两下小张的肩膀：“我有点儿事，先走了。”说完就单脚跳着离开了复健训练室。

“小暄，你的拐杖……”

许其琛跑出来发现苏凛还没走远，于是左一个“苏医生”右一个“苏医生”地往前赶，苏凛就跟耳朵聋了似的，完全不搭理他。两个人的距离还差一步的时候，苏凛忽然转身，许其琛一个没收住，直直地撞到了苏凛。

苏凛下意识地用手抓住许其琛的胳膊，帮他稳住身体。

许其琛微微仰头，露出一个笑脸：“苏医生，你来找我啦。”

苏凛将头偏了偏，和许其琛的视线错开。可许其琛偏偏用手抓住了他的肩膀：“苏医生，你怎么好像不太高兴啊？”

“你怎么不说话？”许其琛歪着头盯着他，“苏医生，你生气啦？”

苏凛往后退，许其琛又跳了一步到他的跟前：“苏医生，你扶一下我啊，我这只腿还不能落地。”

苏凛却忽然开口：“刚才不是走得很好吗？”

“你看到啦。”许其琛看了他一眼，笑出了声，“你刚刚在外面站了多久啊？”

苏凛不回答，许其琛自己上前抓住了他的手臂：“扶一下我吧，我的腿刚刚走了好久，有点儿不舒服。”

许其琛就这样抓着苏凛，像一个小青蛙一样蹦跶着钻进了医院的电梯里，飞快地按了一楼的按键。

两个人并排站着，电梯内壁反着光，许其琛看了看苏凛，他的表情似乎比刚才和缓了一些。不过对他这样的性格而言，也不过是从零下五十摄氏度变成零下三十摄氏度的差距而已，怎样都是冷冷的。

许其琛抬头，望了一眼上方倒数的红色数字。

六楼。

他轻轻转过身，靠着电梯侧壁面向苏凛。

五楼。

“苏医生。”

四楼。

被叫到的苏凛下意识地转过脸，看了他一眼。

三楼。

许其琛伸手，抓住苏凛脖子上挂着的工作牌。

二楼。

苏凛的身体在外力的作用下，猛地向前倾。

一楼。

许其琛笑了笑，双手按在苏凛的肩膀上，将他的身子扳正，对着电梯门，自己也飞快地转过身，肩膀抵着墙壁。

下一秒，电梯门缓缓打开，门口站了几个同样穿着白大褂的医生。

许其琛先钻了出去，几个医生看见了苏凛，便热情地打招呼。

“苏医生，下班了？”

苏凛有些不自然地微微点头，脚步迟缓地走出了电梯。许其琛微微扬起嘴角，出了电梯便转身看着苏凛，伸出了一只手，好像等着自己的人形拐杖一样，脸上的表情比偷吃了小鱼干的猫还要狡黠。

许其琛将受伤的右腿轻轻地垂着，往前稍稍伸了伸，不落在地上，左手也伸出来，这姿势看起来很幼稚。

春日的光线从玻璃窗斜射进来，打在许其琛的脸上，模糊了他的五官，看起来像他又不像他。

苏凛走过去，没伸手，却站到了他的身边。

一连几天，许其琛都会来医院复健，只不过从那天开始，就不主动去骨科找苏凛了，而是直接到复健科训练。

连骨科的王医生都开始打趣："小陆这孩子还真是讨人喜欢，这么几天就跟复健科的医生和护士打成一片了。"

"小苏，你是不知道，前两天我跟复健科的小张一起在医院食堂吃午饭，他一直跟我聊小陆，说小陆性格好，又认真，我看哪，这家伙是快把我们三医院当自己家了。要是天底下的病人都这样，那可就太轻松了。"

见苏凛坐在办公桌前转着手里的圆珠笔，眼睛一动不动地盯着桌子上的一株快要蔫掉的文竹，王医生又说道："对了，他最近都不怎么来我们科了，以前一天来上好几次，回回都找你，最近是怎么了？"

苏凛手上的笔从手中脱离出去，"啪"的一声掉在了桌面上。

王医生看到他脸色极差："小苏，你最近是不是太累了？我怎么觉得你最近火气有点儿重啊，要不去内科李主任那儿看看？"

"我没事。"苏凛给自己倒了杯水，一口灌了下去。

"你们年轻人压力大，平常多出去放松放松。"王医生捧着保温瓶喝了一口养生茶，"小苏，你这种性格，就应该多跟小陆这种开朗的孩子玩。"

苏凛现在脑子很混乱，一句话外音也听不进去。

许其琛自作主张地跑到他家里，结果现在转头就跑，再也不来找他了。

苏凛心里闷着一口气，总感觉脑子成了一个狭窄的小房子，里面藏了一只调皮的猫，肉乎乎的小爪子玩着一个毛线球，挠来挠去，绕来绕去，毛线球越来越乱，最后成了解不开的一大团，塞得满满的。

这位肇事者却若无其事地"喵"了一声，一下子从小房子的窗户里跳了出去，消失得无影无踪，让人烦闷不已。

许其琛训练完从医院出来，想到苏凛这天没有手术，下午下班应该会直接回家，考虑了一下，还是决定偷偷去他家，买点儿菜做顿饭，给他一个惊喜。

许其琛一边走，一边思考着这个世界的剧情线问题，大部分时候他是按照原剧情在走，但总是有些小细节会有变化，导致他现在也不确定整体的剧情线有没有发生偏离。

如果按照原剧情，那么他会在这个月遭遇一次车祸，被路人送到医院以后宣布抢救无效，最后被苏凛转变成同类。

想到车祸，许其琛的心里还是有很深的阴影。他当初写陆暄这个角色并没有代入太多自己的感情，所以才敢写车祸的剧情，现在想想还是有些害怕。

许其琛想着想着，不知不觉就走到了附近的地铁站，顺便在自动贩卖机上买了一袋薯片，等地铁的时候撕开吃了两片。车厢门打开，他就将薯片的袋子口卷了卷，捏着走了进去。

周四下午两点的地铁，车厢里人不算太多，许其琛找了个位子坐下，戴上了耳机。没有熟人的时候他还是习惯做回自己，沉默地听歌，脸上也没有陆暄那样随时随地出现的笑容。

地铁开到了第二站，车厢门打开，走进来一个穿着校服的小女孩，小学五六年级的样子。她身上的校服很可爱，是类似国外的制服，绿色的短裙配着白色的上衣。许其琛有点儿羡慕，毕竟自己小学时候的校服丑得不忍直视。

小女孩坐到了他斜对面的一个不大的空位上，右边是一个挨着扶手低头看手机的五十岁左右的阿姨。之后又上来了一个三十岁左右、穿着一身旧西装的男人，坐到了小女孩的左边。

小女孩被夹在中间，双手乖乖地放在膝盖上，圆溜溜的眼睛盯着地铁上的路线图。

许其琛有些无聊，低头看着薯片上的包装文字，又瞄了瞄自己快要好起来的腿，抬头准备看地铁上的新闻播报时，发现那个小女孩紧紧地贴着右边的阿姨。这个阿姨原本就有些胖，被小女孩一挤更是烦躁，盯着小女孩“啧”了一声。

许其琛微微皱眉，发现小姑娘和那个男人中间隔了一条三四厘米的缝，刚才落座时是没有的。他关掉了音乐软件，打开了照相机开始录像。

“小雅。”许其琛突然对着那个小女孩开口，声音不小，小姑娘的肩膀抖了一下，她看向了他，他拄着拐杖站起来，将手里的薯片塞到她怀里，“你过去哥哥那儿坐，可以看电视。”

被随意起了名字的小姑娘愣愣地抓着薯片袋子，呆呆地看着许其琛。

“去啊，你不是每次都要看电视吗？”

小姑娘“哦”了一声，拿着薯片走到了对面坐下。

许其琛坐在小姑娘的位子上，一旁的阿姨不耐烦地朝他翻了个白眼：

“一个小丫头就够挤了。”

“阿姨，像您这么热心善良的人，菩萨一定会保佑您这辈子远离灾祸，绝对不会受伤得病。”

许其琛笑眯眯地说完，又把脸转向了旁边的男人：“先生，麻烦您往那边挪一挪，人都没地方坐了，公文包也可以先拿一拿吧。”

男人撇了撇嘴，面色难看地将自己左手边的包拿起来放在腿上，眼神不悦地看着许其琛。

许其琛背靠在椅子上，旁边的阿姨脸色鄙夷地戴上了耳机看电视剧。他就这样被夹在中间静静地坐了一会儿，然后用很轻的声音开口。

“我奉劝你一句，不要再做这样的事。”

男人愣了愣，脸色一变：“你……”

“你真的以为没有人会在意这些行为吗？你只要站在阳光下，就会有数不清的眼睛盯着你。我不管你是出于哪种病态的目的这么做，但我必须告诉你，你刚才的所作所为我已经拍下来了，所以你别想抱着侥幸心理，以为自己可以蒙混过关。”

许其琛看着他的眼睛，虽然脸上依旧保持着笑容，但说出的每一句话对这个男人而言都像是利刃一样。

男人攥紧的手抖个不停，许其琛没有再多说什么，冲着对面的小女孩露出一个安抚的笑脸。

又到了一站，小女孩从座位上站起来，眼睛看着许其琛，许其琛也站了起来，在小女孩的后面出了车厢。

刚出车厢，许其琛就走到小女孩面前，本来想蹲下来，可腿又不方便，只能弯着腰。

“你刚刚很害怕吧？”

小女孩点了点头。

“下次发生这种事，要尽快躲开，下车去找穿着制服的叔叔阿姨，向他们求救。”看见小女孩乖巧地听着，许其琛又说道，“回家以后，一定要把这件事告诉你的妈妈，然后问她，你的身上有哪些地方是不可以被别人随便碰的，明白了吗？”

小女孩似懂非懂地点头。

许其琛冲她微微笑了笑，然后拿走了她捏着的薯片袋子。

“最后一句，绝对不可以随便吃陌生人给的东西，就算对方看起来像好人也不行。”

许其琛隔着几米的距离跟着小女孩慢慢走着，直到看着小女孩走到了自己家楼下。她脚步犹豫地上了几级台阶，许其琛正要折返，又听见她“嗒嗒”的脚步声。

他转过头，小女孩跑到了他的跟前。

“哥哥，谢谢你。”

许其琛笑了笑：“不客气，一定要记得我说的话。”

小女孩用力地点点头，然后又问道：“哥哥，为什么你会帮我？”

她提问的语气很天真，也有点儿出乎许其琛的意料，许其琛站直了身子，太阳照得他睁不开眼。

“因为……以前也有人这样帮助过别人。如果今天他在，应该也会挺身而出吧。”

送完小女孩，许其琛走出了这个陌生的小区。这一带离苏凛的房子还很远，许其琛又不是很熟悉。他站在路口想了想，还是决定打的士回学校，第二天再去医院和苏凛见面。

周五上午，苏凛和同事们一起开了会，结束之后一个人回到自己的办公室坐班问诊。

坐下没多久，他就发现自己的桌子上多了一个空的病历本，翻开看看确实什么都没有。他随手将病历本放到一边，却发现刚才病历本挡住的桌面上贴着一个小小的便利贴，上面写了一行字。

“苏医生，早上好。不要撕掉我呀！”

苏凛盯着这行漂亮的字看了一会儿，然后果断地撕掉了，却意外地发现下面还有一张便利贴。

“苏医生，记得来复健科接我。（下一张什么都没有……）”

搞什么……苏凛习惯地皱了皱眉，干脆利落地把这一张便利贴也撕了下来，拿着便利贴的手却滞在了半空中。

他微微一愣，原本皱起的眉头也不自觉地舒展开。

所谓什么都没有的下一张便利贴上，也写了一行字。

“看到这里了，可爱。”

苏凛在心里暗骂一句无聊，将手里的便利贴揉成一团扔进垃圾桶，又看了一眼桌子上的那一张，轻轻地撕了下来，拉开抽屉，将它夹到一本厚厚的医学书里。

一上午的问诊终于结束，苏凛起身离开科室，站在门口犹豫了一下，被隔壁的医生看到："小苏，休息啦。"

苏凛点了点头。

"一起吃饭去？"

"我还不饿，我先下去转转。"

苏凛说是转转，最后却不知不觉地转到了复健科，大中午的时间，复健科的人都出去吃饭的吃饭，休息的休息。苏凛走到训练室门口，看见许其琛一个人扶着横杠慢慢地走着，右脚不敢随便使力，微微抬了一两厘米，走起路来一跛一跛的。

苏凛若有所思地看着，直到许其琛转过身发现了他，脸上立刻露出笑容："苏医生，你来啦。"他没有借助拐杖，慢慢地一步一步走向苏凛，"我还以为你不会来了呢。"

苏凛的脸上没有什么情绪："恢复得不错。"

许其琛看着苏凛，忽然开口："借我一下。"

苏凛原以为许其琛是要借他的手扶着，没想到许其琛竟然将抬着的右脚轻轻踩在了他的皮鞋上。

许其琛有种在捋老虎胡须的感觉，想着自己这样会不会过分了点儿，但意外地发现苏凛没有什么反应，心里不由自主地开心起来。

"苏医生，你看到我的留言了吗？"

苏凛沉声道："看见了。"

许其琛眼睛亮亮的："看到了几张？"

苏凛回答："一张。"

许其琛眼睛里的小火苗一下子就暗了下来："你怎么就看了一张啊，下面两张呢？"

"没看，和第一张一起撕了。"

许其琛叹了一口气："好吧，你错过了一个亿。"说完他拽着苏凛的胳膊就往外拉，"苏医生，我饿了，我们去吃饭吧。"

苏凛领着他往大门走去："我的午休时间很短。"

"那就去便利店吧，我想吃饭团。"说完这句话，许其琛有些刻意地问道，"苏医生，你饿不饿？"

苏凛看都没看他的脸："不饿。"

许其琛笑道："你倒是好，吃一顿管一周。"

许其琛从便利店买了一堆速食，非要绕到背后的人工草坪上坐着吃。苏凛也不发表意见，任由他做主。

这一块草坪被高高低低的灌木丛围绕着，大中午的几乎没有人，许其琛坐在地上，太阳烘得他身上暖暖的，他将两条腿伸开，中间放了一堆好吃的东西。

"这个是我的，"他拿出一个金枪鱼饭团放到左边，又拿出一个柠檬汽水放到右边，"这个给你。"

苏凛看都没看："我不渴。"

许其琛就像没听见似的，又拿出一个巧克力蛋糕卷："这个是我的。"他将蛋糕卷放到了左边，从袋子里拿出一根柠檬味棒棒糖，放到右边，"这个是你的。"

苏凛："……"

好好的食物，被他弄得跟分赃物一样。

许其琛拿出两盒冰激凌，看了看包装，将其中一个放到苏凛手上："这个也是给你的。"

苏凛瞟了一眼，上面写着"海盐柠檬味"几个字，他将冰激凌放在草地上。

"我觉得这个味道很一般。"

许其琛瞟了他一眼，手撑着草坪侧脸看向他："是吗？"

苏凛淡定地看了看他："是。"

苏凛低头将冰激凌的包装拆开，咬开了勺子的包装，舀了一勺冰激凌塞进嘴里。

许其琛在一边静静地看着他，发现了那颗被藏得很深的尖牙。这个世界的苏凛从来没有笑过，许其琛几乎看不见他的虎牙。

许其琛低下头，拆开手里的饭团包装，但每次都拆不好，最后海苔和塑料包装散得七零八落。

许其琛有些泄气，将饭团放回到袋子里，偏过身子，凑到苏凛面前。

“苏医生。”

被叫到的人下意识地转头。

四月的风软软的，落樱化在里面，把午后的阳光都稀释成淡淡的蜂蜜糖浆，一点点刷在许其琛稍稍仰起的脸上。

他眨了眨眼，嘴唇不自觉地微微张开，声音很轻。

“我想尝尝你的冰激凌。”

你尝尝这个味道嘛 下

苏凛觉得自己大概是中邪了。

明知道这是他故意设的圈套，苏凛在心里警告过自己无数遍：不要踏进去，不要踏进去。

可到了紧要关头，苏凛还是彻底丧失了理智。

“你自己的还不够吗？”

“我就想吃你的。”许其琛伸手想去拿他的冰激凌，却被他抓住了手腕。还没反应过来，他就被苏凛咬了一口，直接收回了手。

“嘶……”

好痛。

许其琛猛地回过神，苏凛已经站了起来，头也不回地走了。

什么啊？……

这种感觉就像是在路边逗一只长得好看的小狗，他越逗越起劲，最后被狠狠咬了一口。

许其琛低头看了看，被咬到的地方有一圈小小的牙印，有些发红，还有些发烫。

许其琛佯装出若无其事的样子，拿起那个散掉的饭团咬了一口。

他应该是有记忆的，难道他也是意识主体？

“0901，在吗？”

0901 很快回应：“许先生，您有什么事吗？”

许其琛想了想，开口问道：“除了我，这个系统还有别的意识主体吗？”

0901：“许先生，这个问题我没有权限回答您，抱歉。”

许其琛叹了一口气：“那……这些世界里的任务对象的记忆可以保留吗？”

0901：“许先生，虽然我是人工智能，但也能够识别出这个问题和上个问题本质上是一样的。不好意思，我没有权限回答。”

真是太难糊弄过去了，谁开发的这个 AI 啊？许其琛泄愤似的吃了一大口饭团。

如果他的记忆可以保留，要么就跟自己一样是意识主体，要么就是这个系统可以为角色设定记忆存储，可如果情况是后者，意义何在？

如果情况是前者……和自己一样的意识主体，应当是现实世界的人吧。

那会是谁呢？对方又为什么会进入这个系统？

许其琛这些天做出的种种过分行为，无非是想要试探苏凛是不是有之前的角色的记忆，也正是基于这个假设，才敢这样做。

苏凛的反应让他觉得熟悉，可又不完全一样。

到了这个时候，新的问题又冒了出来。

这个人究竟是谁？

下午还有两节课，许其琛独自回到了学校，心里的疑问让他一整天心绪不宁，听课也听不太进去，对同学说的话也没放在心上。

在教室里坐着坐着，他又想到了苏凛，之前的那一点点疑惑好像成了发酵剂，让心里的躁动变得更加明显。

会不会是自己想太多？其实苏凛没有记忆，只是因为系统里的某些联系，让他们都保持着差不多的习惯？

之前的推论又要被自己推翻，许其琛苦恼地趴在了桌子上。

许其琛拿出微信看了一眼，身为交际花的陆暄收到了一大堆消息，没有一条来自苏凛。

许其琛挣扎了一下子，还是发了一条微信："苏医生，在忙吗？"

他刚发出消息，就觉得这句话简直是废话，和他最讨厌别人给他发"在吗"一样，要说不说，浪费时间。

许其琛越想越失败，干脆点了撤回。

看着那句"你撤回了一条消息"的提示语，许其琛丧气地将手机放回口袋里。

他现在终于体会到碰壁的滋味，真不是一般人可以承受的。

许其琛叹了一口气，下课铃声忽然响了起来。

"陆暄，要不要跟我们撸串去？"

许其琛仰起头，考虑了一阵子："去……"

许其琛跟几个同学一起，刚走出阶梯教室，裤子口袋里的手机就"嗡"地振动了一下。

他们还在聊游戏的事，许其琛跟在后头，将手机拿了出来。

"撤回了什么？"

许其琛顿了顿。

"陆暄，陆暄？"前面的同学转过头，"你愣着干什么啊？"

许其琛抬起头，将手机塞回牛仔裤口袋里："没……没什么，你们去吧，我有点儿事先走了。"

"喂！"

"下次我请客！"

被放鸽子的几个同学一脸莫名其妙的表情，你看我我看你。

"这小子不会中邪了吧？……"

许其琛看了看手表，已经是下午六点四十分，苏凛这天不值夜班，现在估计已经下班了，去他家吧。

许其琛的脚步都快了起来，等自己站在地铁站里，望着反光的地铁玻璃隔板，他才忽然觉得不对劲。

他好像……变得不像自己了。

"欢迎您乘坐轨道交通 2 号线……"

车厢门打开，许其琛走了进去。下班高峰期人多得要命，他戴着耳机找了个靠边的位置站定，脑子里乱七八糟的，和这个拥挤的车厢一样。

许其琛握着自己的手机，屏幕一直暗着，没有新的消息。

要不要给他回复一下，告诉他自己在去他家的路上？

许其琛随即解了锁，打开微信界面，刚打了“苏医生”三个字，又一个一个删掉。

他忽然想起，根本没有告知的必要。在原文的设定里，一定范围内雪裔人可以感知到供给者。还没到苏凛家楼下，自己可能就已经暴露行踪了。

许其琛将头贴在车厢内壁上，叹了一口气。干吗要加入这个设定啊，搞得一点儿惊喜都没有了。

许其琛就这么发着愣，被越来越拥挤的人群挤到灵魂走失，忽然听到报站语音，刚走失没几秒钟的灵魂又一下子飞了回来。

“不好意思，我要下车……”许其琛使出浑身解数从人群中一点点往外挤，“不好意思，麻烦让一让……”

许其琛好不容易挤到了车门边。车门外，黑色的隧道反射着车厢内拥挤的景象，许其琛无心地盯着，忽然发现了一个熟悉的面孔，还没看清，黑色的隧道消失，转而出现的是明亮的灯光和候车台。

许其琛下意识地回头。

“哎，你下不下啊？不下别挡道！”

许其琛被后面的人推搡了一下，什么都没看见，连连说了几声对不起，随着人流下了车。

走上扶手电梯的许其琛微微皱眉，心里总觉得哪里不对劲。

许其琛刷卡出了地铁站，外面天都已经黑了。许其琛听着歌，往苏凛所在的小区走去。这里邻近开发区，人比市中心少了很多，小区的住户也不多，连门口的保安都时在时不在的，也正好省了许其琛跟保安大叔解释的时间。

这种新建高档小区的绿化都做得特别出色，种满了各式各样的花草树木，白天的时候太阳一照，生机勃勃的，特别有自然气息。不过到了晚上，这么多的树，看起来就有那么一点儿阴森了。

许其琛的胆子还算大，他踩着地上摇晃的树影，直直地往前走着，可心里总是隐隐有些不安，于是摘下耳机回头望了一眼，除了路灯下晃动的树枝和漆黑一片的灌木丛，什么都没有。

难不成真的是自己多心了？

许其琛回过头，再次戴上耳机，但按了按线控，暗自关掉了音乐。

他的脚步不由自主地快了些，穿过这条两旁种满香樟树的鹅卵石小道，他就到苏凛那幢楼的楼下了。

他分明听到了身后传来鞋底摩擦鹅卵石的声音。

许其琛没有回头，而是加快了脚步，甚至想要跑起来，可是他的腿还没有痊愈，只是勉强能够走路，根本没办法跑起来。

许其琛宁可是自己搞错了，也不想真的出什么事。可对方似乎更快一步察觉许其琛的警惕反应，许其琛还没来得及离开，就被整个撞倒在地，许其琛的右腿疼得厉害，那个人半压在他的身上，让他没有反抗的余地。

“你是谁？放开我……”

“我让你多管闲事！”那个人将许其琛的双臂掰到了身后，让他没办法再挣扎，随即狠狠地踩了踩许其琛的右腿。

多管闲事？

许其琛忽然意识到，刚才他在车厢里看到的不是幻觉，那个熟悉的人影就是上次他在地铁上抓住的那个家伙！

“你还拍视频？！”

许其琛的腿疼得动不了，侧脸的骨头被地上的石头磨得生疼：“你放开我！不然你会后悔的……”

“你还敢威胁我？！今天就让你知道多管闲事的下场！”

那个人的声音忽然变得尖厉起来，他力气大得惊人，一把抓住许其琛的胳膊，将许其琛拖到了一旁的树丛下，许其琛的腿伤让他根本站不起来，那个人一脚踩上他刚刚拱起的后背，痛得他叫了出来。

突然，伴随着一阵剧痛，许其琛感觉有什么冰凉的尖锐物从他的后背穿透了他的身体！

他根本没有料到，这个人居然会带着凶器！

“我让你出头！让你多管闲事！”那个人一直骂着。

许其琛的嘴里涌出一股血腥味，血肉被刺穿的痛让他几乎发不出求助的声音，血腥味就这样蔓延开来，像一个密不透风的网，将他紧紧地裹在里面无法喘息，他甚至连疼痛都感知不到了……

锋利而冰冷的刀被猛地拔出来，许其琛疼得叫了出来，感觉那只踩在自己背后的脚抬了起来，那人吐了口唾沫在地上。许其琛感觉自己浑身都是血，浓重的血腥味让他头晕目眩，五脏六腑传来无法消减的剧痛，让他根本没有半点儿力气爬起来，只能眼睁睁地看着这个凶手离开这片树丛。

他的手指抽搐着，他试图动一动胳膊，去拿口袋里的手机，可就是这一点儿力气，他都没有了。

——不行了……苏凛快来救我……

正在房间里读着一本科学杂志的苏凛忽然感应到了一阵强烈的痛感，让他几乎无法呼吸，他的瞳孔骤然间放大。

是许其琛出事了。

他匆匆离开房间，刚打开大门，就闻到了血的味道。

这味道太过浓烈，让苏凛感到脊背发寒，他的手不由自主地攥紧，连骨节都因为太过用力而微微发白。若不是害怕暴露自己的身份，他几乎想要直接打开窗子跳下去。

电梯的速度慢得可怕，苏凛感到周身发冷，脑子里全是失控的恐惧和愤怒情绪，理智已经完全失去作用。他一闭上眼，就能够感应到许其琛此刻的痛苦和挣扎状态。

苏凛感觉他的生命在一点点流逝，感觉他的呼吸和脉搏越来越微弱。

电梯门被打开的瞬间，苏凛跟随感知，用最快的速度找到了树丛中奄奄一息的许其琛。

他无法相信自己的眼睛，那个中午还在自己跟前闹着的人，如今就倒在这个隐蔽的草丛之中，白色的卫衣被染得鲜红。

苏凛将许其琛抱了起来，失血过多让许其琛的身体不再温暖，心脏无力地跳动着，嘴角的血液一直淌到了侧颈上。

快要涣散的意识在这一刻似乎又回到了许其琛的身上，他努力地试着抬起自己的手，可无论如何也没有力气抬起。

“你来了……我……就知道……”

这一刻苏凛觉得内疚不已。

他为什么没有早一点儿察觉？！

顾不上被任何人发现，静谧的夜色下，苏凛背后的肩胛骨耸动着，从破裂的白衬衫中挣扎着往外伸展，最终变成一对巨大的黑色翅膀。

他以惊人的速度飞至天际，直达自己房子的落地窗前，一脚踢碎了玻璃窗，进入空荡荡的客厅。

苏凛的眼睛因失控的情绪变了颜色，清寒的月光从破碎的玻璃窗刺入，他将许其琛平放在地板上，注视着许其琛身上的伤。

许其琛的手颤抖着，沿着地板摸索到苏凛的膝盖，一口鲜血从他的嘴角涌出来。

“苏凛……我好冷……”

苏凛很清楚，原本他可以做一个普普通通的人，简单平凡地度过一生，不必躲藏在阴暗的角落里，不必隐瞒自己的身份。

苏凛不愿意让他变成自己的同类。可这一刻，苏凛只想他能活着，哪怕那颗美好的心脏再也无法跳动。

苏凛伸出双臂，声音像这窗外的月光一样，温柔而残酷。

“很快就好了。”

尽管这并非他的本意。

就在许其琛快要失去意识的瞬间，他感受到了某种强烈的刺激，身体里的血液急不可待地汇聚起来，被一种强大到无法逆反的力量所吸引，几欲离开这副身躯。

许其琛的意识越来越模糊，整个人仿佛沉入了湖水，下坠，沉溺，隐藏，窒息，双眼的瞳孔一点点涣散，里面的光芒不断地消失，变成沉沉的毫无生机的暗色。

离死亡只有一步之遥的他被喂入温热的液体，像是一剂起死回生的良药，原本暗淡的双眼在一瞬间变成赤色，死寂一般的湖水忽然被唤醒，一双手将他从湖底捞出。

许其琛的内心充满了悸动，他不知道该如何形容现在的自己，渴求、惊惧、狂喜……极致的快感如同势不可当的海浪，将他淹没在滚烫的热潮之中，即使是刺骨的寒冰也无法平息他身体里燃烧不息的烈焰。

盟誓从这一刻生效。

他们成了同类。

许其琛醒来的时候，整个人都有点儿奇怪。

头还有些晕，他对着天花板眨了眨眼睛，脑子里出现了一些记忆的片段。

他被捅了好多刀，流了好多血，特别疼。

许其琛猛地掀开被子，自己的身上穿着的并不是昨天的那件白色卫衣，而是一件宽大的白衬衫，眼熟得很。

他摸了摸自己的胸口和腹部，又在被子里撩开衣服看了一眼。奇怪，那些刀子穿过的伤口，只剩下淡淡的肉粉色痕迹，并没有他想象中那么可怕。

但他很快在下一刻发现了自己不太对劲的身体。

他的皮肤白得过分，皮肤下面的血管依稀可见。卧室的窗帘被微风撩开，明媚的日光从缝隙中溜了进来，直直照射在他的皮肤上，让他生出一种强烈的烧灼感。

疼。

许其琛立刻钻进被子里，脑子“嗡嗡”地响，仿佛是出现故障的收音机一样，只听得见“刺啦”的电流声。

许其琛后知后觉地摸了摸自己的左胸，心跳消失了。

他真的被苏凛变成同类了。

意识到这一点的许其琛越发觉得自己的身体不对劲，喉咙里像是冒着火，干渴难耐。

他掀开被子，太阳光再一次照射过来，这一次灼伤了他的小腿，疼得他差点儿没跳起来。

正在客厅里换窗帘的苏凛听见了脚步声，从凳子上下来，转身看了一眼许其琛，嘴角忍不住抽了一下。

这家伙用被子把自己从头到脚裹得紧紧的，只露出一双暗红色的眼睛，活像个巨大的粽子。

“苏医生，早上好。”他的嘴巴也在被子里，声音闷闷的。

苏凛将新安上的黑色窗帘拉上，不留一丝缝隙，客厅一下子暗了下来。

“你睡了一天半，现在已经是星期天的下午三点了。”说着他走到许其琛跟前，两只手抓住许其琛身上盖着的被子，正准备将其掀开，被许其琛强烈拒绝。

“别，别，别！”

苏凛挑了挑眉："怎么了？"

"我……"许其琛的手在里面把自己裹得更紧了一些，"我没穿好衣服。"

苏凛面无表情，声音淡淡的："有什么区别？"

"你……"许其琛气急了反而无话可说，只能紧紧咬着牙，却发现自己好像多了两颗尖尖的牙齿，一咬牙就磨得慌。

苏凛将他身上的被子弄下来，抱回了卧室。

许其琛问："你就没有家居服吗？"

"没有。"苏凛推了推眼镜，走到客厅的沙发前，打开电视坐下。

许其琛走到浴室里准备洗漱，一看镜子吓了一跳，他的脸白得快跟后头的瓷砖一个颜色了，眼珠子还是深红色的，看起来怪怪的。

洗手台上放着一个杯子，里面插着上次他留宿用过的蓝色牙刷。他一边刷着牙一边盯着镜子里的自己，总感觉除了肤色和瞳色，还有哪里不一样。

好像，他变得比以前好看了不少。

洗漱完毕，他把自己的脸凑到镜子跟前，仔细地检查自己还没完全收回去的獠牙，还特意用手指摸了摸，果然很尖。

这种感觉太新奇了。

许其琛一个人在浴室里折腾了半天，回到客厅时，发现苏凛靠在沙发的软垫上睡着了。

许其琛轻手轻脚地走到沙发边，发现地上比上次多了一张羊毛地毯，于是他就盘腿坐在地毯上，拿起遥控器将电视的音量调小。反正也是无事可做，他打算看一部电影，搜索了半天，看到左边的推送栏里出现了一部很老的片子——《夜访吸血鬼》。

正好许其琛之前也一直没有抽出时间看这部电影，按了按遥控器，靠在沙发上静静地看着。

整部电影的色调阴郁而华丽，金色微卷的额发，雍容华贵的中世纪礼服，还有纸醉金迷的舞会。许其琛很快沉入剧情之中，怀里抱着一个大大的抱枕，下巴抵在上面。

许其琛觉得有点渴，他站起来，打开了冰箱。

真是奇怪，他上一次来的时候，冰箱里除了纯净水什么都没有。

许其琛呆呆地看着满满一冰箱各式各样的蛋糕和果汁，一下子有点儿蒙了。他拿了一瓶西瓜汁，又拿了几块蛋糕，坐回刚才的位置。

苏凛还在睡觉，似乎很疲劳的样子。

许其琛转过头，眼睛盯着电视屏幕，随便从拿来的蛋糕里挑了一块，整个塞进嘴里。

奇怪，这个蛋糕怎么不甜？

许其琛不太满意地皱了皱眉，勉强将嘴里的蛋糕嚼了嚼咽下去，有些噎得慌，又拧开西瓜汁的瓶盖灌了一大口。

这个西瓜汁也是假的吧，一点儿也不甜。

许其琛低头，看着刚刚自己拿过来的蛋糕，挑了半天拿了一个黑糖磅蛋糕，这总不可能不够甜吧。他试探地咬了一口，又吐在手心里。

蛋糕真的不甜。

他又转过头看了一眼苏凛，该不会是苏凛搞的恶作剧吧？

许其琛放下西瓜汁，拍了拍自己的手，小心翼翼地挪到了苏凛的跟前，看他究竟是真睡还是装睡。

苏凛的头靠在沙发扶手的软垫上，金丝边框眼镜掉到了鼻尖上，嘴唇不像平时那样抿着，露出了很小的缝隙，整个人看起来柔和了许多。

沉睡中的苏凛感受到一阵刺痛，像是被针扎了一下，皱着眉睁开眼睛，这才搞明白疼痛的缘由。

“你知道你在做什么吗？”

苏凛坐了起来，双脚踩在地毯上。

“苏凛，我饿了。”

苏凛的胸口闷闷的。

许其琛一贯都是叫他苏医生，极少数情况下才会直呼他的姓名。

“真的，”他的手指抓着苏凛的膝盖，一副可怜到不行的表情，“我好难受。”

苏凛微微叹了一口气，面对许其琛这样的哀求话语，只有妥协。

许其琛的表情一瞬间就变了，他露出一个笑容，像个好不容易得到了糖果的孩子。

怎么吃都吃不饱，但许其琛恢复些许神志，觉得不能再这样下去，于是退离些许。

“吃够了？”

“没，但不能再吃了。”

“算你有觉悟。”

苏凛站起来，走到了玄关处，许其琛也跟着起来，走过去看着他换鞋。

“你要出门吗？”

苏凛“嗯”了一声：“我出去办点儿事，晚一点儿才会回来。”他指了指厨房，“冰箱里有一些食物，你如果想吃……”

“我吃过了。”许其琛一只手抓着玄关的柜子，“不好吃，不甜……”

苏凛看了许其琛一眼，叹了一口气，换好鞋站了起来：“你早点儿睡。”说完手放在扶手上，正要开门，忽然被许其琛从背后叫住了。

“我等你回来。”

初生雪裔人对转换他的雪裔人会不由自主地产生依赖感，雏鸟情结把还算淡然冷静的许其琛变成了一个黏黏糊糊的小孩，真是可怕。

手机振动起来，苏凛将耳机戴上，接通了电话。

“喂？你怎么才接电话？”

苏凛“嗯”了一声：“刚刚有点儿事。”

电话那头的人也没太在意：“你让我找的人，我盯了他好久，现在他已经下了地铁，你过来吗？”

苏凛打开车门：“把定位发给我。”

“好。那我继续盯着他，在这边等你。”

苏凛很快就赶到了朋友所在的地址，这里是老城区，有几处房子正在拆迁，到处都是黑漆漆的，让他感觉非常舒适。

那个人没有丝毫的愧疚和恐惧感，就像平常人一样，下班后乘坐地铁回到这个破旧而阴暗的居民区里，满脑子都想着晚上回去之后要怎么好好发泄，蜡黄的脸上甚至露出了一丝期待的欣喜之色。

穿过正在拆迁的破败房屋，就是他租下的房子，他拎着那个陈旧的公文包，心情愉悦地走过这条没有路灯的小路。

他忽然听到了脚步声，警惕地回头看看，只有一只野猫溜了过去。

他狐疑地转过来，走了没几步，再一次听见了脚步声，这一次更加清晰，他确信自己的听觉一定没有错。

他猛地回过头，仍旧没有看到想象中的尾随者。

他皱着眉头慢慢扭过头，一个高大的黑色身影站在了他的面前，吓得他差一点儿叫出声，连连后退了好几步，却发现不小心踩到了一个人的脚尖，一回头，看见一个穿着红色连衣裙的女人。

这两个人……怎么会突然出现在这里？刚才明明还没有……

他浑身的汗毛都竖了起来，面前身材高大的男人充满了压迫感，苍白的脸上几乎看不到表情。

“你……你们是谁？”

苏凛的嘴角微微勾起，脸上却没有一丝笑意。

那个人想要逃跑，却被身后的女人一脚踹到地上。

“跑什么跑？伤人的时候你不是挺痛快的吗？”她的高跟鞋踩上了那人的脊背。

苏凛蹲了下来：“方雅，我们好久没有去‘贫民窟’了吧？”

方雅皱了皱眉：“去那儿干什么？……”她的脸上忍不住露出嫌恶的表情。

苏凛站了起来，背后黑色的翅膀再一次出现。他一把拎起那个人，在月光下离开了这处黑暗的废墟。

他们口中所说的“贫民窟”实际上处在这座城市的边缘，是一个被荒废的尾楼之下的庞大地下室。这里常年密不透风，没有光明也没有秩序，有的只是那些在人类社会中无法伪装和立足，只能东躲西藏的低级雪裔人，在这黑暗地带苟且偷生。

苏凛收回翅膀，缓缓降落在这砂石地上。

苏凛的脸色依旧很难看，方雅也能猜出七七八八：“多大的仇啊？该不会是之前老往医院跑的那个小孩吧？”

看苏凛的表情微微一变，方雅眼睛一亮：“被我说中了？”

“没有。”

“反驳得这么快，你肯定是心虚。”方雅啧了几声，“你说这个人伤他伤得那么严重，按流血量来说他应该已经活不了了……”她忽然想到了什么，“你！你该不会把他转换了吧？”

看到苏凛皱起眉头，方雅更加确定自己的猜想，变得激动起来：“我能跟你回家看看吗？我最喜欢逗新生的雪裔人了，可好玩了。”

看见苏凛恶狠狠地瞪了她一眼，她觉得应该暂时将这个计划放一放，半讨好地说：“开玩笑的，那什么，我车里还有几袋‘小零食’，你拿回去，权当我给小孩的生日礼物了。”

苏凛：“……”

苏凛处理完一切事情回到家的时候，已经是半夜。他轻手轻脚地开了门，客厅里没有人，他将东西放进冰箱冷藏，而后进了浴室。

一大清早，许其琛就被苏凛的闹钟吵醒了。原本还想再睡一会儿，可是被吵醒后闭着眼睛也睡不着，在床上裹着被子翻来覆去折腾了半天，许其琛还是起来了。

这天是工作日，苏凛得去上班。

许其琛半眯着眼睛跑到浴室洗漱，出来的时候看见苏凛已经坐在餐桌边，慢条斯理地吃着一片白吐司。

起了个大早的许其琛无精打采地坐到了他的对面，发现自己的面前有一大杯红色的液体，凑到杯子边闻了闻。

他对着苏凛指了指杯子：“这是你的？你放了这么多啊……”

苏凛不吭声，抿了一口自己的黑咖啡。

许其琛是一个擅长隐藏自己的情绪的人，但这个技能在刚睡醒的时候总是会大打折扣，所以此刻的他两只手捧着杯子，脸上的开心表情很明显。

他抿了抿嘴唇，又咽了咽口水，满心欢喜地喝下一大口。

“这不是你的……”许其琛咂了咂嘴，一张脸皱了起来。

苏凛轻描淡写地开口：“我没说过这是我的。”

说得也是。许其琛放下杯子，无力反驳。

“我等一下要去上班，你等会儿去学校请个假。”苏凛将自己面前的餐具收拾了一下，“你刚刚被转换，这一个星期都属于不稳定期，我给你开一个证明，你暂时不要去学校。”

“那我住哪儿？”

许其琛轻轻地晃动着脚，发现自己的腿似乎完全好了，大概是因为他现在已经不能算是人类了。

苏凛站在洗碗池旁边，白衬衫将他的肩背轮廓完全勾勒出来，肩胛骨的形状若隐若现。

“先住在这里，等你可以克制自己的食欲之后才能和人类正常接触。”

许其琛点点头，说得没错，他可不想伤害任何人。

苏凛走到房间里，拿出一个小盒子放到许其琛的面前。

“这是什么？”

“隐形眼镜，黑色的。”

他想得这么周到。许其琛打开了盒子，手脚麻利地把隐形眼镜戴好，照了照镜子，还算自然，至少能遮住他的红色瞳孔。他冲着苏凛仰起脸：“可以吗？”

苏凛点了点头，指了指沙发：“把衣服换一下吧。”

沙发上放着一个纸袋，许其琛把手伸进去，拿出了一件宽松的红色卫衣，还有一条黑色牛仔裤。

“这是给我买的吗？”

苏凛冲洗着杯壁：“你之前的那件衣服不能穿了，我丢掉了。”

许其琛看他专心地洗着杯子，先把裤子套起来，大小正好，然后套上新买的红色卫衣，扯了扯，感觉有一点点大。他跑到卧室衣柜的镜子前看了看，喊道：“这衣服太显白了，我的脸像白纸一样！”

苏凛也很无奈。他只是问了皮肤比较白的男孩子适合哪一件，专柜的导购小姐就给他拿了这件红色卫衣。

穿着新衣服的许其琛从卧室里走出来：“你看，是不是显得我白得像纸一样？”

苏凛忽然有种养儿子的错觉。

“没有，”他将杯子倒扣在餐桌上，又补充了一句，“挺好的。”

虽然他的语气还是挺冷淡，但许其琛还是接受了他的夸奖，看着这件衣服也顺眼了许多。

苏凛从冰箱里拿出一个手指大小的口服液，颜色是很奇怪的深蓝色，跟墨水似的。

“把这个喝了。”

许其琛拧开盖子闻了一下，味道倒是不难闻，有种草药的气味：“这是什么？”

“帮助你暂时建立防晒外膜的，你现在还不能抵御阳光。”

许其琛倒是有些吃惊：“还有这么好的东西？那你是不是天天喝这个所以才不怕太阳的？”

“你以为这一瓶药随随便便就能找到吗？”苏凛叹了一口气，“我是高阶雪裔人，在人类社会已经生活了很久，身体的很多性能发生了变化，所以才可以勉强在阳光下保持人类形态。”

许其琛“哦”了一声，仰头喝掉了这瓶来之不易的药水。临出门的时候，苏凛还是给他拿了一顶棒球帽扣在他头上，又递给他一个口罩，全副武装。

这是他出事以后第一次下楼，心里还有阴影。他跟在苏凛的后头出了电梯，外面的光线很好，公寓楼下的两棵常青树绿油油的，叶面闪烁着漂亮的光泽。畏光的他将手缩到原本就有些长的袖子里，手指从里面拢住了袖口。

走在前面的苏凛忽然伸手抓住了他。许其琛微微吃惊地仰起头，帽檐下的一双眼睛露出疑惑的神色。

苏凛伸出另一只手拍了拍他的帽檐，黑色的帽檐遮住了他的眼睛，他只好低下头，任由苏凛带着他走。

许其琛回过神来，才发现苏凛带着他避开了之前他习惯走的那条路，从另外一个方向绕到了停车的车位边。

苏凛替许其琛拉开了车门，许其琛顺从地钻进去，给自己系好安全带。

隔着玻璃窗，许其琛望了一眼之前自己遇害的地方：“那个人……”他转过头看向苏凛，“你把他怎么了？”

苏凛转动方向盘，一言不发地将车子朝小区外驶去。

许其琛没有看他，隐约感觉苏凛身上似乎压着怒气。

开了好几分钟的车，苏凛才忽然开口：“事情已经解决了。”

许其琛有些吃惊，想到昨天晚上他说的话：“你昨天……”

“我去找了他，把他送到了雪裔人聚集的巢穴里。”前方十字路口的绿灯转换成了红色，苏凛不疾不徐地踩了刹车，停了下来。

听到这些话的许其琛还沉浸在震惊之中说不出话来。他知道苏凛会在他濒死的时候来救他，但没有想过苏凛会因此做到这种程度，尽管这对一个雪裔人来说算不了什么，但这并不符合苏凛的设定。

苏凛是一个内心十分希望能够像人类一样生活的雪裔人，所以多年来一直隐忍着自己的欲望和孤独感，学习如何成为一个普通的人类。

“你其实不必……”

苏凛很快截断了许其琛的话：“像他这样的人，生活在人类世界只会造成更大的隐患。我在你临死的时候转换了你，你只能装作没有发生任何事一样继续生活下去，可这样一来，那个人就可以顺利逃脱法律的制裁。”

绿灯指示通行，苏凛踩下油门，手指紧紧地握着方向盘。

“他既然做了坏事，就必须付出代价。”

苏凛说得十分在理，但许其琛总觉得这不像是苏凛的作风。

“那别人不会发现他失踪了吗？”

苏凛的脸上露出冷笑：“别人查不到那个地方，也不敢去查，除非是雪裔猎手。”

雪裔猎手？

这也是许其琛在原文里的设定之一，他们是专门追捕雪裔人罪犯的异能人类。原文里陆暄因为是初生雪裔人，被人设计在失控状态下害死了无辜人类男孩，因而被雪裔猎手盯上。苏凛为了保护他，和雪裔猎手交战，但寡不敌众。

最终苏凛只能用自己的一只眼睛作为交换，雪裔猎手的首领同意不杀陆暄，但将陆暄带走，洗脑之后培养成了新的雪裔猎手，而苏凛从此失踪，下落不明。

这个结局……许其琛都不知道自己当初是怎么写下这种剧情的，感觉背后都出了一身冷汗：“那……雪裔猎手如果查到了是你做的这事，怎么办？”

“由他去，”车厢里有些闷，苏凛将车窗摇下来，左手的手肘搁在窗边，单手控制方向盘。

这话说得……许其琛心里的小人忍不住鼓起掌来。

“我好困啊……”许其琛打了个哈欠。

“你是初生雪裔人，等你熬过这一阵子就好了。”

许其琛乏力地将自己的头靠在车窗上，自言自语：“什么时候才能熬过去啊？……”

苏凛将车开得很稳，许其琛一个不小心睡了过去，迷迷糊糊地听到喇叭声，睁开眼睛才发现苏凛已经将车子开到了自己的学校门口。

“到了吗？”

“嗯。”苏凛熄了火，看见睡得迷迷瞪瞪的许其琛两只手在安全带的带扣那儿扯了半天，实在是看不下去，于是替他打开了按扣。

“啪”的一声，安全带被解开了，许其琛笑了一声，像喝醉酒似的，看起来傻乎乎的。

苏凛直起身子，坐在车里不动，许其琛开了车门，又想起些什么，回头看向苏凛："你不去上班吗？"

"还有半个小时。"

苏凛好像是要等许其琛的样子。

许其琛跳下了车："你先去吧，我完事了就去找你，很快的。"他的手缩在长长的卫衣袖子里，在车窗外使劲挥了挥，"拜拜！"说完他便转身走进学校，淹没在人群之中。

许其琛独自一人走在前往院办的路上，忽然听见身后有人喊着陆暄的名字，回头一看，是他们班的同学。

"你怎么把自己裹得这么严实？我差点儿没认出来。"

许其琛干笑了两声，假装出一副生病的样子，咳嗽了几下："我生病了，流感……你离我远点儿，小心被传染。"

"我说你怎么戴起口罩来了，脸色惨白，病成这样怎么不去隔壁三医院看看啊？"

许其琛走进院里的大楼："这不正准备去请假嘛。"

上了三楼，同学拍了拍他的肩膀："那我先去教室了啊。"

"嗯，你去吧。"许其琛现在才明白，为什么苏凛想要跟着他。

这些平日里的同学或朋友，对现在的他来说都是食物，看着一大群"口粮"在面前晃悠来晃悠去，他肯定会觉得难受。

许其琛就不明白了，苏凛是怎么忍下来的？

所幸陆暄性格好，人也热心，很受老师喜欢，辅导员一看他帽檐下惨白的小脸就立刻签了请假条，还苦口婆心地劝说着："你啊，就应该好好锻炼，多吃点儿饭，你看你瘦得衣服都大了一圈。"

是苏凛买大了……

"谢谢老师。"许其琛接过请假条，转身离开了办公室。

许其琛走到二楼拐角的时候，一个女生从教室里跑了出来，不知道是有什么着急的事，急匆匆地下楼，脚不小心崴了一下，整个人摔倒在楼梯上，隔着半个楼梯的许其琛吓了一跳，赶紧跑下去将那个女生扶起来。

"同学，你没事吧？"

迎面而来一股腥甜的气息。那个女生的声音都带了哭腔，整个膝盖都擦伤了，渗出不少血。

“没事，没事，不是很严重。”许其琛试图将她扶起来，却发现这个女同学脸色惨白，身上一点儿力气也没有，“你怎么了？”

“我……我怕血。”

许其琛心里一惊。

被转换之后的种种不熟悉感，竟然让他连最基本的设定都忘记了。

“陈佳！你怎么了？”

许其琛抬头，看见二楼下来了两个女孩子，正好他犯愁不知道怎么处理此事，看见她的同学下来了，就开口解释了一番，将这个女孩子交给了她的同学，自己离开了。

他现在脑子里一团乱，总感觉这个世界有好多疑点，可又没有一条清晰的逻辑线把它们串联起来，得到一个准确的答案。

晕血症是原文中的设定，就像第二个世界里叶涵怕狗一样，是系统强加的且不可消除的。被转换后的他每天被自己变化的身体和无法克制的进食欲所困扰，根本无暇顾及其他事，而且他本身是不晕血的，就更加记不起陆暄患有晕血症了。

这太奇怪了，系统是不可能自动替他清除这一设定的。因为在原文中，陆暄在新生阶段一直备受煎熬，一面渴望进食一面又感到惧怕，甚至在转换的时候都极力抗拒，是苏凛花了很长的时间才让他摆脱阴影。

“0901，我有问题要问你。”

0901 很快回应道：“许先生，您请说。”

“为什么我的晕血症消失了？”

0901 回复道：“许先生，在您被转换以后，我将您上次购买的剩余药水全部给您服用了，当然，这是在您昏迷的时候发生的事，为此我感到十分抱歉。”

不知道为什么，许其琛下意识地有些怀疑：“是吗？你把那瓶药水给我看一看。”

0901 沉默了两秒钟后说：“好的，许先生。”话音刚落，一个空的药水瓶子以全息光影的形式出现在许其琛的面前。

许其琛的眼睛像是在看着这个空瓶子，脑子里却想着其他的事。

刚才0901沉默了两秒让他更加怀疑，因为这个聪明的人工智能几乎从来没有迟钝过，从来都是即问即答，其沉默反应太反常了。

这或许说明了两点。

第一，0901在说谎，晕血症这一设定的消失并不是因为0901擅自给自己服用了抗晕血药。

第二，0901知道内幕，但是不能说。

许其琛没有继续追问。他很清楚，在这个时间点，就算他逼问0901，得到的答案也不一定是真的，他必须再找出一些其他的蛛丝马迹。

从学校的侧门直接出来就是三医院，一路上许其琛都低着头，太阳光照在身上带来的烧灼感让他浑身难受。这还只是春天，要是到了夏天，他恐怕连门都出不了。

溜进医院的许其琛直奔骨科，可科室里根本没有人。正好之前那个眼熟的护士从走廊那头走了过来，许其琛靠在门边，扒开口罩。

“姐姐！”

护士小姐愣了一下，眯着眼看了半天：“哦！小暄啊，怎么裹得这么严实？”

“我有点儿感冒，苏医生呢？”

“他去住院部了，好像就是你上次住的那间屋子的隔壁。”

许其琛“哦”了一声，露出一个甜甜的笑容：“谢谢姐。”说完他就跑去了住院部。

这里可算是他的主场了，他在三楼走廊溜达一圈，遇见了不少熟人，各种大爷大妈冲他打招呼。

许其琛心情愉快地走到自己上次住院的那个房间，想看看他之前的病友还在不在，瞄了一眼，里面的病人好像变成了一个小姑娘。

许其琛撇了撇嘴，有些失望，脚步挪向了旁边的病房。还没到门口，他就听见一个小男孩奶声奶气地说着：“苏医生，苏医生，我想吃那个糖，你给我拿一下吧。”

许其琛走到门口看见苏凛在里头站着，病床上躺着个五六岁的小孩子，胳膊肘被吊了起来，好像是受了伤。苏凛给小孩撕开了软糖的包装，那个孩子仅有的一只可以活动的手紧紧拽着苏凛的白大褂不放，嘴里嚷嚷着：“苏医生喂。”

哪里来的牛皮糖?

许其琛站在门外一动不动，眼睛盯着这个缠人的小孩，感觉自己的心里放着一个堆了好高的积木塔，稳稳当当，可这只揪着苏凛的衣角的小胖手正把他辛辛苦苦堆好的积木一块一块地抽走，眼看着他的高塔摇晃起来。

“咯！”

苏凛刚把手里的软糖喂给小孩，就听见一声浮夸的咳嗽声，抬起头往门口望去，看见裹成“小红包”的许其琛站在病房门外，两只卫衣袖子无精打采地耷拉着。

“你来了。”苏凛的语气轻飘飘的，他好像一点儿也没理解许其琛刚才那声咳嗽的意思。

许其琛不高兴了，大步走入病房里，隔着一张病床从苏凛手里攥着的袋子里拿出一根软糖，扒开口罩塞进嘴里，吧唧嚼了几下。

“你是谁啊？这是我的糖。”病床上的小孩子一脸不满意的表情，两只小胖手抓住苏凛的手腕，“不许吃。”

许其琛也不知道自己是怎么回事，平常他说过最多的就是“好啊”“都可以”“你决定”“没关系”这类话，这天却被一个小孩勾起了沉睡小半辈子的胜负欲。

他一把将苏凛手里的软糖袋子扯出来放到小孩子的跟前，一屁股坐在床边，凶巴巴地盯着小朋友。

苏凛简直哭笑不得。

两个“小孩子”僵持了半天，苏凛终于开口：“你别闹了，去科室等我，我查完房就过去。”

许其琛半死不活地“嗯”了一声，走到病房门口。

许其琛百无聊赖地在科室的小沙发上歪了一上午，看完了一部电影，苏凛才回来。许其琛怏怏不乐地看了他一眼，把帽檐压得低低的，假装没看见。

“吃饭去吗？”

许其琛闷闷地吐出两个字：“不去。”

苏凛换下了白大褂挂起来，穿上自己的外套：“快起来。”

他的语气不容置喙，许其琛从沙发上站起来，闷闷不乐地跟在他后面。

两个人进了空电梯，许其琛缩进了一个角落。苏凛从反光的电梯内壁上看他。

“去外面吃吧，今天午休时间很长。”

许其琛还是默不作声，出了电梯一直到停车场，都没吭声，跟着苏凛上了车。

苏凛没有直接发动车子，而是看了一眼许其琛的侧脸：“你为什么不高兴？”

许其琛张了张嘴，没说话，可闷了几秒又想开口，于是摘下口罩：“我就是不喜欢那个小家伙缠着你。”

“你可比他幼稚。”

听到这句话，许其琛忍不住琢磨苏凛的深层含义，究竟是嫌弃还是调侃。

苏凛不说话了，许其琛懒得继续琢磨，只低声嘟囔了一句：“反正我就是不高兴。”

“你的不高兴，来源于被转换者的雏鸟情结，过几天就好了。”苏凛将车钥匙插进车子，正要扭转，却被许其琛制止。

“不是的。”

许其琛抬起头，一双眼睛藏在帽檐下。

“不只是这样。”

苏凛发出了一声很轻很轻的叹息：“好吧。”

许其琛一下子开心起来：“我好饿，我要吃饭。”

苏凛发动了车子：“想吃什么？”

许其琛的脚轻轻地上下晃着：“吃……毛血旺！”他忽然开心起来，“毛血旺不就是血嘛，而且还很辣，是我喜欢的口味。”

无言以对的苏凛只能默默地转着方向盘，离开这个昏暗的停车场。

“我有点儿后悔转换你了。”

许其琛歪在座椅靠背上，盯着苏凛的侧脸：“为什么？”

“丢人。”苏凛拉了拉遮阳挡板，“出去不要说是我把你转换的。”

话虽这么说，可苏凛还是找到了附近的一家川菜馆。许其琛也不客气，点了一大份特辣口味的毛血旺，苏凛只点了一碗冰粉，默默吃了几口，然后抱着手看着吃得正香的许其琛。

“我决定了！我以后天天吃毛血旺！”

“不可以，”苏凛直截了当地拒绝了他，“你的身体会变差。”

“那一个星期吃三次！”

“两个星期吃一次。”

许其琛知道自己拗不过苏凛，只能先勉强答应，想吃的时候闹一闹，苏凛也不会拒绝。

许其琛心满意足地吃完饭，走出餐厅，口罩没有及时戴上，一推开门就被正午的阳光灼伤了脸。苏凛听见他“咝”了一声，立刻用自己的手掌遮住他的脸，等他戴好口罩。

回到科室，苏凛拉上了窗帘检查许其琛的脸：“口罩摘下来，我看看。”

许其琛一边说着没事，一边还是顺从地摘下了自己的口罩。

苏凛转了转他的脸，他右脸颧骨下面的皮肤被阳光烧伤，好在有药水抵御，只留下了很浅的红色痕迹。

苏凛起身，拿出刚才下车后买的一罐冰可乐递给他。许其琛接过可乐轻轻地贴在脸上，小声地抽了一口气，又拿开了一些。

苏凛问：“会不会觉得很可惜？”

许其琛不太明白他的意思：“可惜什么？”

苏凛看着他将易拉罐贴在脸颊上，轻轻地滚了滚：“你应该很喜欢阳光吧。”苏凛的眼睛看着窗帘下面漏出的一点点摇晃的光线，“现在成了雪裔人，你就没办法享受阳光了，只能躲在暗处，在夜晚活动。”

许其琛“嗯”了一声：“我确实是很喜欢阳光。”

他的肯定回答让苏凛本就不明朗的心情更沉重了一些。

“不过没什么好可惜的，”许其琛看向苏凛的脸，微笑着说。

苏凛看着真诚笑着的许其琛，心里的感觉难以言喻。

苏凛无奈地勾起嘴角，什么话也没有说。

或许许其琛都懂吧。

一连好几天，许其琛都只能一个人待在家里等着苏凛回来。周四的那天，苏凛连着做了两台手术，中途休息了一会儿给许其琛发了消息，让他不要等自己。

虽然他不是普通人类，但是高度集中地长时间手术还是格外消磨精力。

苏凛回到家的时候已经很晚，猜想许其琛应该已经睡了，可一开门，发现客厅的电视还亮着，放着很早的一部欧美情景喜剧。

苏凛将外套脱下来，换了鞋走进客厅。许其琛半趴着，一只胳膊压在自己的脑袋底下，两条腿交叠着缩在一起，白皙的脚踝从深蓝色家居服的裤腿中露出来。他确实睡着了。

洗完澡的苏凛在羊毛地毯上坐下。

许其琛含含混混地哼了几声，像个被吵醒的仓鼠，睁不开眼睛，伸着手到处抓着，抓到了苏凛，然后就傻笑起来。

“你回来了啊……”

苏凛看他连眼睛都懒得睁，好笑得很：“别在这儿睡。”

苏凛把他叫回了卧室。他一沾上床就自动进入睡眠状态，整个人缩进被子里，只露出半个额头。

第二天许其琛醒来的时候，苏凛又已经去上班了，整个房子里只剩下他一个人。他感觉自己就像是被主人豢养的小宠物，每天在家里吃着主人准备好的食物，等着主人回来。

这个比喻有点儿可怜，许其琛撇了撇嘴，趴在桌子上看着苏凛留下的字条。

看着看着，他忽然觉得这个字有点儿奇怪。

许其琛以前对书法很感兴趣，练字的时候研究了一段时间，每个人的字迹都是有固定的运笔力度和习惯的，写出来的字总是带着或多或少的个人风格，很好辨认。

苏凛的字倒不是不好看，而是这样的力度，有一点儿不正常，他像是刻意改变了自己的运笔习惯。

许其琛正想着，门铃忽然响了，他以为是苏凛忘记拿什么东西，想也没想就直接打开了门。

“你怎么回来了……”

他一打开门，面前是一个皮肤很白、长相美艳的女人，穿着一条很打眼的紫色连衣裙。

对方一看见许其琛，立刻开门见山地自我介绍：“你好，我叫方雅，是苏凛的朋友。”她将手里提着的类似礼品的东西递给许其琛，非常自来熟地进门，然后开始换鞋。

方雅这个人许其琛是知道的，就是原文里那个原本在检验科供职的雪裔人。搞清楚底细的许其琛慢悠悠地关上了门，没想到反倒被方雅数落了一遍：“你呀，怎么可以随便给陌生人开门呢？万一来的是坏人怎么办？”

她进都进来了，还说这种话，典型的得了便宜还卖乖。

许其琛笑了笑：“因为这个房子从来没有外人来过，我就以为是苏凛忘拿钥匙了。”

“那是我给你带的补品，还有好吃的东西，你放冰箱里吧。”

许其琛看了一眼袋子，里面的东西都是红彤彤的。

客套完，方雅绕着许其琛转了几圈，脸上的表情很奇怪。

许其琛看了看她：“怎么了？”

方雅笑出声：“没什么，只是在想那家伙为什么对你这么好。”

许其琛有些不好意思，抓了抓自己后脑勺的头发，也没说话。

“他可从来没有转换过任何人。”方雅见餐桌上有张字条，拿起来看了一眼，“他是雪裔人里最高级的存在，很多人求着他转换，他从来没有同意过，所以我很好奇，他为什么会转换你？”

许其琛微微收着下巴，看着方雅的高跟鞋尖，想到了原文里不尽如人意的结局。

苏凛如果知道自己唯一转换过的人，最后会完全忘记他，成为与他为敌的“雪裔猎手”，会不会觉得后悔呢？

许其琛给自己倒了杯水，刚喝了一口，就听见方雅说：“你每天就躲在家里等他回来吗？”

许其琛“嗯”了一声：“因为我还没有度过稳定期，单独行动会很危险。”

坐在对面的方雅隔着桌子凑到了许其琛跟前，冲他挑了挑眉：“想出去玩吗，姐姐带你去？”

周五的时候苏凛特地调了值班，六点就往家里赶，打开家门发现客厅里没有人，隐约觉得有些不对劲，走到卧室里也没看见许其琛的人影。人去哪儿了？

苏凛拿出手机给许其琛打电话。

“对不起，您拨打的电话已关机。”

怎么回事？他拿着手机不自觉地在客厅里来回走动，想着许其琛会去哪儿。

如果许其琛是自己出门了，不会不告诉他的，可如果许其琛是被人带走了呢?

苏凛的脑子里越来越乱，各种荒诞的可能性都涌现出来。

苏凛忽然想起早上因为问诊被他关闭提示的微信，打开微信界面，果然看到了许其琛发来的未读消息，这才安定下来，长舒了一口气。

可是这样的安定还没有持续三秒。

当他点开微信消息的时候，他直接站了起来，抓了玄关柜子上的钥匙就出门了。

“苏医生，方雅姐带我出去玩了。”

想想许其琛发的这句话，苏凛觉得自己越来越像个老父亲，成天都在担心孩子被别人拐走。

苏凛一路上连着给方雅打了四通电话，那边的人才终于慢慢悠悠地接通，电话那头震天响，苏凛根本听不见她说什么，只听见她嚷嚷着报了个酒吧的名字。苏凛一听到名字便挂断了电话，油门一踩直奔那里。

这个酒吧很难找，是一个年纪和他差不多大的雪裔人开的，在圈子里很有名。

许其琛被方雅那个没半点儿分寸的人带去了那里，就等于兔子掉进了狼窝。苏凛越想越恼火，一脚把油门踩到底。

苏凛刚站到酒吧门口，接待的服务生就笑意盈盈地迎上前来：“先生，您想……”

“我找人。”苏凛没有理会她，一边走进酒吧，一边低头拨通方雅的电话，酒吧里的音乐声震得他的鼓膜难受。

“喂？苏凛？”

声音实在是太大，苏凛皱着眉将电话拿开：“你在哪儿？”

“你往里走，在乐队这边！”

苏凛拿着手机，穿过舞台，一连好几个人上前跟他搭讪，他权当看不见似的，径直朝着自己的方向走着，搜寻许其琛的身影。

在人群里挤了半天，苏凛才看到乐队和DJ，视线顺着往后，看见了穿着紫色吊带裙的方雅。她似乎更早一步看见苏凛，远远地就抬着细长的胳膊朝他挥手。

苏凛走了过去，看见方雅一个人坐在吧台边，连打招呼的流程都直接省略了："他人呢？"

"我说你也太偏心了，怎么说我们也是认识几百年的老朋友了，连句问候都没有。"方雅喝了一口酒，指了指不远处的拐角，"他去洗手间了，我一个女的总不能跟着过去吧。"

苏凛看了看吧台上的空酒杯，二话没说径直往洗手间走去。

这里的洗手间连着一条走廊，迷乱的紫色灯光从头顶打下来，照得人脑子发晕。

苏凛非常嫌弃老板的审美格调。

还没走到洗手间，他就感应到了许其琛的存在，和平常不太一样。

苏凛走到拐角，果然看见了许其琛，他穿的似乎是自己的一件黑色衬衣，衣摆松松垮垮地塞在裤子里，看起来喝醉了，无力地靠在墙壁上。

然而这都不是最要紧的。

最要紧的是，许其琛的状态不太正常，整个人都迷迷糊糊的，不知道是喝了多少酒。一个高个子雪裔人站在他身后，露出獠牙。

苏凛上前将那个雪裔人掀翻在地，吓得路过的人都后退了几步。

被掀倒在地的雪裔人也是一个血统不错的家伙，被人这么来了一下子又气恼又尴尬，硬撑出一副强势的样子，伸手用力推了一把苏凛的肩膀："你懂不懂规矩？！没看见我跟他说话吗？"

苏凛回头看了一眼这个不知死活的雪裔人，眼睛一瞬间变得通红，表情冷漠无比。

那个雪裔人的气势一下子弱了下来，明显地感觉到对方的血统远远高于自己，可他就是不服气，相当嘴硬："强就了不起吗？"

听到这句话，苏凛皱了皱眉。许其琛醉得厉害，整个人都站不住，下一秒，他感觉到一阵剧烈的疼痛袭来。

苏凛回头看了一眼那个人，眼神里满是轻蔑之意。

那人低声骂了一句，离开了这条走廊。

苏凛一直觉得结契这种事要慎重，没想到这天竟然在别人的刺激下完成了。

疼痛感让醉酒的许其琛稍微清醒了一点儿。他用手摸了摸自己的伤口，有些疑惑地抬眼看向苏凛，对方还没从刚才的事中走出来，脸上的表情仍旧不太友善。

“苏医生，你怎么了……”喝多了的许其琛还没意识到发生了什么事。

苏凛沉默着带他离开走廊，回到之前的吧台边。

“哟，回来了？怎么这么久啊？”方雅拍了拍许其琛的肩，却发现他身上带伤，吓了一跳，“小家伙，你被谁弄伤的？！”

许其琛的脑子乱得很，他想说话来着，憋了半天就打了个脆生生的嗝。方雅一惊一乍地看着他的伤口，苏凛实在是受不了了，轻描淡写地道：“我。”

“吓死我了……”方雅拍了拍胸口，转头又猛吸了一口气，“你……你们终于还是结契了！”

终于？苏凛不解地挑了挑眉：“你怎么知道的？”

“小家伙告诉我的，”方雅立刻撇得干干净净。

两个人说着话，都没有发现坐在旁边的许其琛有什么不对劲的地方。

方雅撞了撞苏凛的胳膊肘：“要不要来一杯？”

苏凛正要拒绝，坐在身边的许其琛忽然抓住了苏凛的肩膀，身子歪着，凳子都要被他弄倒。苏凛两只手扶住他，怕他摔倒。

许其琛嘴里含混不清地说着什么，整个人跟条滑溜溜的小鱼似的。苏凛觉得不太对劲，探了探他的侧颈，烫得要命。

“他怎么怪怪的……像是……”

苏凛把外套脱下盖在许其琛的身上，扶着他站了起来：“今天是他被转换之后的第七天。”

方雅惊呼：“那他今天……成人热？糟了，我不该让他喝酒的……”

苏凛没有接话，带着许其琛离开了这个是非之地。

火从燃起到肆意燎原，最终消减在温柔无比的雨中。

许其琛也不记得究竟是什么时候睡着的，醒来的时候是后半夜了，他感觉喉咙干得厉害，伸出手摸索到了床头柜上的台灯开关，暖黄的灯光一下子弥漫开来，将这个浸在黑夜中的房间唤醒。

许其琛想起身给自己倒水，却发现床头柜上放着一杯。

他伸手拿起那杯水，喝了几口，喉咙的干痒感终于缓解了几分。他将杯子轻轻地放下，整个人一点点地缩回被子里，怕把不远处的苏凛吵醒。

苏凛睡得很沉，暖黄色的灯光像是柔和的滤镜，将他平日里冷漠的五官变得温柔了许多。

虽然苏凛总是拒人于千里之外，不善于表达自己的感情，可是许其琛知道，其实苏凛是一个很温柔的人。

这样想着，许其琛忽然发现，其实苏凛这个角色的设定似乎更像自己一些。

就像一只蜗牛，他躲在坚硬的外壳里不见天日，假装什么也不需要，什么也看不到。可真正遇到了太阳，他也还是愿意冒着风险，小心翼翼地伸出自己柔软的触角，哪怕是碰一碰再缩回去。

许其琛还记得，高一下学期最后一次月考前，他为了抓紧时间复习，留在学校午休。

许其琛一个人在教室里看书，累了就趴一会儿。后来有一天，他在食堂吃完饭走回教室，惊讶地发现后座的那个人也没回家。

对方一看见自己，就笑了："你中午不回去睡觉吗？"

许其琛摇了摇头："我看会儿书。"

就这样说了两句话，许其琛落了座。

窗外的蝉鸣声冗长又聒噪。许其琛之前还能看进去的书、背得进去的公式，现在却好像故意和自己作对一样，在纸上飞来飞去，晃得他眼花缭乱，一个字也看不进去。

浑浑噩噩地，他听见身后的人将笔帽"啪"的一声扣上，合上了书，趴在了桌子上。

世界忽然变得很安静，许其琛连一页书都不愿意再翻，害怕吵到身后的人，即便他知道，对方在吵得要命的下课十分钟时间里也能睡得很香。

不知过了多久，许其琛才听到了他平缓细微的呼吸声，忍不住回过头去。

初夏的阳光透过玻璃窗，把一切都照得透亮。

即便是过去十年，当时的画面还可以像电影回放一样，重现每一个鲜活的细节。

许其琛渐渐地收回思绪，看向眼前的人。

苏凛平躺着，脖子上有两处明显的伤口，已经结了暗红色的血痂。不知为何，他皱起眉头，好像是做了不太好的梦。

要不要叫醒他？许其琛犹豫着，轻声叫他的名字："苏凛，苏凛……"

苏凛微微张开嘴唇，似乎要说什么，却又发不出清晰的声音。

许其琛觉得奇怪，盯着他，试图弄明白他在说什么。

唇语是一门简单又复杂的语言。

如果不是一再确认，许其琛都不敢相信，他反复呢喃的这三个字真的如自己所想。

这意外的梦呓，让许其琛再也无法冷静。

之后的几个小时，许其琛一直睁着眼直到天亮。

在这静谧无声的几个小时里，他一点点寻找着每个世界曾经有过，却被自己无意中忽视了的反常细节。

第一个世界的林然，在设定里是一个掌控节奏的人，原本厌恶季梦泽，相处之后才了解他的性格，一直是主动和自信的那一方。

可是他真正接近的那个林然，虽然和原文中他创造出来的形象很像，但他回头想想，对方看到他的第一眼就不同寻常，甚至不断地以自己的方式在帮助他。

可这个林然又是不自信的，在自己退缩的时候，他也后退了。现在许其琛想想，当初对方所说的那段话，根本就不是小说里的林然会说出的话。

只是最初的自己当局者迷，没有发现而已。

第二个世界的牧遥也是一样，明明是被所有人追捧的对象，却好像总是少了那么一点儿自信，知道他在无意识的情况下伤害到自己的时候，会条件反射地想要躲开。

那个贝叶斯定理，说的真的是牧遥吗？

许其琛的脑子有些乱，那些片段在脑子里回放的时候，总是会带来很多情绪，让他没有办法冷静地思考。

原文中，叶涵怕狗的设定远远比那个世界所呈现出的情况要严重得多，可是到了后期，许其琛几乎已经快忘记这个设定的存在了，就像这个世界的晕血症一样。

第三个世界的宋沅言，巧克力、看戏，还有钢琴曲，林林总总，无一不是在旁敲侧击。

许其琛不知道为什么，忽然觉得难过。

他曾经为自己把这些角色当作替代品而愧疚，可到现在才发现，这是一个局中局，他并不愿意将自己经历过的一切事情都看作是一场阴谋，可他的的确确是被蒙在鼓里的人。

林然、牧遥、宋沅言，还有苏凛，他们的背后……

“醒了吗？”苏凛的声音突然响起。

许其琛愣了愣，吸了一口气，伪装成刚睡醒的样子：“嗯……”

“有没有哪里不舒服？”

许其琛无声地摇了摇头。

苏凛想到了昨天的事，心有余悸：“下次要出去，你一定要给我打电话，要让我知道。我昨天很担心，还以为你……”

“以为我怎么了？”

苏凛摇了摇头：“没什么，你刚被转换，不太安全。”

许其琛却意味深长地开口：“我总觉得，你好像知道我会出什么事一样，难不成你有未卜先知的能力？”

苏凛不说话，许其琛也猜不到他在想什么。

两个人都话里有话，却不敢轻易拆穿。

许其琛沉默了片刻，面向苏凛。

“怎么了？”

许其琛没说话，只是这样默默地看着眼前的人。

他有好多推测需要验证，有好多疑惑没有被解开。

他想看清楚，这张脸的背后究竟藏着谁的灵魂？

苏凛感觉到了许其琛的反常，但也什么都没说，只是轻轻问许其琛：“不舒服吗？”

许其琛张了张嘴，话到嘴边却又顿住了。

“没，就看看你。”许其琛的视线垂了下来。

他的脑子里竟然闪过一个可能，如果他现在开口，戳破这个脆弱的泡沫，是不是一切都会结束呢？

他的第一反应竟然是舍不得。

不知为何，许其琛进入到这些虚拟世界，就像是圆了自己的梦一样，填补了这十年的遗憾。

可是虚拟世界终究是虚拟的，永远不可能变成现实吧。

他还是得摘下这张面具。

许其琛深深吸了一口气，身子往下缩了缩，将自己埋在被子里。他平静地开口：“昨天晚上你做噩梦了。”

苏凛没有接话。

“你在梦里叫着一个人的名字。”许其琛发不出太大的声音，哑着嗓子用气声问道，“是谁？”

苏凛沉默了片刻，离开了房间。

许其琛一个人缩在被子里。他离真相只有一步之遥，可怎么都不愿意迈出那一步。

事情变成这个样子，是他所没有预料到的，他甚至有点儿后悔，如果他昨天半夜没有醒过来，是不是还可以继续装傻，还有下个世界、下下个世界……

“0901，你在吗？”

“我在的，许先生。”0901 的声音很快出现，“您是需要核算点数吗？我们正在……”

“不是的，我有别的事要问你。”许其琛望着天花板，“这些世界里的任务对象，和我一样就是现实生活中的某个人，对不对？”

0901 沉默了一会儿才说：“许先生，我没有权限回答您的问题。”

“为什么没有权限？是因为你的权限都是他给的，对不对？”

“为什么不说话？这些世界里的任务对象，就是这个系统的管理员，对吗？”

0901 最终仍旧只有那句话：“抱歉，我没有权限回答您的问题。”

连一个人工智能都学会了人类的逃避法则。

“我就当你默认了。”

许其琛放弃了追问。

他不知道自己在床上躺了多久，总觉得这样下去是不行的。他收拾好心情坐起来，走到客厅，看见苏凛坐在沙发上，在他出来的那一刻，将自己手里的烟灭了。

“你什么时候知道的？”终归还是苏凛先开了口。

许其琛远远地看着那个被熄灭的烟头，哑着嗓子回答：“我……在上个世界就发现不对劲了，有过很多怀疑，但猜不到你究竟是谁。我甚至不知道你究竟是现实生活中的人，还是被创造出来的意识？”

许其琛光着脚，一步一步走到苏凛给他买的羊毛地毯上。

苏凛就这样低垂着头，一句话也没说。

“你伪装得很好，我在前两个世界里几乎没有怀疑过，一心只想着完成任务。可是就在几天前，我忽然发现了一个很明显却被我忽视的漏洞。”

许其琛忍不住低头笑了笑：“你知道吗？你从来没有叫过我的名字。”

“不管我是季梦泽，我是叶涵，是孙霖，还是陆暄，不管我在哪个世界扮演哪个角色，你从来没有叫过我的名字。”他看向苏凛的脸，“我一直想不通，虽然我不知道你究竟是谁，可是你这么聪明，为什么会犯这样的错误？”

他深吸了一口气：“直到昨天晚上，我才明白。”

“我昨天在梦里，叫了你的名字。”苏凛抬起了一直低垂着的头，雾蒙蒙的眼睛看向他，“对不对，许其琛？”

从这个虚拟角色的口中听到自己的名字，许其琛觉得陌生又熟悉。

“我没有叫过那些角色的名字，是因为知道站在我面前的人，他的名字叫许其琛。”苏凛的嗓子也有些哑，语气很坦然。

苏凛侧过脸看向窗帘，窗帘的颜色很深，和深沉的夜幕一样。

“我知道你已经猜到了。”苏凛如释重负地叹了一口气，“你刚才和0901的对话，我听见了。你猜得没有错，我就是这个系统的管理员，或者说，开发者。”

许其琛垂在身侧的手指微微动了动，声音沙哑而慌乱：“我为什么会进入这个系统？我……我现在是死是活？我……”

“我对你进行了意识采样，让你进入了这个虚拟系统，你可以把这儿看成某种浸入式游戏的延伸，现在的你并没有死。你的意识所度过的时间和你的生理时间是不同步的，看起来你在这个系统里度过了好几个世纪那么长，实际生活中，只过去了十几分钟。”

他条理清晰地解释了所有事，反倒让许其琛更加无措。

意识采样……

许其琛忽然想起，在他误以为自己猝死的当天下午，收到了在网上新配的眼镜，奇怪的是，店家附赠了一副耳机，他当时只以为是赠品，没太在意，晚上就将它们戴上了。

这是他做的吗？

“我没想过伤害你，只是根据你的作品做出了几个世界，借用你十几分钟的时间。不论结果怎么样，系统都会让你回到现实生活中，你甚至可以选择抹去系统里的记忆，一切都会尊重你的意愿。”

许其琛皱着眉头，脑子好乱，情绪和思维混在了一起，让他无法冷静思考，只能愣愣地开口问他最想问的问题：“我不明白……你为什么会知道我的名字？你究竟是谁？”

苏凛抬起头看向他：“你真的不知道我是谁吗？”

他彻底撕下了苏凛本应该有的伪装，眼里是难过，是不甘，是各种各样的复杂情绪。

许其琛没有回答，因为不敢回答。

反倒是0901的声音再一次出现。

“许先生，我刚刚获得了一个权限，有一件事需要告知您。”0901顿了顿，“我的完整编号是201509010739。”

这串数字是什么意思？

苏凛微笑着解释：“2015年9月1日7点39分。”

一瞬间，周围的一切景象，沙发、地毯、昏暗的客厅，全在视线中化作尘埃一样的光点。在下一刻又聚拢，变成了一幅许其琛再熟悉不过的画面：灰色的公交车站、缓缓驶来的绿色公交车、蓝得澄净无比的天空、来来往往穿着校服的学生。

许其琛低头看了看自己，黑色的校服裤子，白色的短袖衬衫，左胸上有深蓝色的校徽。

他的视线自然而然地望向不远处，公交车站长椅上同样穿着夏季校服的那个人，侧过了脸，五官的每一个细节，都和自己记忆之中的那个人完全重合。

许其琛心底的那个答案终于在这一刻得到了验证，他曾经无数次地告诉自己，不可能是那个人，没理由是那个人。

可他现在已经找不到任何借口说服自己。

苏凛真的是那个人。

许其琛艰难地开口，声音微弱得几乎只有自己能够听见。

“夏知许……”

那个人抿着嘴微笑，抓起放在一边的书包站了起来，一步一步走向了自己。

“好久没听见你叫我的名字了，真怀念啊。”

许其琛手足无措：“我不明白……你为什么要这样做？”

夏知许露出了一个苦涩的笑容。

“如果我说，我做这一切事情只是想再试一次，你相信吗？”

不如我们从头来过 上

2015年9月1日。

"知许，要不要再拿一盒牛奶？"

"不用了，我喝不下。"夏知许系好了球鞋鞋带，抓起书包往肩上一挂，"爸妈，我走了。"

夏妈妈将牛奶放下，小跑着到夏知许跟前，儿子也不过才十五岁，就早早抽了条，比她高出了一个头。她将夏知许落在桌子上的校徽别在他的左胸上："你看你，差点儿把这个忘了，上学第一天就这么丢三落四的。"

夏爸爸放下报纸："要不要我送你？"

夏知许笑着抱了抱夏妈妈，抻着脖子冲餐厅里的爸爸喊了一句："不用了，我坐公交车，走啦！"

九月份的天气很难形容，刚退了暑热，可又还没完全进入爽朗的秋日。

夏知许从家里出来，过一条马路就是公交车站。静俭中学的夏季校服很素净，白色短袖衬衫配黑色长裤，这一点倒是让夏知许十分满意。

夏知许懒洋洋地走到公交车站，站牌旁边站了几个上班族，看起来十分着急的样子。夏知许坐到长椅上，望着远处公交车驶来的方向，等候着他的729路公交车。

公交车站的人渐渐地多了起来，有几个穿着别的学校校服的女孩子，还有一些更小的小学生，手里捏着还没吃完的早餐，说话奶声奶气的。

夏知许伸着两条长腿，无聊地看了一眼手腕上的表。7点39分，还早，他应该不会迟到。

夏知许再次抬起头，视线里出现了一个新的身影，和自己一样，穿着静俭中学的校服。对方的背影看起来好瘦，就像去年他种在奶奶家的院子里的小树苗，直直地立着，夏知许总觉得风一吹对方就会栽倒过去似的。

奇怪得很，这个人明明就站在这里，站在这个嘈杂吵闹又充满人情味的公交车站里，但无形中，好像有一个薄薄的隔膜，将他和外界的一切事物隔开，疏离而安静。

就像小时候去游乐园，路边的表演者吹出一个巨大的泡泡，可以将人完整地罩在里面，阳光下闪着彩色的微光。

夏知许歪过头，出于对同校学生的好奇，想看看这个人的正脸。对方这个时间点去学校，应该也是新生吧?

“729路公交车来了。”

听到有人说话，夏知许这才反应过来，连忙从长椅上站起来，刚停下没多久的公交车前已经挤满了人，他只好在后头等着，好不容易才上了车。

夏知许将卡收进书包侧面，被人群挤到了车厢中间。整个公交车就像是一个巨大的沙丁鱼罐头，人贴着人，动弹不得。他转着脑袋四处望了望，在密密麻麻的人群中看见了和自己一样的白衬衫。

那个彩色泡泡还在，将这个人裹在里面。

夏知许勉强能够看到他的侧脸，发现他身上好像有伤，左边的胳膊打了石膏吊着。

“南京路到了，请携带好自己的随身物品……”

人群松动了一些，夏知许看着许多乘客出了车厢，也跟着往后挤了挤：“不好意思让一让，不好意思……”

他挤到了这个男生的旁边。

夏知许伸手抓住了头顶的拉环，车开动了，他一个没稳住，不小心撞到了身边的男孩子，连忙道歉："对不起，对不起。"

被撞到的同校学生连头也没有抬，唯一可以活动的手抓着旁边的柱子，面向侧面的车窗摇了摇头。

夏知许微微低着头，侧着下巴悄悄看着身边的人。对方一直微低着头，几乎没有表情，嘴边、左边的颧骨和脖子上都贴了纱布，额头那边好像也有，个子比自己矮了一小截。

他是被人打了吗？怎么会有这么多伤？

第一次见面就盯着人家看，好像不太礼貌，意识到这个问题的夏知许偏了偏脑袋。

车子摇晃不停，这座城市的公交车以开得猛著称，司机几乎是将公交车当卡丁车来开。

车猛地一停，身边的男生撞到了夏知许身上。

夏知许倒没什么，就是挺担心这个人的胳膊，扶了他一把："没事吧？"

"抱歉……"

像泉水涌动的声音响起。

这个奇怪的比喻让夏知许自己都有些想吐槽。

夏知许还是有些担心，忍不住多看了男生几眼。他的头发颜色和自己的完全不一样，是偏浅的棕色，在阳光下显得更加明亮。

可他的脸色真的不太好，有些苍白，抓住柱子的手也握得很紧，骨节发白。

夏知许就这样看着男生，对方忽然偏过头。夏知许赶紧抬起头，若无其事地看向头顶贴着的路线图，还有一站。

从小就招人喜欢，初中时被窗户外面的外班女生围观了三年的夏知许，生平第一次体会到了心虚的感觉。

他转过身子，费劲地挤到了车门边。

随着报站声响起，车门被打开，夏知许背着书包走下了车。不知道为什么，脚步又不自觉地慢了下来，他有种想回头的冲动。

但他没有回头，还是走吧，早点儿去教室认识新同学。

他刚迈出第一个轻快的步子，后背的衣服布料就被人揪住了。

夏知许下意识地回头，却没看到人，再一低头，才看见有人蹲在了自己的身后，是刚刚在车上的那个男生，那个被彩色泡泡罩住的人。

他竟然出现了幻觉，隐约听到“噗”的一声，泡泡破了。

“你怎么了？”他赶紧蹲下来扶着对方没受伤的肩膀，“是不是哪里不舒服？晕车？”

男生的脸色很苍白，嘴唇也很苍白，头上全是细密的汗珠。

夏知许着急起来：“你倒是说话呀？”

“有……有糖吗？”男生攥住了夏知许的手臂，似乎想要找一个支撑点。

“糖？我没有糖，牛奶可以吗？”夏知许有些疑惑，下意识地伸手去摸自己书包的侧面，这才想起这天他没带牛奶，忍不住有些懊恼。

那个男生紧紧地皱着眉，微弱地摇了摇头。

夏知许看了看四周，发现了校门口的小卖部：“你等着，我去那边买，很快。”他飞快地站起来，边跑边回头看了一眼，那个男生还孤零零地蹲在那儿。

夏知许上气不接下气地跑到小卖部门口：“一……一包糖！”

“什么糖？”坐在里面懒洋洋地吃着面条的老板眼皮也没抬一下。

“随便，”夏知许喘着粗气，忽然又想起什么，“不要泡泡糖啊。”

老板将筷子一放，伸出一只手推了推玻璃柜上插满棒棒糖的球状体：“喏，自己挑吧。”

夏知许看也没看，随便拿了一根，正要走，对方喊着：“哎，你没给钱啊！”

实在太着急了，他差点儿忘了给钱。

夏知许赶紧折回来，摸了半天，身上只有一张整一百的钞票，于是递给老板：“麻烦您快点儿找，谢谢了。”

“着什么急啊？”老板抬眼瞄了瞄墙上的旧钟，“这不还早呢嘛。你们这个点来，应该是高一新生吧，不用着急，开学第一天又不上早自习。”

夏知许看着老板对着太阳光仔仔细细地瞅着那张一百块钞票，又用食指和拇指捻了捻，然后慢悠悠地打开抽屉，一张一张抽出零钱，又一张一张地认真地点了一遍。

夏知许感觉过去了一个世纪。

“喏，自己点一点，看看对不……”

“谢谢。”夏知许飞快地拿过那沓旧纸币，拔腿就跑。

老板望着他的背影，摇了摇头：“现在的小孩子怎么回事？怪里怪气……”

夏知许跑回刚才的公交车站旁，却发现之前蹲在这儿的男生不见了。

夏知许在原地转了好几圈，好多穿着同样校服的人都在往校门口走着，但没有一个是那个男生。

夏知许紧紧地捏着那根棒棒糖，手心和后背出了一层汗。

一阵巨大的失落感将他淹没，他低头看了一眼手上的糖，自暴自弃地拆开包装，塞进嘴里。

真酸，这是什么口味啊？

夏知许看了一眼包装纸，上面印着鲜亮的柠檬。

他将纸揉成一团，扔到了校门口的垃圾桶里，抬眼看了看称得上大手笔的校门，跟着人群走了进去。

这所学校是当地最好的高中之一，出了名的环境优美，学风严谨。在这座重视基础教育的城市，许多家长挤破了头也想把孩子送过来念书。

夏知许从校门口的大理石台阶走下去，看见了新修葺的操场，还有树影之中十分气派高大的新教学楼。

“夏知许！”

听见有人叫自己的名字，夏知许回过头，是自己的初中同学陈放。看他理着短到不能再短的寸头，夏知许忍不住笑起来：“你这发型像刚从局子里出来似的。”

陈放使劲推了他一把：“你小子太过分了，我还没说你呢，不是说要理发吗？你这也太长了吧？”他揪着夏知许的头发，“还应该再剪这么多。”

夏知许拍开他的手：“你少来，刚才校门口查人的风纪委员没说我的头发有问题。”

“哎呀，反正你靠着这张脸，剃光头也有大把女生追。”陈放叹了一口气，“老天保佑，可千万别把我们分在一个班。”

夏知许叼着棒棒糖，睨了他一眼：“为什么？”

陈放翻了个白眼：“你还好意思问？初中三年，哪一个女生没围观过你？我真是惨得不行。这就算了，暑假在家也过不好，成天被我妈数落。”

他翘着兰花指，模仿着自家妈妈的样子，戳着夏知许的肩膀：“你说你，跟人家知许玩得那么好，怎么不跟人家多学学？人家中考全市前十，你考了多少分？人家奥数也是金牌，篮球打得也好。卖相也好，你看看你，啧啧啧，怎么办哦？”

卖相好……

这个形容简直了。夏知许笑得见牙不见眼，嘴里含着棒棒糖，说话不太清楚："因为这你就不想跟我在一个班了啊？"

陈放撞了撞他的肩膀："开玩笑的，怎么可能？我们多铁啊。"

鹤立鸡群。

这四个字几乎是所有认识夏知许的人对他的评价。

但这样一个人，偏偏又有着最开朗阳光的性格，让人连忌妒心都起不了，一下子就被他的魅力吸引，成为他的朋友。

他们走到高一教学楼下的展牌前，陈放左挤右搡地到了最前面，夏知许不太愿意挤，就站在后面看。展牌上印着高一新生的名单、班级以及具体班级的位置。

夏知许个头高，站在最后也能勉强看见名单，他的视线横着扫过展牌，在高一（13）班的下面看到了自己的名字，排在第一个，很显眼。

"知许！我们真的在一个班！"陈放激动不已地挤了出来，"走，走，走，我们在四楼。"

真够巧的。夏知许笑得很开心，被这个傻兮兮的老朋友拽着上了楼。

教室跟夏知许想象中的没有太大的差别，和初中的教室相比，只是稍微大了一点儿。陈放的偶像包袱倒不小，进去前他还理了理自己的衬衫，夏知许跟在后头，看他这样忍不住嘲笑起来。

教室里已经有了不少人，有几拨围在一起，大概是初中就认识的老同学。

"你看，来了个好看的。"

"啊啊啊，真的帅。"

夏知许已经习惯了这种注视的目光，脸上的笑容收敛了一点儿，变成礼貌的笑容，跟着陈放随便找了个座位坐下。

人越来越多，夏知许和陈放聊着天，听见有人说老师进来了，才抬起头看向讲台。

进来的是一个瘦高斯文的男人，戴着一副眼镜，看起来不过三十多岁，表情还算柔和，感觉是教语文的。

夏知许这么想着，将嘴里化了不到一半的棒棒糖"嘎嘣"一下咬碎，将细棍捏在手上。

"大家好，我是你们的班主任，我叫张正心。"他拿起一根粉笔，在黑板上写下了自己的名字，底下有学生小声地议论，说他的名字有些怪。

张老师笑着解答："我的名字虽然怪，但是有出处的。"他随即转身，在黑板上"唰唰"写下了一句话——

欲修其身者，先正其心。

"这是礼记里的一句话，"张正心转过身，"也是我对大家的期望，大家来到静俭中学，首要的目的当然是学习，这一点我不赘述了。但在我看来，更重要的是学会做一个正直的人。"

他低头打开花名册："好，我们不多说，先把位子排一排。"他抬起头，眯着眼睛看了看，"我们就……先按照个子排吧。"

于是教室里的学生又一个个出去，在张正心的安排下男生女生分开，按身高顺序站成了两排。

"从你们开始，两两依次进去吧。"

打头的男生女生看了一眼彼此，有些不好意思，但还是走了进去。

夏知许看了看跟自己并排的女生，对方也正好看向他，脸上的羞涩表情都藏不住了。他只好对她笑笑，然后转头望向走廊外面的风景。

酸涩的糖果碎片还在嘴里，磨得他的腮帮子难受。

前面的人越来越少，夏知许就这么等着，等到站在自己前面的男生走了，他向前一步，站到了张正心身边。

"好，下一个……"

张正心的手放在夏知许的肩上。

"老师……"

一个熟悉的声音出现，夏知许侧了侧头，看见张正心的背后走过来一个人。

来人真的是他。

"对不起……我刚刚有点儿事，迟到了。"

他的声音很低，很轻，满是抱歉之意。

"没关系。"张正心转过身子，看着他身上的伤，笑得很温柔，"那你就……"他又回头看了一眼夏知许，"你就先排在他前面进去吧。"

夏知许看着那个男生进了教室。

"到你了，你跟这个同学一起进去吧。"

"哦。"夏知许这才回过神，都没有发现身边的女生激动的表情。

他们是按照“S”形的方式一个一个落座的，刚才那个男孩子坐在了第五排最靠里的位子。

所以夏知许自然而然地坐到了第六排最靠里的位子，正好在他的后座。

不知道为什么，夏知许的心情莫名其妙地好了起来。

这算是大人们说的缘分吧，夏知许想和他做朋友。

“好，大家现在都坐到位子上了。”张正心推了推鼻梁上的眼镜，“今天这第一节课呢，我们就来互相认识一下，大家按照刚才的顺序依次上来做一下自我介绍，想说什么都可以，最重要的是让我们记住你。”

夏知许忽然感觉自己的胳膊被戳了戳，侧过脸，看见身边的女生给了他一块口香糖。

夏知许冲她笑了笑，然后张开自己的嘴，指了指里面的糖块。

他有些后悔，如果自己没有负气地把这根棒棒糖吃掉，是不是现在就可以拿来给坐在前面的人，当作打招呼的工具？

“嗯……大家好，我的名字是周晓晓，我初中是……”

“我叫杨子峰，我的爱好是踢球……”

“我的名字叫李铭……”

同班同学一个个上去，又一个个下来，夏知许手掌撑着侧脸，似乎在认真地看着，思绪却并不在上面。

直到前座的那个人缓慢地站起来。座位之间的空间有些窄，夏知许将自己的桌子往后拖了拖，让他更顺利地出去。

夏知许的视线跟着他的背影，看着他一步一步挪到讲台上。

对方转过身，站在讲台上，左手吊在胸前没法动弹，下巴微微收着。他的瞳孔颜色很浅，好像皮肤白的人通常瞳色也浅。夏知许总觉得他的视线没有焦点，看起来很淡漠。

他微微张开嘴，嘴角的纱布也被扯了扯：“我的名字叫许其琛。”

许其琛？和教室里的很多同学一样，夏知许也很疑惑是哪几个字。

张正心听见了大家的小小议论声，于是侧头温柔地问道：“你的名字是哪几个字？在黑板上写一下吧。”

许其琛犹豫了一下，最终还是伸出可以活动的右手，拿起一支粉笔，转身在黑板上写下了自己的名字。

字写得好漂亮，夏知许由衷地感叹。

张正心赞许地点了点头："名字是谁给你起的？有没有什么寓意？"

许其琛刚放下的手又抬了起来，他在那个名字旁边慢慢地写了一行字。

"憬彼淮夷，来献其琛。"

讲台下的一众学生又开始小声议论起来，毕竟这个出处，比他本人的名字还要晦涩难懂。

"你跟大家说说，这是什么意思？"

许其琛转过身子，声音很轻："这句诗出自诗经《鲁颂·泮水》，意思是，如今淮夷已经有了觉悟，为表诚意，献上他们的珍宝。"

张正心点点头，笑道："这两个字和你的姓氏很适合，非常好，同学们呢也顺便学了一句诗。"

许其琛低垂着眼睛，将粉笔轻轻放在讲桌上，走下了讲台。

夏知许的视线落在他的身上，看着他身上的光线忽明忽暗，看着他最终走到了自己的面前落座。

视线游移到黑板上，看着他刚才写下的诗句，夏知许默默念着这三个字。

许，其，琛。

——你是上天许诺给我的珍宝。

这是他的名字的意义吗？

"下一位同学，那个……"张正心笑着用手撑着讲桌，"那个发呆的小帅哥。"

同桌推了推夏知许，他这才回过神，站了起来："这么快到我了吗？"

全班同学都跟着笑了起来，气氛一下子变得活跃起来。

夏知许笑着走了上去，拿起粉笔大大方方地写上了自己的名字。

"大家好，我叫夏知许。我的名字虽然不像许同学那么文雅，但也是有出处的。"

张正心乐了："这一届同学的家长都很有才华啊，起的名字又好听又有说头。来，来，你给大家讲讲。"

夏知许的虎牙露了出来，他笑得十分灿烂："我的生日是 5 月 21 日，正好是初夏。我妈非常喜欢李清照，李清照有一句词是这样写的。"

"染柳烟浓，吹梅笛怨，春意知几许。"

他在自己的名字旁写上了这行词，转头笑道："这句'春意知几许'，说的是初春时节，气候还没转暖，春意并不明显，我是初夏生的，又姓夏，所以妈妈就给我起名夏知许。”

自我介绍的环节在嘻嘻哈哈的氛围中结束，原本还有些陌生和尴尬的同学很快熟络起来。

张正心站在讲台上，扭头看了看墙上的钟：“我们班的男生跟我去教材科，搬一下高一上册的教材。”他看了一眼窗边低着头的男孩子，“许其琛就不用去了。”

许其琛也没有回应，还是低着头，盯着桌子上被上一届学生遗留下来的涂鸦。

夏知许在后头望着他的背影，犹豫着想开口，却被坐在二组的陈放抢了先：“知许！我们快走吧！”

“哦，”夏知许站了起来，“好。”

身旁的女同桌起来给他让了位，夏知许笑着说了谢谢，走了出去。

陈放站在门口等夏知许，一见他出来就勾着他的肩膀：“你小子又出尽了风头。”

“没有，我就看到别人说自己的名字的出处，就顺便也提了提。”

两个人跟着大部队走到了教材科，一人搬了一大摞书，陈放笑着调侃：“我看啊，班草又被你承包了。”

“你少来，”夏知许白了他一眼，“我觉得我们班大部分男生挺帅的。”

他的小虎牙不怀好意地露了出来：“除了你，哈哈哈。”

陈放一脸不服气的表情：“那你说说，谁帅？”

夏知许随便扯了几个名字，最后又补了一句：“还有……我前座也不错啊。”

“许其琛啊，”陈放撇了撇嘴，“太白了，比我们班大部分女生还白。”

夏知许立刻反驳：“白怎么了？跟你一样黑得发亮就好了？一辈子当电灯泡的命。”

“嘿，我说你小子怎么回事？！欠收拾！”

两个人打打闹闹地回了教室，夏知许将书放在了讲桌上，转头还想回去搬，被后面的男生叫住了：“不用了，老师说已经没有了。”

夏知许点点头，一转身就看见许其琛一个人望着窗外。

他们的女同桌倒是在这短短的搬书时间里成了朋友，两个人相约去了洗手间。夏知许拍了拍手上的灰，想着刚才应该去盥洗室洗一下手。

座位上只剩下他们两个人，这是个打招呼的好机会。

夏知许在位子上坐了下来，原本想拍拍他的肩膀，快碰上的时候又收了回来，看了一眼自己的手，最后只用手背轻轻碰了碰他的后背。

许其琛的身子动了动，原本看向窗外的脸侧了侧，他看向了身后的夏知许，表情仍旧没有变化。

“你还记得我吧？”夏知许笑着开口，“今天早上在公交车上……还有校门口，你找我要糖……记得吗？”

许其琛点了点头。

夏知许开心地露出了小虎牙：“其实我给你买了糖，不过我回去没看见你，就自己吃了。”他笑得有些不好意思。

“没事。”

不知道为什么，和他说话，夏知许总是会下意识地小心翼翼，好像这个人的脸上贴了个“易碎品”的标签似的。

“那个……你今天早上怎么了啊，为什么突然脸色变得那么差？”

许其琛的嘴唇张了张，声音没什么起伏：“我有遗传性低血糖，今天早上赶时间，没有吃饭。”

遗传性低血糖，他应该会很难受吧？

“那你后来怎么……”

“一个早餐店的阿姨扶我到一边休息了。”

“哦……”

夏知许心里还有疑惑，尤其是他这一身的伤，可是夏知许害怕自己会不小心踩到对方的雷区，所以没有继续追问，只是笑着说：“我们这么有缘分，交个朋友吧。”

许其琛的目光闪烁了一下，他或许是在犹豫。

夏知许的嘴角随着他的犹豫渐渐耷拉下来。

片刻后，许其琛忽然点了点头。

夏知许的笑容变得更加灿烂。

“朋友”这两个字，似乎是人际交往里最普遍、最平凡的一项分类，亲密之中又保留着一丝微妙的距离感。

第一天没有课程安排，分发教材之后，班主任张正心组织了班委选举的活动。班级里气氛热烈，唯独前座的男生，和这个新生的班级格格不入。

闲得无聊的夏知许有些出神，直到自己的名字被叫到。

“夏知许，你就担任数学课代表吧。”张正心翻看着花名册，抬眼看了看一脸茫然表情的夏知许，“数学这门重要的科目就交给你了。”

“为什么？”

班上的同学都笑了起来，张正心故意摆出一副严厉的态度：“看来你刚刚确实没在听我说话啊。我都说了，课代表这个职位比较特殊，我们暂时就按照大家的中考成绩来排，你的数学成绩是班上最好的，所以就由你来担任数学课代表。”

夏知许有些不好意思地点了点头。

实际上，他并不想当什么课代表，这样的职位不过是每天负责收发作业，跟任课老师对接，在他看来十分无聊。可都到了这份儿上，他也不得不硬着头皮接下这份差事。

“好，那我们来看一下语文……”张正心推了推眼镜，“我们班语文的最高分是许其琛同学。”

夏知许下意识地去看前座的男生，被叫到名字的他背影轻微地晃了一下，似乎是被吓到了。

张正心仔细地看着花名册后面的分数：“许其琛同学的语文考了一百一十二分，很高的分数了。”

下面的同学开始窃窃私语，对满分一百二十分的语文来说，一百一十分以上的分数是很难达到的，毕竟语文的主观题得分不可控，只有客观题全部正确，主观题超常发挥，才有那么一点点上一百一十分的希望。

张正心一点儿老师的架子也没有，定定地望着他：“许其琛同学，你以后就是我的左膀右臂啦。”

许其琛没有像夏知许一样回应老师的话，默不作声，气氛变得有些尴尬。就在此时，安静的教室里突然出现几声掌声，所有人看向鼓掌的夏知许。

夏知许却耸了耸肩，笑着说：“不应该掌声鼓励一下语文课代表吗？”

他的声音有着天然的号召力，原本觉得许其琛有些奇怪的同学们也都跟着夏知许鼓起掌来。

等到掌声渐渐地减少，夏知许才听见了一个很轻很轻的声音。

“谢谢。”

夏知许搓了搓因为用力鼓掌而发红的手心，嘴角微微上扬。

还有两分钟下课，张正心清了清嗓子："今天下午三点，学校会在大礼堂举办高一新生开学典礼，明天还有军训动员大会……"

"真的要军训啊？"

"不要啊！"

张正心拍了拍讲桌："我还没说完，大家两点四十五之前到教室，我们清点好人数之后一起过去，记住了吗？"

"记——住——了——"

下课铃声响起，教室里的学生一下子活跃起来，一个个欢呼雀跃。张正心摇了摇头，朝靠窗的四组那边喊了一声："夏知许，你跟我出来一下。"

夏知许不明所以地站了起来。他刚才一直在思考回家的事。

早上的时候，许其琛和他是坐着同一辆公交车过来的，那么应该可以顺便一起回家吧。

一听到下课铃声，正准备邀请许其琛一起回家的夏知许却被班主任叫住了，心里的念头也只能一并打消。

张正心将他带到了教室外面的走廊上："明天的军训动员大会，会有新生代表发言的环节，安排在校长动员之后，我们班也是代表班级之一，你是我们班入学考试的第一名，性格也比较外向，我觉得你是比较合适的人选。"

夏知许没有说话，眼睛瞟了瞟四周，看见许其琛低着头从教室里走了出来。

"那你回去之后准备一下发言稿吧。"

夏知许看着张正心，有些犹豫："老师，我……我的稿子写得很一般，可以上网搜吗？"

张正心忍不住笑了出来："这么重要的场合，最好还是原创吧，万一和别人撞了，多尴尬啊。"

"也是……"夏知许点点头，估摸着许其琛现在应该已经下到二楼了。

"如果你真的怕自己的稿子写得不够好，可以让我们的语文课代表给你润色润色，"张正心拍了拍他的肩膀，"他的中考作文可是满分。"

夏知许的眼睛立刻亮了起来，这倒是个好主意。

"谢谢老师！我会加油的！"夏知许元气满满地离开了走廊，飞奔下楼，看见陈放竟然在楼梯拐角处等着他。

“哎，班主任找你干吗？”

夏知许慌张地应付了两句：“就新生发言的事，不跟你说了，我得去赶公交车了！”说完飞快地溜下了楼。

“急什么？！公交车每隔十分钟就会发一班啊……”

风的声音掠过耳边，夏知许终于从曲折的楼梯中跑了出来，一下子宽阔的视野里全是穿着同样衣服的人，这对他而言实在是一个考验。

夏知许眯着眼睛四处望了望，在种满了梧桐的林荫道上看见了那个清瘦的背影，一边的手臂被白色的纱布吊着。

夏知许穿过拥挤流动的人群，匆匆跑到他的身后，隔着两三步的距离停了下来，伪装成不紧不慢、正巧遇上的样子。

“许其琛。”

被叫到的人没有回头，好像还沉浸在自己的世界里。

夏知许也不觉得气馁，走上前，站到他的身边，侧着脑袋看向他：“你中午也坐公交车回家吗？”

许其琛侧过脸，看了他一眼，然后点了点头。

“我们好像顺路，一起走吧。”

许其琛走路的时候脚步很慢，他的腿没有受伤，似乎就是习惯步调很慢。

可夏知许不是，他总是元气满满，走路带风，所以此刻的他，有意无意地瞥向许其琛的腿，调整着自己的步伐频率，为了让自己看上去更像是一个默契的朋友。

“你家住在公交车站附近吗？”夏知许试图挑起话题。

可他很快发现，自己的话术还有待提高，不应该问出这样可以直接用“是”或者“不是”回答的问题，尤其是面对一个沉默寡言的人。

“嗯。”

果然没错。夏知许轻微地叹了一口气，但很快又恢复爽朗的笑容：“我也是，我家就在公交车站对面的小区，我们该不会是同一个小区的吧？”

“不是。”

失策，失策，夏知许低头看着一片掉落下来的青黄相间的梧桐叶。

“我家在公交车站的同一边，不过要拐一个街角。”

“是吗？那也很近了。”两个人不知不觉并肩走出了校门口，灰色的公交车站牌就在校门口的旁边，那里已经乌泱泱站了一大片等候的学生。

两个人走到公交车站，夏知许看了看许其琛受伤的手，下意识地站到了他的侧前方。

许其琛的背后是公交车站的广告牌，前面是夏知许。拥挤不已的公交车站，被他颀长的身体划分出一个逼仄而安全的空间。

“729 路公交车来了。”夏知许转过头，“我们上这一辆吗？”

许其琛看了看车厢，不算特别挤：“都可以。”

夏知许“嗯”了一声，从背包的侧面拿出学生卡，匆匆地挤到了最前面，还一边回头：“你不用着急，别挤着胳膊。”

真是个怪人。许其琛看着他高挑的背影，自己默默地站在等车人群的尾巴那里。前头的人一个一个钻进了车厢，许其琛也终于上了车，车厢里坐得满满当当，还有好几个站着的同学。

“许其琛，过来这里！”

忽然听见那个人的声音，许其琛犹豫着扶着座椅往里走了走，才发现站着的几个人挡住了夏知许。

夏知许笑得很灿烂，看到许其琛走过来，立刻从座位上起身：“你坐。”

被“让座”的许其琛看了看夏知许弯弯的眉眼，对方一脸期待的表情，他只好坐了下来。

这是单个的橙色爱心座椅，没有了位子的夏知许站在许其琛的旁边，两只手一只抓着许其琛的座位靠背，另一只抓着前座的。

“运气真好，上来就找到了座位。”

许其琛没有说话，转过脸默默地看着窗外。擦得不太干净的玻璃窗，反射着不清晰的人影，有他自己的侧脸，还有身后穿着白色衬衫的热心同学。

在开学的前夜，夏知许特意查了去往静俭高中的路线，公交车可以直达，中途停靠八站，感觉有点儿远。

可想象和现实似乎总有偏差，听到报站的时候，站了一路的夏知许愣了愣。

这么快吗？

时间真是个高明的骗子。

许其琛从座位上站起来，夏知许也回过神，两个人一前一后地下了车。沿着公交车站走一段路，一直走到十字路口，夏知许要走到马路对面，而许其琛要左转回家。

“听说你中考作文是满分啊，好厉害，我想都不敢想。”

夏知许的语气是很容易分辨出的真诚，许其琛也只能谦虚地回答：“运气好而已。”

“刚才，张老师跟我说让我代表新生发言，可是我不太会写稿子，我的语言表达能力很差，你……”夏知许说着说着，停下了脚步，“你可不可以帮帮我？”

许其琛也停了下来，回头看了一眼表情忐忑的夏知许。

他是不想提供帮助的，或者说，不想和任何人产生联系。

可是看着面前这个人，许其琛也不知道为什么，就这么鬼使神差地答应了。

“好。”许其琛低垂着眼睛，“不过我的水平也有限。”

“没关系的！谢谢你！”夏知许笑得见牙不见眼，小虎牙再一次冒了出来，在阳光下晃得许其琛眼睛疼。

“那我走了。”

回到家的夏知许用最快的速度吃完了饭，还没等期待了一上午的夏妈妈询问儿子有关新学校的看法，他就溜进了自己的卧室，拉开窗帘，坐在书桌前拿出一个空白的本子，开始思索着发言稿的构思。

夏妈妈端着切好的水果敲了敲门，里头没有声音，于是又敲了敲，这才听见儿子应了一声，推开了门：“吃点儿水果，你在干吗啊？”

夏知许头也没抬：“老师选我当新生代表，明天要在军训动员大会上发言，我正准备写发言稿呢。”

“真的？”夏妈妈摸了摸夏知许的头，把盘子搁在桌子上，“不愧是我的儿子。”说完她又揽住了夏知许的肩膀，“不对啊，以前你也没少当学生代表，怎么这一次这么认真，还自己写稿子啊？”

夏知许推了一把妈妈：“我这都高中了还不能有点儿长进啊？行了，妈，你快出去吧。”

“好，好，好，不打扰我们家的新生代表，明日之星。”

妈妈说得一点儿没错，他从来没有这么认真过。

夏知许在下笔前思考着适合场景的措辞，运用各种修辞手法，绞尽脑汁地去搜寻一个合适的词语。

夏知许皱着眉，咬了咬笔尾。不想让许其琛觉得自己水平很低，不想被新交的朋友看不起。

就为了这么一篇发言稿，夏知许一中午没睡，刚放下笔，一抬头就发现已经下午两点了。

坐在电视机跟前追剧的夏妈妈看见自家小儿子从卧室里飞奔出去，就知道他又快迟到了。

“慢点儿走，别着急。”

夏知许气喘吁吁地跑到了公交车站，并没有看到许其琛的身影。

他们明明就没有约定好下午一起去学校，见不到人不是很正常吗？中午休息的时间这么长，他怎么可能正好和自己等同一班公交车呢？

夏知许捏着手里的本子，看着那辆绿色的公交车开了过来。他转了转脖子，只好自己一个人刷了卡，上了车。

或许是这辆车开得比较慢，又或许是每一站停靠的时间有些长，紧紧捏着本子的夏知许发现，从家到学校的路，还真的挺远的。

时间是一个高明的骗子。

其实夏知许真的有点儿紧张，排队进入大礼堂之前，他快步走到许其琛身边，拍了拍他的肩膀，将自己手里攥得都快变形的本子递给了对方。

“你帮我看一看，这是笔。”夏知许脸上挂着笑容，“谢谢。”

许其琛接过本子，微微点了点头，转过身去。

两条队伍缓缓进入了礼堂，张正心安排他们入座。

夏知许和许其琛之间隔着两个男生、两个女生，夏知许只有身子往前倾才能看到对方。

夏知许将自己的忐忑不安归因于文笔的平淡，他有意无意地瞥向那边，看着自己的本子被放在了许其琛的大腿上。许其琛右手拿着笔，低着头认认真真地读着他写的稿子，时不时还会在本子上圈圈画画。

夏知许正看得出神，身边的男生撞了一下他的胳膊。夏知许偏过头，小声开口：“怎么了？”

男生一副看好戏的表情递给他一张浅粉色的字条，上面是非常明显的女生的笔迹：“那边传过来的，说是给你的。”

夏知许接过字条看了看：“同学，可以给我你的联系方式吗？手机号或者微信！”

夏知许转头问身边的男生：“你有笔吗？”

身边的男生递给了他一支笔，夏知许在字条上写下了回答。

“不好意思，我妈把我的手机没收了。”然后将字条朝着那个方向传了回去，他转回脑袋，许其琛还保持着那个姿势在替他看稿子。

夏知许原本以为传字条事件就这么结束了，可那张粉色的字条没多久又被传了回来。

“那可以先给我手机号码吗？你妈妈总是要把手机还给你的吧。”

这人真的很执着……夏知许盯着字条上的字，最后将陈放的手机号写了上去。

这样的事情他从初中就开始做了，几乎是顺理成章的。

谁也不知道，人群之中永远耀眼却又充满亲和力的夏知许，其实是一个喜欢用逃避维持表面和平的人，外热内冷，缺乏耐心。只是他过于显著的优点总是会让旁人忽视一个事实，光的背后总是跟随着阴暗面。

那么许其琛呢？夏知许忍不住去想，这样一个外表看起来这么冷淡的人，会不会也和自己一样，有着不为人知的一面？

好奇心是双子座的原动力。

台上的校长讲了好久，先例行公事地说了说这所中学以前的丰功伟绩，又请了几位优秀毕业生过来传授经验，让这些懵懵懂懂的高一新生能够更快更好地找到自己的目标和努力的方向。

夏知许有一搭没一搭地听着台上的讲话，右边的胳膊又被人撞了一下，他一看，是自己的本子被递了回来。他开心地接过本子，特意往前倾了倾身子，冲着许其琛笑了。可对方根本没有朝他这边看，只是低头盯着自己被吊着的手臂。

“你好忙啊。”旁边的男生调侃道。

夏知许没有回答男生的话，只低头翻开了自己的本子，看见了红色中性笔在他的发言稿上的详细批注，心情一下子好了起来。

“这里的‘黑发不知勤学早，白首方悔读书迟’如果换成‘学向勤中得，萤窗万卷书’可能比较不落俗套。”

“这一段写得很好，我觉得放在中段有点儿可惜，可以多加几句排比，挪到最后增强气势。”

“你这篇发言稿的整体主题是勤学，我觉得这一段可能不太协调，可以选择删去。”

…………

夏知许仔细地将他的所有批注认认真真地看了一遍。

真不愧是能写出满分作文的人，每一个建议都提到了点子上，甚至连一些在他看来无关紧要的字词许其琛都在帮他好好斟酌，又认真又有才华。

夏知许心满意足地将本子合上，用手掌压了压被他自己攥出的褶皱，嘴角不自觉上扬。

典礼持续到下午六点，领导们都离开了，各班的班主任和班长将军训服依次发给大家。结束的时候不需要再带队出场，坐在外面的许其琛先离开了座位，随着人群走到走廊上。夏知许拿着军训服跟在后面，人贴着人，根本没法往前去。好不容易出了大礼堂，夏知许正要往前跑，就被人箍住了脖子。

他回头一看，是陈放。

“你小子又坑我！”他将兜里的手机悄悄拿出来，“你又把我的手机号留给别人了。”

夏知许“嘿嘿”笑了一声：“我怎么知道你偷偷带了手机啊？你就当我帮你认识新同学吧。”两个人正说着，忽然看见一边有两个不认识的女生看着夏知许走过来。夏知许拍了拍陈放的肩膀，“我要去上厕所，特别急，先走啦。”

人数可观的新生一齐从大礼堂拥出来，满眼都是白衬衫。夏知许一边往前走一边望着，怎么也找不到那个身影，看了看手里草绿色的军训服，心情更差了。

解散之后就放学回家了，许其琛现在该不会已经走到校门口了吧？算了，算了，本来夏知许还想好好对他说声谢谢。

夏知许垂头丧气地走了几步，忽然听到背后有人叫自己，声音和这嘈杂的环境相比实在太轻。

夏知许还以为是之前找他的女生，下意识地想装作听不见，迈开腿就往前走。

手臂忽然被一只冰凉的手拽住，夏知许微皱着眉回头，吓了一跳，竟然是许其琛。

他唯一可以活动的右手抓住了自己的胳膊，军训服的包装袋被他叼在嘴里。

夏知许的表情一瞬间就变了，他一下子不知道说什么。

许其琛没法说话，松开了他的胳膊，将手里的笔递给了夏知许。

夏知许愣愣地接过自己的笔。许其琛将叼在嘴边的包装袋松开用手接住，终于开口："笔忘记还你了。"

"哦，没……没事，我都忘记了。"夏知许不好意思地抓了抓头发。

身边从礼堂里出来的同学都往校门的方向挤。几个打闹的男生从许其琛身边过去，不小心撞了他一下。

"不好意思啊！"

男生虽然说着抱歉的话，但还是嬉笑着风风火火地跑开了。

夏知许看到许其琛的眉头皱了皱，知道他被撞得不轻。夏知许绕到他的后面，将他手里的军训服拿走："我给你拿吧。"

许其琛没来得及拒绝，手里的东西就被夏知许拿走了。夏知许站在许其琛的左手边，替他挡着受伤的手臂。

"我们一起回家吧。"

许其琛没有拒绝，对他而言，拒绝一个人的好意是一件困难的事，尽管他看起来不太能和人亲近。

又和昨天一样，夏知许早早地挤上了车，给许其琛占了座位。不过这天似乎更幸运一点儿，夏知许占到了两个并排的空座，将靠窗的位子留给了许其琛。

"明天开始要军训了，你怎么办？不可以请假吗？"

许其琛看着窗外，语气淡然："不用，我可以。"

"谢谢你今天帮我改稿子。"夏知许一点儿也不觉得许其琛的态度冷淡，还是一副热情洋溢的模样，"你改得真仔细，我回去按照你写的重写一遍。"

许其琛依旧看向车窗外："其实你已经写得很好了，我没有帮到你多少。"

明明是没什么感情的语气，但在夏知许的眼里就像是夸奖一样："真的吗？我昨天中午没睡，就为了写这个。"

对方开始不说话了。夏知许看着他的侧脸，总觉得这个人的头顶似乎永远有一层厚厚的积雨云，好像随时会下起倾盆大雨。

“为了报答你，明天军训完我请你吃东西，怎么样？”

“不用了。”

许其琛拒绝得倒是很快。

“不行，必须请客，我可不喜欢欠别人的。”夏知许擅自做好了决定，也不知道这样会不会让许其琛厌烦，可他只是想让许其琛高兴一点儿。

一个人闷在自己的低气压里，总归是不开心的。夏知许瞟了瞟他的头顶，即便不能让他心情放晴，撑把伞也是好的。

为期一周的军训就这么开始了，第一天的上午，全体高一新生都来到了体育场参加军训动员大会，说白了就是站在操场上听校长说会儿话，再听军训总教官说会儿话，最后再由新生代表上去发言。

作为重点班新生代表的夏知许，在总教官发言之后就被叫到了班级的队尾，准备一会儿从后面绕到主席台上演讲。

班主任张正心一开始站在队伍的前面，听总教官说了一半，就背着手走到了队尾。

“我看看你写的稿子。”

夏知许将手里的文件夹递给张正心。

“让语文课代表给你参谋了吗？”

夏知许点了点头：“他给我改了挺多地方。”

张正心听了，赞许地点了点头：“是不错，上去后别紧张啊，拿出点儿气势，你可是我们班的脸面。”

说完，隔壁班的班主任跟着走到了队尾，两个班主任凑到后头聊起来。夏知许低头看着自己的稿子，又抬头望了望前面的队伍。

许其琛穿着一身军训服，手臂还吊着。

两个班主任东聊西聊，上面的人也东说西说，夏知许一句也听不进去，早晨的太阳光照在身上，暖洋洋的，让人不自觉就懒散起来。

“哎，你们班怎么还有吊着胳膊来军训的啊？”

“本来是想给他批假的，这孩子不愿意，倔得很。”张正心的声音一下子将夏知许懒洋洋的意识拽了过去。

“不错啊，这么能吃苦，搁别的孩子巴不得不军训呢。”隔壁班的班主任赞赏道，“不过这是怎么弄的？我看脸上和脖子上也是伤，跟人打架了？”

张正心叹了一口气：“唉，这孩子挺可怜的，成绩挺好。听说是中考出分之后家里人高兴，一家三口出去自驾游，结果出车祸了，”他忽然压低声音，“父母都走了，就剩下他一个。”

“那他这……现在住哪儿啊？”

“开学前一天是一个二十多岁的小姑娘带着他过来的，说是他的小姨，才刚大学毕业。”

“他没别的亲戚了吗？”隔壁班老师摇了摇头，“二十多岁的姑娘，自己都还是个孩子呢。”

“爷爷奶奶在外省，身体也不好，外公外婆很早就走了，其他的亲戚都躲着。这个小姨说要替姐姐养他，怎么也得把他带到成人。”张正心又叹了一口气，“这孩子可是个学文的好苗子，我看着心疼，前两天找学校批了奖学金给他，免了学费。”

“这一下子没了爸妈，受的打击不小啊。”

张正心的声音更低了：“听说住了一个多月院，一句话都没说过，不哭也不闹，成天发呆。他小姨害怕出事，辞了工作每天在医院里守着他。前两天要开学了，他小姨把他接回她住的地方，他总算开始说话了。她这才找了新的工作。”

夏知许的手心一阵一阵地冒着虚汗。他每次看着许其琛的一身伤，都不敢去问。可他怎么也没想到，竟然是这样的原因。

一觉醒来只剩下自己一个人是什么感受，他想都不敢想。

夏知许的视线犹豫着飘向那个人的背影，那人站得还是那么笔直。这是夏知许生平头一次因为别人而感受到痛楚，可也才感同身受了许其琛所承受的痛苦的千分之一。

感觉到有人拍了拍自己的肩膀，夏知许猛地回头。

“发什么呆？”张正心指了指主席台，“10班的人都上去了，你也去吧。”

“哦……好。”夏知许拿着文件夹，从班级队列的后头绕到了主席台的台阶下。

还没真正走上那个汇聚着所有人的目光的主席台，这个站在台阶上被阴影所笼罩的男生就已经引起了前排女生的注意。可他本人还沉浸在刚才班主任的话中，心情复杂。

“在人生的转折点，用拼搏和汗水，谱写出一曲精彩乐章！谢谢大家！”

听到台下的掌声，夏知许回过神，深吸一口气，一步一步地走上台阶。

在转身的瞬间，他露出一个习惯性也是标志性的笑容，不疾不徐地走到了话筒边，端正有力地朝着台下的所有人敬了一个礼。

“尊敬的各位领导、各位老师，亲爱的同学们，大家早上好……”

下面的掌声明显比之前那位10班的代表讲话时热烈了许多，尽管夏知许总是自嘲语言表达能力很弱，可对一个双子座的人而言，善辩是一种天赋。

他按照自己的稿子完成了开场，稿子下面一行写着许其琛帮他改的诗句——学向勤中得，萤窗万卷书。

夏知许看了一眼台下，在看到那个熟悉的身影时，微笑着合上了文件夹。

“爱国诗人屈原曾经写下这样的诗句，诚既勇兮又以武，终刚强兮不可凌。

“诚如前一位学生代表所言，作为一名站在人生转折点的高中生，我们挥别了过去的时光，如今我们每一个人都是全新的自己。

“除了孜孜不倦地坚持和勤学好问的态度，我们更应该有刚强不屈的勇气，将过去的磨难画上句号，向未知的前路发起挑战。我们要坚信，逆境与伤痛，挫败和困窘，都是命运别样的馈赠！”

夏知许的声音越发洪亮，与之前走形式的新生代表不同，他的每一句话都铿锵有力，字字句句都掷地有声。

台下原本还在嬉笑议论的学生，也都被他天然的号召力和气场所带动，抬起头，认真地听着他的讲话。

“最后，我想用一句我非常喜欢的歌词结束我的发言。

“Everything that kills me makes me feel alive.（置我于死地者，必将赐我以后生。）”

“谢谢。”夏知许朝台下深深地鞠了一躬，在雷动的掌声中走下了主席台，原路绕回了自己的班级队伍末尾。

张正心疑惑地从他手里夺走文件夹，仔细看了一遍：“不对啊，你怎么没按你自己写的稿子来呢？”

夏知许露出一对小虎牙：“老师，新生发言都谈学习多没劲啊。我就突然灵光一闪，自由发挥了，还行吧？”

张正心无奈地用文件夹拍了拍他的肩膀：“算是没给我们班丢人，下次可不许这么胡来了。”

“嗯！”夏知许接过文件夹，转身面向主席台，正巧看见许其琛转过头看了他一眼，还没等夏知许冲他笑，对方就又转了回去。

望着他的背影，夏知许的心里有了那么一点儿满足感。

动员大会一结束，各班学生就被分配好的教官带到了圈定好的军训场地进行训练。最开始是站军姿，不过一站就是半个小时，这对十五六岁的孩子们来说实在是煎熬。

夏知许倒觉得没什么，他个头高，被安排到了最后一排。他看着正好站在他前面的许其琛，左胳膊吊着，右手手掌直直地贴着裤子的中缝，一动不动。

“好，原地活动。”

教官一声令下，同学们这才稍稍松弛，一个个唉声叹气地走到了统一放水的地方。

陈放拧开一瓶运动饮料走到夏知许的身边：“你小子，刚刚又出风头了，这下全年级的女生都知道你了。”

夏知许微微皱起眉头：“哪有那么夸张？”

“嘁，我跟你小学、初中同学九年，你参加的活动少说也有二十次，我还是头一回见你这么真情实感。”陈放将盖子扭回去，“你是不知道，我们那帮丫头片子在底下激动得啊，就跟你是她们的偶像似的。”

夏知许摇了摇头：“你真是完美地继承了你妈妈的表达天赋。”

他从陈放手里接过饮料，刚想拧开，忽然呆呆地看着自己的两只手。

“干吗，班草大人被我的饮料感动到使不上劲开瓶啦？来，来，来，哥帮你。”

他将手里的饮料瓶放在陈放的手上，自己扭头四处看着，找到了站在一边背对着他的许其琛。

“我都给你拧开了你去哪儿啊？！”

许其琛右手拿着自己从家里带来的保温杯，看了看，无声地叹了一口气，刚准备放下，身边突然伸出一只手。他侧过头，又是那张灿烂的笑脸，还有那对晃眼睛的虎牙。

夏知许从许其琛的手里将保温杯拿过去，两只手握住，想一下子拧开，没想到杯口和盖子纹丝不动。

情况有点儿尴尬。

夏知许将杯子搁在自己的肚子上，猫着腰使劲拧了拧，咬牙切齿地说道："你的杯子还挺紧的。"

"给。"夏知许将拧开的杯子递给许其琛，"拿着呀，你不渴吗？"

许其琛愣愣地接过保温杯，看了一眼这位热心同学通红的手掌心。他没有喝水，微微扯了扯嘴角，发出很轻却没什么感情的声音："你是在可怜我吗？"

夏知许以为是自己听错了，疑惑地看着许其琛。

许其琛却直直地望着他："你是因为同情我，所以才做这些事的吗？"

夏知许愣在原地，其实他根本没想过原因。

夏知许张了张嘴，正准备说什么，却被教官打断："休息时间结束，集合！"

军姿之后的训练是踢正步。每个班级被分配的空间并不大，训练的时候学生们只能一排一排来回走，同时训练转弯。

许其琛的胳膊被固定了一只，无法像其他同学一样正常摆臂，教官走到他的身边："如果觉得不方便，可以不用参与正步训练。"

许其琛摇头："方便的，杨教官。"

夏知许看着他认真地向前踢着正步，腿绷得直直的，心里不是滋味。

刚才他的提问反复地在夏知许的耳边回响。

"你是在可怜我吗？

"你是因为同情我，所以才做这些事的吗？"

"不是的。"夏知许忽然开口，声音不大，但许其琛听得很清楚。

"因为你很好，你很优秀，所以我才想和你做朋友。"

许其琛一下子没回过神，后转时脚差点儿崴了一下，被身后的男生扶了扶。

"我是认真的。"

夏知许的声音很清朗，带着一点点少年的稚气，具有天然的蛊惑力。

夏知许是一个奇怪的人，许其琛从见他的第一面起就这么觉得了。

各人自扫门前雪，莫管他人瓦上霜。钢筋水泥铸就的冰冷森林里，这句话早已成为现代人的生活法则。许其琛很清楚这一点，所以能够自己做到的事，绝对不会麻烦别人。

他要成为一个独立的个体，才可以好好生存下来。可自己还是不小心麻烦了他，这是许其琛最后悔的一件事。

如果不是因为低血糖快要发作，车上又只有他一个同校学生，许其琛是无论如何也不会求助的。

他又怎么会料到，这一次求助，就让这个人有了可乘之机。

这个人肆无忌惮地在他面前释放光芒，帮他化解尴尬，帮他占座位，跟他一起坐车回家，让他改稿子，替他拧保温杯。

这个人丝毫没有觉得帮助别人是一件困难的事，好像永远不会有挫败感。

是因为生活过得太顺利了吧。

夏知许长得好看，成绩出众，又有美满的家庭，是所有人敬佩和追逐的对象，所以看到自己这样的人，会觉得格外可怜吧。

每当夏知许笑得一脸阳光地出现在他面前的时候，他的心里总是会擅自给夏知许贴上一个标签——同情心泛滥的家伙。

所以，看到他再一次跑到自己面前，无条件地帮助自己的时候，许其琛终于压抑不住自己的阴郁面。

“你是在可怜我吗？”

“你是因为同情我，所以才做这些事的吗？”

看到他眼底的疑惑和无措之色，许其琛反而觉得快慰。

不要再因为可笑的共情来关心他了。

可是当自己踢着不规范的正步，一步一步走向他的时候——

“不是的。”

夏知许的眼里全是坚定之色。

“因为你很好，你很优秀，所以我才想和你做朋友。”

许其琛没办法否认，听到这句他从未料想到的话时，他的确有些慌。

他听到教官的指令下意识地仓促后转，身体还没有从刚才的状态中恢复，差一点儿摔倒。

这时，他被身后的一双手牢牢地扶住。

“我是认真的。”

为什么会有这么奇怪的人？这人还偏偏出现在他面前？

“今天上午的训练到此结束！下午两点半在这个地方整队集合，如果有人迟到，就给我绕着这个操场做蛙跳，明白？”

“明白！”

“向右转，第一排开始，走步带队出去，后面跟上。”

六排的方阵变成了一个竖列长龙，整齐有序地离开了体育场的大门，然后原地解散，许其琛提着自己的保温杯，朝着学校大门的方向走去。

他的脚步比平时快了一点儿，他莫名其妙地觉得心虚，莫名其妙地不想在这个时候被那个家伙抓住。

“知许！夏知许！你跑什么啊？”

“回家吃饭！”

“饿死鬼投胎啊你。”

许其琛下意识地想躲起来，可周围都是人，无处可躲，最后还是被他逮了个正着。

“你走得好快啊。”夏知许跑得热腾腾的，取下了头上的帽子，在自己的脸跟前扇着风。

许其琛没有接话，默默地向前走着。

“你听见了吗？”夏知许的语气变得有些犹豫，“我刚刚说的话，没别的意思，就是，就是……如果你没有听见，我可以再说一遍。”

“不用了，”许其琛很快地回复，“我听见了。”

夏知许的表情一下子开心起来：“真的吗？”他看见解散后越来越拥挤的人群，走到了许其琛的左手边，“我向你发誓，我说的每句话都是发自肺腑的。”

“你别说了。”许其琛压低了声音。

“那你跟不跟我做朋友啊？”夏知许无赖地笑着。

难缠，这是许其琛给夏知许的新标签。

“先回家。”

说完这句话，许其琛觉得好像哪里不对，走了几步，侧过脸发现身边的人不见了。他回过头，看见夏知许傻傻地愣在后头。

他们好不容易跟着军训的人流走出了学校，可所有的新生都在这个时间点解散，校门口全是密密麻麻的身着迷彩服的身影。

“这么挤啊。”夏知许看了一眼许其琛的胳膊，“我们坐出租车回去吧。”

这么多人，出租车就好拦了吗？许其琛还没说出口，就见这个热心少年径自跑到了公交车站前头的马路边，连续好几辆车都被人拦走，终于有一辆空车停了下来。

“去哪儿啊？”司机摇下车窗问。

“师傅，去友谊路，就是那个锦绣花苑的门口。”

“哎呀，我不过去那边，等会儿就要交接班了，我懒得跑一趟了。”

夏知许两只手扒着车窗：“别啊，师傅，您带带我吧，您看我在这儿等了好久才等到您这辆车，而且……”他立刻挤出一副可怜兮兮的表情，“我的好朋友今天军训胳膊折了，您看就在那边！”

夏知许指了指不远处的许其琛。

“他这样上不了公交车，我们好不容易拦下您的车，你就当做好事，行吗？”

司机歪着脑袋看了看，还真有一个吊着胳膊的男生在那里站着。他看了看手表，叹了一口气：“行吧，你叫他过来吧。”

“谢谢师傅！”夏知许立刻跑到许其琛身边，拽着他的胳膊就往这边走，给他开了车门，硬生生地把他给塞了进去，自己坐到了他的旁边，“行了，师傅，我们走吧。”

司机通过后视镜看了他们一眼，自言自语道：“现在的小孩子军训都这么卖力？怎么弄成……”

夏知许立刻抢过了话：“对啊，我们教官可严了，您是不知道，他还罚我们围着大操场蛙跳呢，腿都快废了。”

许其琛面带疑惑地看着他，说完话的夏知许转过头看向许其琛，干笑了几下：“你……你可得小心点儿。”

一路上夏知许都在和司机聊天，许其琛坐在一边听着，觉得夏知许还真是个具有社交天赋的人，这一点自己就望尘莫及了。

司机将车停在了十字路口：“到这儿下吗？”

两个人下了车，夏知许带上车门：“谢谢您啊，您真是大好人！”

“打车的钱我下午给你。”许其琛冷不丁地开口。

“不用，这……”夏知许下意识地回道，表情忽然一变，“下午？要不这样，你下午上学的时候给我吧。”

许其琛愣愣地看着他：“上学的时候？”

“对啊，你几点从家里出发？我们约个时间在公交车站碰头吧。”夏知许笑道。

“我……”

夏知许并没有给他犹豫的时间：“就下午一点五十，行吗？两点半就得集合了。”

许其琛的眼睛垂了下来，他还是学不会拒绝别人。

“嗯。”许其琛转身离开。身后的人仍在朝他道别，连语气都是兴高采烈的。

许其琛只能假装没有听见，默默地沿着这条不太长的街走回了家。

许其琛上楼，拿出钥匙开了门。一进门，他就听见厨房里传来不小的动静，还伴随着打电话的声音。

“星期天不行，我都说了琛琛星期天休息，我得在家陪着他……不是，我上次就跟你说了啊，你自己不记得了，而且我周六的时间不是腾给你了吗？是你自己非要周六去参加朋友的婚礼啊。”

许其琛默不作声地弯腰换了鞋，将手里的保温杯放在客厅的茶几上。

“你每次都是这样，动不动就‘都是我的错行了吧’，我没这么说，我的意思是你也体谅体谅我……怎么就不关我的事了？那是我姐的儿子，就是我的孩子，不关我的事关谁的事？”

他坐在沙发上，将头上的帽子取了下来。

“跟你说不下去了，你完全不能理解我，别说了，先冷静一段时间吧。”

听着舒滢挂了电话，许其琛很快站起来，拿着帽子轻手轻脚地走到玄关，假装刚刚到家，站了一会儿才开口：“小姨，我回来了。”

舒滢在厨房里应了一声：“嗯！这么早就回来了啊？冰箱里有我切好的水果，你拿出来吃。”

许其琛“嗯”了一声，打开冰箱，拿出那盘被她切得乱七八糟的苹果，放在餐桌上。

舒滢端了两盘菜走到餐桌前放下，一盘被炒到焦掉的土豆丝，还有一盘看起来也不怎么可口的青椒炒肉。

许其琛走到厨房，看见还有一盘番茄炒蛋，正准备端，就被舒滢打发了出去：“你这个小家伙，老实待着吧。”说完她就自己将菜端了出去。

舒滢看了看自己的“杰作”，不好意思地笑了笑，把绑起来的长发散开：“本来我是准备叫外卖的，但是又怕外面的东西不干净，虽然你小姨我做饭不好吃，但起码是干净有营养的。”

许其琛没有吭声，只是拿了筷子默默地吃了一大口鸡蛋，里面还有一小块鸡蛋壳……

他装作很好吃的样子，吞了下去。

“今天军训是不是很辛苦啊？”舒滢给他夹了一筷子不太焦的土豆丝，“我还记得前几年我大学军训的时候，那个累啊，每天一回来就想睡觉。”

“还好，不是很累。”

“那就好。”舒滢笑着吃了一口饭，“等你放假，我带你去看电影。”

许其琛握着筷子，戳着碗里的米饭：“不用了。”

“怎么了，不想看电影？那我带你去逛书店吧，我前两天上网看见你喜欢的那个作家出新书了，我本来准备给你在网上订一本，后来想想要不我们直接去书店买得了，还不用等。”

许其琛摇了摇头：“不用了。”他瞥了一眼舒滢，犹豫着开口，“小姨，我周末自己去书店，你和何叔叔出去玩吧。”

其实许其琛一点儿也不想叫那个人叔叔，要不是因为那是小姨的男朋友，许其琛根本都不想搭理那样的人。

“再说吧，我还在考虑要不要继续跟他在一起。”舒滢又给他夹了一筷子菜，用手拿了一块苹果吃起来。

吃过饭，舒滢一边收拾餐桌一边打听着许其琛在学校的事：“你们班有没有漂亮女生啊？”

许其琛摇了摇头，走到沙发前坐下，把茶几下面放着的一本《追风筝的人》拿出来，从自己上次没看完的那一页继续看起来。

“真没有啊。”舒滢擦着桌子，“那长得好看的男生呢？”

许其琛的视线忽然停在书页上的一句话上——飞蛾扑火是因为着魔，群狼爬山是为了寻找太阳。

“没有。”他平淡地回答。

即便在听到提问时，许其琛的脑子里第一时间冒出了一张每天在自己眼前晃悠的面孔。

“好吧，太可惜了。”舒滢摇了摇头，将东西收拾好，又洗了手，拿了医药箱走到沙发边，坐在许其琛的旁边，把他专心看书的脸掰过来对着自己，“不过没关系，我们家琛琛长得就挺好看，那就孤芳自赏吧。”

许其琛无奈地瞟了她一眼，对这个没什么正经样子的小姨，一向没有办法。

舒滢轻轻揭开他额头上的纱布，里面的伤疤都愈合得差不多了。她上了点儿药，又给他重新包好：“军训的时候小心点儿，别磕着碰着了，你这白白净净的万一留下点儿疤就太明显了。”

许其琛没吭气，低着头继续看书。

“你不睡午觉吗？”

“看一会儿就睡。”许其琛趴在沙发上，把书垫在自己的手臂下面。

许其琛看着看着，书页上的字密密麻麻，越来越模糊，眼皮也终于撑不住，脑袋一歪趴在长沙发上睡了过去。

梦里，朦朦胧胧地出现了爸爸妈妈的身影，他们牵着他的手，带着他一起去书店，去游乐场，梦里的一切都是五彩缤纷的，就像游乐园里的彩色泡泡。

“你是爸爸妈妈的宝贝。”

梦境实在是太过美好，他像是陷入了沼泽，身体被柔软的骗局所困住，不断地下沉，不断地沉沦。

“琛琛！”

感受到一阵剧烈摇晃，许其琛迷迷糊糊地睁开眼，映入眼帘的是和妈妈年轻时长得很像的小姨。

“快两点了，你下午军训不会迟到吗？”

刚睡醒的许其琛迟缓地从沙发上爬起来，揉了揉自己的头发，还没完全清醒。他皱着眉看了一眼客厅上挂着的时钟，一点五十五了。

“哎，你这么快就要走啊？！”看见抓起帽子就要离开的许其琛，舒滢觉得莫名其妙，还没听她把话说完，这家伙竟然就一声不吭地关门走了。

许其琛的步子比平时快了许多，他迷迷糊糊地就下了楼，急匆匆地走过那条平日里至少要走三分钟的街道。

许其琛刚一转弯，就半眯着眼睛朝不远处的公交车站望了望，那个穿着白衬衫的男生，还坐在公交车站的长椅上，也是凑巧，对方也朝着他看了过来。

对方站了起来，穿着军训服的他身形颀长又挺拔，像是一棵生长茂盛的水杉。

许其琛忽然慢下了脚步，心中冒出一丝疑惑。

自己为什么要着急？

大概是不想失约，不想被人觉得自己是一个不讲信用的人？

许其琛走到了公交车站，看着夏知许一脸灿烂的笑容，产生了一点儿愧疚感："不好意思，我……"

"车来了，"夏知许望了望驶来的公交车，"我们上去吧。"

许其琛低头看了一眼手腕上的表，两点五分。夏知许等了他十五分钟。

中午的车空荡荡的，夏知许找了个两人座，又将里头的位置留给了许其琛。许其琛刚坐下，身边的男生就递给他一盒冰激凌。许其琛抬眼，有些疑惑地看了他一下。

"请你吃的。我说过要请你吃东西，你吃糖，应该也喜欢吃冰激凌吧。"夏知许语气坦然，从袋子里找出一个木勺递给他，"我猜啊，要是我请你去店里吃汉堡什么的，你肯定不会跟我去，所以我只能买冰激凌给你吃了。"

许其琛并不想接冰激凌，可夏知许就这么一直拿着，凑在他的跟前，他不接好像也不太礼貌。

他只能接过冰激凌，盒子的包装上印着巧克力。

许其琛并不喜欢吃巧克力，因为巧克力甜得不彻底，总是和苦涩交融着，有种说不出的微妙感。

"快吃，这是我给你的谢礼。"夏知许的手里也拿着一盒冰激凌，不过他的那盒印着柠檬。

谢礼……许其琛舀了一勺冰激凌塞进嘴里。

许其琛其实也没帮到他什么，这个人上台之后完全没有按照之前的稿子发言，说得倒是慷慨激昂。

虽然许其琛并没有像别的同学那么激动，但是……

"你上午发言的时候，说的那句歌词，是哪首歌里的？"

许其琛突然开口，让夏知许有些措手不及。这好像是许其琛第一次主动和自己搭话，如果不算上次还笔。

"Counting Stars（数星星），我很喜欢，有机会唱给你听。"夏知许吃了一口冰激凌，心里甜滋滋的，"那句歌词写得很好对吧？"

他唱了出来："Everything that kills me makes me feel alive."

许其琛把勺子插在冰激凌里，耳边歌声萦绕。夏知许的声音很好听，唱歌的时候更是如此，是和自己不一样的，很坚定、很清亮的声音。

“嗯。”许其琛咽下嘴里的冰激凌，“写得很好。”

——置我于死地者，必将赐我以后生。

许其琛低头看了看手里的冰激凌，好像巧克力味也挺好吃，掺杂着一点点苦味，让甜味变得更明显。

他看了一眼夏知许的冰激凌：“柠檬味的好吃吗？”

夏知许露出一个笑容：嗯……我挺喜欢的。”

下午的训练比上午的辛苦了不少，杨教官的要求很严格，一个正步就来回训练了一个小时，一分钟也没停下，直到从侧面看大家的腿都能提到同一高度，他脸上的表情才稍稍和缓了一些。

“原地休息十分钟！”

大家绷紧的神经一下子松弛下来，一个个跟出了笼子的小鸡似的，一窝蜂跑到集中放水壶的地方，结伴坐在草地上喝水休息。

许其琛这时候才想起来，中午走得急，没带水杯。他一转身，看见坐在地上的夏知许也正看着自己，觉得更加窘迫。

“哎，你去哪儿？”夏知许身边的陈放拽了个空，夏知许站了起来，直直朝许其琛走了过来。

见对方朝自己走了过来，许其琛赶紧原地坐下。

“你那个紧得要命的水杯呢？”夏知许坐了下来，手里拿着自己的矿泉水瓶。

许其琛低声回答：“忘带了。”

“哦。”夏知许又站起来，拍了拍屁股上的草，笑着跑到教官那儿，“杨教官，我可以去体育场门口买瓶水吗？”

杨教官瞪了他一眼：“你手上拿着一瓶，还买什么？”

“一瓶不够。”夏知许将拿着瓶子的手放到背后，“我可爱喝水了，每次运动完都至少得喝两瓶！”

杨教官依旧不为所动：“不允许离开圈定范围，再废话，绕着操场给我跑二十圈！”

夏知许灰头土脸地走了回来，坐在许其琛的身边，叹了一口气。

“我不渴。”许其琛根本不想麻烦夏知许，尽管现在的确很渴。

夏知许侧过脑袋看了他一眼，他还说不渴，嘴唇都起了薄薄一层皮。

夏知许将自己手里的水瓶拧开，递了过去：“你喝吧，我喝不完。”

是吗？刚刚他明明说自己至少要喝两瓶。许其琛没有接他的水瓶，默默地看着不远处还在训练的隔壁班的人。

“你是不是有洁癖？我去借张纸巾擦擦瓶口。”

这人说完还真准备爬起来去借纸巾，许其琛赶在他站起来之前，夺过了他手里的水瓶。

“哎……”夏知许又愣愣地坐下来，看着他仰着脖子，微微张着嘴。

清澈的水流从瓶中落下，多出来的不受控制的水顺着他的嘴角流淌下来。

许其琛将水瓶递还给夏知许，低声说了句谢谢，抬起右手手臂擦了擦嘴边的水。

“不……不用谢。”夏知许接过水，爬起来，回到了之前坐的地方。

军训的日子一眨眼过去了一大半。

都是差不多的年纪，光是靠着军训休息期间闲聊，班上的大部分同学也已经熟悉起来，成了朋友，除了独来独往的许其琛。

他和这个班级的纽带似乎只有夏知许而已。

在夏知许再一次准备跑到许其琛跟前去给他拧水杯时，陈放终于逮住了他。

“你小子这一天天的干吗呢？”陈放一下子把他给放倒了。

“没干吗啊。”夏知许坐起来，低头拍了拍脑袋上的草，扣上帽子。

“我都看见了，你一有空就往许其琛的跟前凑。我以前怎么没发现你是个这么热情的人啊？”陈放撞了撞夏知许的胳膊。

“我本来就是。”夏知许懒得解释，“要不哥们儿我人缘怎么这么好呢。”

“你少来了，我可从没见你对谁这么热情过。怎么了，你欠许其琛钱啊？”陈放仗义地拍了拍胸脯，“欠多少？我替你还零头！”

夏知许白了他一眼，从地上揪了一根草：“我就是觉得他人挺好的。”他思考着如何向陈放说明，“感觉他好像经历过不太好的事，想帮帮他。”

陈放伸手摸了摸夏知许的左胸：“来，来，让我摸一摸我们小太阳的良心。”

夏知许一巴掌拍开他的手："一边儿去！少恶心人。"

闹了半天，夏知许这才把目光投向许其琛那边，对方一动不动地望着远处的天空，脸上写满心事。

休息时间一过，教官并没有像之前那样让大家迅速投入训练之中，而是整队集合，绕着 13 班的方阵转了两圈，背着手开口："后天就是军训会演了，每个班都要进行军训成果展示，你们班的人数不太合适，多了一个。"

方阵里突然出现一个男生的声音，是一向活跃爱插科打诨的李铭："报告教官，我有一个办法。"

"什么办法？"

"让许其琛别上场了，别人班里整整齐齐的，我们班多一个吊着胳膊的，看着就很明显啊，这样正好就齐了。"

这话说得不好听，但这也确实是大实话。

一石激起千层浪，班上的同学也都开始窃窃私语。

"我觉得这样不好吧……"

"他很认真地在练。"

"可是让他进会演队列真的不好看。"

夏知许看着前面的男生把头垂了下来，立刻举起了手："教官，我觉得可以选一个同学到前面去当模范，就像乐队的指挥一样，这样剩下的人不就不多不少了吗？而且我不觉得有伤员是一件不好的事，这样不是显得我们班特别坚持吗？"

"说得也有道理……"

"人家练了那么久，会演都不带他，过分了吧。"

就在大家讨论的时候，许其琛开了口："杨教官，去掉我吧。"他从队伍里走了出来，"我站在里面，展示的时候会很显眼，破坏方阵的美观，我觉得还是去掉我更好。"

夏知许皱了皱眉，还想开口，可教官直接道："那就先这样吧。本来你也是伤员，这几天练得已经很认真了，就休息休息吧。"

许其琛点点头，退后了两步坐在地上。

他并没有什么遗憾的表情，还是老样子，看不出开心还是难过，可夏知许很难受，就好像被迫离开自己班级方阵的那个人是他自己。

第二天的时候，许其琛依旧按时按点来到了体育场上，参与了一开始的跑步和基础训练，到了方阵训练的时候，他自觉地离开了队伍，独自坐在一边看着大家训练。

夏知许就不一样了。回家之后他一直想着方阵展示的事，一晚上翻来覆去睡不着，早上起了个大早，精神不济。训练的时候注意力不集中，他一不留神就走错了步子，被教官训了一通："夏知许！你怎么回事？你看看你走的是什么样子？连别人伤员都赶不上！"

夏知许大喊了几声"教官对不起"，继续训练的时候忽然想到了什么，眼睛瞟了瞟同排的男生，走了没几步，就开始和别人错开步子，走到最后竟然变成了同手同脚。

"夏知许！你给我停下！"

被教官点名的夏知许猛地站定，脸色不好。

教官走到他的面前："你到底怎么回事？"

夏知许弱弱地开口："我昨天晚上在家摔了一跤，可能撞到小脑了……今天总觉得肢体不协调……"

杨教官瞪了他一眼："你当我是三岁小孩儿呢？！蹲下！抱头！给我从这里蛙跳到对面的球门，再跳回来！"

这么大的体育场，在两个球门之间来回蛙跳，全班人都倒吸一口凉气，夏知许倒是没说什么，直截了当地蹲了下来，正对着对面的球门就开始蛙跳。

教官越想越窝火："你们都别练了，看看别人班，看看人家是怎么练的，一抬胳膊都是一条直线，你们到现在还顺拐的顺拐，慢半拍的慢半拍，就等着拿倒数第一吧，还重点班！丢不丢人？！"

"教官，别的班都有人在前头做示范，我们不能弄一个吗？"

"对啊，有时候一紧张就搞不清状况了，有个人在前面，顺便把口号也喊了……"

同学们都开始附和。

"行了！都给我闭嘴。"杨教官来回走了两步，"体委，你站到最前面来，记得喊口号。你们再练不好，就跟夏知许一样来回蛙跳。"

夏知许原本以为蛙跳也没什么，可跳了不到一百米，大腿就已经开始酸痛不已。他正想回头看一眼，就被教官给当场抓住了："看什么看？！是不是还想再加一轮？！"

夏知许立刻转过头，两只手抱在后脑勺上，费力地继续往前跳着。

一个操场上有十几个班的学生，夏知许就这样跳着穿过了整个操场，被各个班级的女生围观。

“这不是新生代表发言的那个男生吗？”

“真的呢，近看也好看啊……”

实在是太丢人了，夏知许低下头，无奈地叹了一口气，假装什么都听不见，闷着头咬牙往前跳着。好不容易跳到了球门的前面，夏知许刚想站起来，远远地就听见教官冲着他大喊：“不许站起来！蹲着转过来！”

——你是魔鬼吗？

夏知许额头上的汗直往下淌，两条腿又酸又胀，像是灌了铅似的，他每跳一步都要蓄力好久。

13 班的方阵倒是开始慢慢走上正轨，变得整齐有序，也不知道是因为体委在前头示范，还是因为教官对夏知许的杀鸡儆猴效应，大家都变得老实了许多。

看着站在最前面的体委，还有后头整整齐齐的方阵，夏知许越跳越觉得不是滋味，他原本的打算是自己出局，让许其琛回归方阵的。

可现在呢？赔了夫人又折兵。自己白白蛙跳一个来回不说，许其琛也没能回去方阵里。

弄什么示范啊？夏知许心理极度不平衡，咬着后槽牙又往前跳了一下，低头看了看自己的腿，竟然已经开始打战了。

他沮丧地抬起头，发现一直面对班级方阵坐着的许其琛转过了身子，正面向自己。

许其琛的眼睛被帽檐的阴影笼罩着，让人看不清表情，两条腿支起来，双脚踩在草地上，受伤被吊起的左手搁在膝盖上头，一动不动地望着球门的方向，像个乖巧的小学生。

夏知许两只手抱着自己的脖子，看着一两百米开外的许其琛，就这么看了几秒，许其琛冲他歪了歪脑袋。

虽然许其琛的表情仍旧没有变化，但夏知许觉得他好像在对自己说：你快过来啊。

夏知许不知道从哪里冒出来的最后一点点力气，就这么一下子涌进身体里。耳边是各个班级喊着“一二一”的口号声，混杂着空气摩擦鼻腔所带来的嗡鸣。夏知许低下了头，默不作声地一下一下往前跳着。

他没有抬头，距离在双脚落地的每个瞬间被缩短，直到帽檐下范围狭窄的视野里出现了一双从迷彩裤腿里露出来的脚，还有半新不旧的运动鞋。

他费力地将沉重不堪的身体微微抬起，铆足了力气，再一跳，与方向相反的许其琛擦肩的一瞬间，听到了一句微不可闻的话。

“辛苦了。”许其琛的语气平淡又温和。

夏知许停了下来，双腿像是扎根在草坪里一样，僵硬酸胀，动弹不得。

蛙跳几百下残留的后遗症，实在是太过强烈。

接受完惩罚的夏知许在教官的允许下终于可以站起来，可一双腿实在是半点儿力气也没有，抬不起放不下，勉勉强强归队，跟在最后，走都走不快，更别提跑了。

“刚刚才把这个方阵规整好了一点儿，你一进去又白搭。”教官把他给拽了出来，“你别参加展示了，去一边站着。”

教官背着手绕着方阵走了一圈：“夏知许被剥夺参加展示的资格，这是对他的惩罚，你们辛辛苦苦练了一周，肯定都希望能得到一个好名次，所以现在就给我好好练！练到我挑不出错为止！明白了吗？”

“明白！”

夏知许悻悻地站在一边，看着迈步前进的方阵，侧过脸，见许其琛也正看着方阵。

虽然许其琛最后还是没能参加方阵展示，但自己也不能参加，这样许其琛就不是一个人落单。

这样想着，夏知许不动声色地小步挪到了许其琛的身边，低头看了看他的头顶，故意叹了一口气。

“我们真是同病相怜啊。”

许其琛抬头望着他，俯视的角度让许其琛看起来格外小，眼睛微微眯着，就好像在路边看到一只非常漂亮的雪白的小猫。

许其琛很快又低下了头：“不是。”

“你说什么？”

“我是被迫，你是故意。”

夏知许愣了愣，忽然觉得自己的腿也没那么难受了：“谁说的？我就是摔着小脑了。”

狡辩他也很快乐。

方阵展示的当天，大操场上一个又一个班级方阵依次排列着，按顺序经过主席台前，完成一系列动作之后回到操场上。

夏知许和许其琛两个被抛弃的人，隔着两排的距离站在了班级方阵的后头，每个班的教官则站在了班级的最前面。

终于等到 13 班上场，夏知许看着自己班的方阵走上跑道，心里多多少少还是有些遗憾。

或许许其琛比自己更遗憾吧。

夏知许看了看身边的许其琛，对方注视着班级方阵，眼睛亮亮的。

两个人被孤零零地留在了原本班级站着的空位上，十分引人注目。

隔壁班的女生都议论起来。

“13 班是为了平均整个班级的颜值，把长得好看的都踢出来了吗？”

“这是什么选人方式啊？太好笑了。”

“你没看见有一个受伤了吗？可能没法做动作了吧。”

“那另一个呢？另一个又没受伤，难不成是陪同啊？”

“这个不是那个新生代表吗？好好看啊……”

…………

夏知许已经习惯了被这样议论，不知道许其琛心里怎么想。

他忍不住侧过头想看看许其琛会是什么反应，可许其琛的眼睛仍旧盯着班级方阵，下巴也随着他们的步伐缓缓地移动着，完全没反应。

等到 13 班的方阵展示完毕，准备返回原地的时候，夏知许忽然听见许其琛开口。

“谢谢你陪我。”

校园里的桂花开了，甜滋滋的香气想尽办法扩散，变得淡淡的，忽然被温软的秋风一送，在一瞬间随着呼吸沁入心中。

“不客气。”

七天的军训就这么结束了，过程明明挺煎熬的，最后一次解散的时候大家却又觉得不舍。缺了两个人的 13 班，最后拿到了第三名的好成绩。

“这几天过得好快啊，”陈放揽住夏知许的肩膀，“刚刚林馨雅她们约我们明天上午去唱歌，让我过来跟你说。”

看见夏知许兴味索然，陈放晃了晃他："去吧，她们主要就是想请你，我都是顺带被请的，你要是不去我都不好意思跟过去了。"

夏知许叹了一口气。林馨雅也算是班上的中心人物之一，长得挺漂亮，家境也好，在女生堆里人缘也不错，但夏知许不喜欢这样的女生，或者说，不喜欢任何小团体的中心。

作为一个总是被人过分关注的对象，夏知许习惯于躲避风头，因为只要他一出现在大众视野中，就会被冠上"出风头"三个字。他不喜欢被人当作中心去拥护，也不喜欢组建服从于自己的阵营。当然，他也拦不住那些喜欢围着他转的人，只能尽量用委婉的方式躲开。

这就是他的交际法则。

说起来，许其琛还真就是第一个他主动结交的朋友。

"你倒是说句话啊，去不去啊？"

如果他不去，大概又会被说成高冷，看不上她们的聚会。

"去，去。"

统共就放一天假，他又要浪费在无用的社交上了。

不知道许其琛放假准备做什么？

夏知许这样想着，目光在人群中找了很久，才看到已经快要走出体育场的许其琛。

还是老样子，拥挤人潮之中的许其琛好像是疏离的，被一层薄薄的彩色泡泡保护着。

夏知许抬脚就要走，却被陈放抓住了胳膊："你今天可不许提前跑了，去我家打游戏，我妈给我买了新的游戏机，还没拆呢，就等你了。"

望着那个越来越远的泡泡，夏知许垂下了眼皮。

"好吧。"

第二天上午，还没睡饱的夏知许就被夏妈妈给叫了起来："陈放来了，在客厅等你呢。"

夏知许蒙着被子挣扎了一会儿，想着已经都答应陈放了，还是别耍赖了。

他一推开卧室门，就看见陈放坐在客厅里，陪着自家爸爸看早间新闻。

"哟，班草大人起来了啊？"

夏知许耷拉着眼皮，一把脱了拖鞋做出要砸他的样子。

"哎哟哟，起床气真够重的，夏叔叔救我！"

烦人的家伙。夏知许没精打采地洗漱完出来，被陈放数落了一番："好歹是去聚会，你就不能穿得精神点儿啊？"

夏知许低头看了看自己身上的黑色T恤和牛仔裤："我觉得挺好的。"

陈放摇了摇头："算了，朽木不可雕也。"他笑着从沙发上坐起来，"叔叔阿姨，我们走啦！"

"路上小心。"夏妈妈递给他们一人一盒牛奶，"知许，多交点儿朋友啊。"

夏知许敷衍地"嗯"了一声，跟着陈放下楼。

"你的自行车呢？"

夏知许指了指楼下的自行车亭："那儿，要骑吗？"

陈放弯着腰给自己的紫色单车开了锁："当然了，这么好的机会，说不定还可以送送哪个女生回家呢。"

夏知许摇了摇头，走到自行车亭里找到自己的黑色死飞，两个人一齐骑着车出了小区。

"你说你这死飞，酷是酷，可没后座带不了妹子啊。"

夏知许无所谓地踩着踏板："别，我可带不动。"

上午十点，空气清新，风吹在身上凉凉的，带着微薄的湿气。

陈放在耳朵边说个不停，一会儿是林馨雅，一会儿又是哪个夏知许根本没记住名字的女生，说得夏知许实在烦了，忍不住拿话噎他。

"你上高中就是为了这些事啊？"

陈放单手抓着车把，另一只手伸出来推了一把夏知许："学霸，学神，您的高中就是为了学习。"

两个人穿过一条街，夏知许无聊地望了望街道两旁，各式各样的店铺热闹非凡，记得有一家书店是新开的，之前装修的时候他就想进去看看。

好巧不巧，正好路过那家书店，夏知许忍不住多看了一眼，透过漂亮的落地玻璃窗，能看到里面一排排整齐的原木书架。

他看见了一个熟悉的背影，安静地立在其中一排书架前。

他猛地刹住车。

没反应过来的陈放骑了老远才停下，回头喊道："停下来干吗？走啊！"

夏知许从车上下来："那什么……我……我突然想起来之前一直想买一本书，正好我进去看看。"他急急忙忙地掏出钥匙把车锁在了路边，"你先去！把地址发给我，我马上就到！”

陈放一头雾水，半道上买什么书啊？他低头一看表，时间也不早了，再一抬头，这家伙都没人影了，只能自己先骑车过去了。

许其琛趁着小姨还没起床就出了门，先去小区门口的早餐店吃了一碗米粉，然后慢慢悠悠地走过两条街，发现了这家新开的书店。

书店的老板是个二十多岁的年轻人，品位倒是很好，书店装修得很淡雅，人一进去就是扑面而来的檀香。许其琛转了一圈，找到了一本自己一直很想买的《雪落香杉树》，翻了几页就入了迷，不知不觉站在那儿看了一个小时。

这个小小的书店格外静谧，阳光穿过透明的玻璃，轻柔地为他的后背盖上一层暖意，又从肩头泄出一点儿，洒在他捧着的书页上。

“性格是一个人的命运。”他的目光凝视着光亮处的段落，专注无比。

“‘如果这也是我的性格使然，’她喃喃道，‘那爱上你也是我的命运。’”

忽然书页上的阳光被遮挡住，变成了一小块阴影，书架上多出了一个人的影子。曾经寂静无声的耳畔被音乐声所占据，是一首他从未听过的钢琴曲。

许其琛戴着被擅自塞进耳朵里的耳机，愣愣地回头。

钢琴的声音干净而清亮。

“好巧啊，是不是被我吓了一跳？”夏知许笑着歪了歪头。

许其琛摘下了一只耳机，捏在手上，长长的白色耳机线延伸到对方的蓝色牛仔裤口袋里。

“是你啊。”

“对啊，没想到吧？”夏知许看了看周围，压低了声音，“我路过这边，正巧看到你了，就进来看看。”

许其琛很快地捕捉到了重点：“所以你本来要去哪里？”

“啊？”夏知许假装无事地翻看着书架上的书，“本来也……没准备去哪儿，就骑着车四处转转，放假嘛。”

许其琛没说话，这个人一贯如此，许其琛也懒得戳穿他的谎话。

夏知许抽出一本推理小说，手机突然振动起来。他吓了一跳，掏出手机挂掉了陈放的电话，发了条短信。

“我肚子疼，今天去不了了，下次我请大家唱歌，帮我跟她们道个歉，你好好玩啊！”

夏知许点击发送之后，将手机开启了飞行模式。

他侧过头，许其琛正看着他，眼神里全是“你确定你真的没有别的事做吗？”的意思。

夏知许“嘿嘿”笑了两下，翻开了自己手里的书，两个人并肩站在书架前安静地看着书。

看到一小半的时候，夏知许抬了抬头，书店里挂着一个漂亮的木质时钟，时针已经指向了十二点。他看了一眼身边的人，这个人似乎有某种神奇的魔力。

夏知许从他的身上切身体会到了白驹过隙的感觉。

夏知许合上了手里的书，摘掉了自己耳朵上的耳机，又准备摘许其琛耳朵上的。

夏知许的手停在半空，晃了晃，影子落在许其琛的耳畔。夏知许将手放下，手指抓住那根延伸到他的侧颈以上的耳机线，轻轻拽了拽，将耳机拿了下来。

“去吃饭吧。”夏知许对着茫然转过脸看向他的许其琛说。

许其琛买了五本书，装进了他的书包里，结账的时候老板还笑着说：“小朋友看书很有品位嘛。”

他白皙的耳畔染上了一点点红色，被夏知许看得清清楚楚。

许其琛只能单肩背着书包，有点儿不方便，夏知许原本想帮他背好，折腾了一番觉得实在麻烦，索性将包拿到自己的手上：“我来吧，你是伤员。”

一开始许其琛不太愿意，一路上都在说着“我自己来吧”这样的话。夏知许觉得有意思极了，背着包推着车，就是不还给他。

许其琛在他眼里就像个不太敢随便接受别人的糖果的小孩子，一直犹犹豫豫，欲言又止。

“你喜欢吃什么？”夏知许推着车，问道，“我中午没法回去吃饭，只能在外面吃了，你陪陪我吧。”

许其琛也小声跟了一句：“我也没法回去。”

“那不是正好吗？我们两个可怜的孩子。”夏知许笑得一脸灿烂，看见许其琛指了指路边的一个川菜馆。

夏知许咽了一口口水：“行，那就这里吧。”

两个人进去，夏知许一猜就知道许其琛不会主动点菜，于是点了几个比较眼熟的菜，给自己点了一个清炒娃娃菜。

等菜一上来，红彤彤一片，夏知许看得脑门冒汗。

许其琛倒是挺开心，虽然脸上没有笑容，但是很自觉地拿了筷子尝了一口辣子鸡丁。

“好吃吗？”

看他点了点头，夏知许也拿了筷子，犹豫了半天，还是只夹了一筷子娃娃菜，刚嚼了没两下，嗓子就开始冒火。他在盘子里拨了拨，发现好几个红红的干辣椒。

为什么炒青菜也要放辣椒啊？

夏知许给自己灌了一大杯水，又吃了一口米饭。

许其琛吃得那么开心，自己显得特别弱，为了掩饰心虚，夏知许寻找着话题：“你怎么这么喜欢看书啊？”

许其琛嘴巴里塞得满满的，像个小仓鼠，只能“嗯”一声，将食物咽下去之后又说道：“还好吧，我只是比较喜欢文字。”

“文字？”夏知许手撑着下巴，“为什么喜欢文字？”

许其琛咬着筷子尖，想了想之后开口：“你不觉得汉字是世界上最公平的文字吗？”

最公平的文字……这个说法夏知许从来没听说过。他笑着问道：“为什么这么说？”

许其琛用筷子尾轻轻地敲着桌面：“你看，汉字没有集体和个体之分，不像英语，还需要分单复数对动词进行变形。在中文里，主语从来都不会左右谓语的形式，千军万马可以用‘闯荡’两个字做谓语，孤身一人也可以。”

他说“也可以”三个字的时候，嘴角上扬，就像是在笑。

夏知许看着许其琛，终于明白，一个人在说自己所热爱的东西时，真的会发光。

许其琛的眼睛微微垂下来：“我总觉得，这样就会减少很多孤独感，一个人和很多人也没什么分别。”

夏知许看着他，想说什么却又说不出来。

许其琛还没有察觉夏知许的反常反应，打开了话匣子的他，用筷子尾蘸了水在桌子上画了一个方块。

“而且汉字的构造也是世界上最公平的，方寸之间，千变万化。一撇一捺看起来很张扬，实际上都被约束在看不见的圈定范围里。不论是简简单单的一个‘一’字，还是笔画复杂的字，都可以被安放在相同大小的方格里，看起来还很匀称。而且这样的美，只有熟悉中国文化的人才能够体会，否则每个汉字在他们的眼里就像是一幅画，漂亮但难以临摹。”

这一点夏知许倒是十分赞同：“所以在中国人的眼里，汉字就像是矢量图，但是在外国人眼里，汉字就变成位图了。”

理科思维和文科思维碰撞。

许其琛愣了一秒，然后笑了起来：“你的比喻真的很特别，但是也算贴切。”

夏知许怔住了。

坐在对面的人被逆向流转的光簇拥，一贯垂着的眼睛微微弯曲。

“你笑起来原来是这样啊。”

许其琛愣了愣，抿了抿嘴唇，低头夹了两口菜塞进嘴里。

一顿饭夏知许吃得并不舒服，怕辣的他强撑着吃了点儿，喉咙又干又哑，趁着许其琛去洗手间的时候叫来服务生结了账，出门时被许其琛知道，又有些不悦：“我至少要给你一半的钱。”

夏知许推着车：“我懒得算，你下次请我不就好了。”

一个数学天赋高到连老师都佩服的人，算一顿饭钱却觉得麻烦。许其琛只好默不作声，看见旁边有一家副食店，于是对夏知许说了句等等，自己跑了进去。

没一会儿，夏知许看见他从店里走出来，将手里的冰牛奶递给了自己。

“嗯？”夏知许有些不解。

“牛奶解辣。”许其琛看了一眼夏知许红彤彤的嘴唇，淡淡地说道。

“谢谢。”

夏知许和许其琛随便转了转便回了家，夏妈妈一开门就问道：“你们这么早就散了吗？我还以为晚饭你也不回家吃呢。”

夏知许吓了一跳。他把和陈放他们的聚会忘得一干二净，支支吾吾地“嗯”了一声，将手机掏出来，刚取消飞行模式，陈放的电话就打了进来。

“喂……”

“你小子怎么回事？你买书买到美国去了吗？肚子疼疼到进医院了

啊？给你打了二十几通电话都无法接通，你到底去哪儿了？”

夏知许捂着电话，看了一眼表情狐疑的夏妈妈，溜进了自己的卧室。

“不是的，我先是去买书，肚子疼上了个厕所，然后从书店出来的时候遇到一个人抢包，然后我就骑车帮忙追啊。好不容易追到了，我就和一个骑电瓶车的叔叔一起把小偷制伏了，结果跟小偷周旋的时候我的手机掉出来摔坏了，然后警察叔叔又把我们弄去做笔录，我在那儿等了好久才出来，修手机又修了几个小时，所以现在才能打电话了……”

夏知许的谎话编得天花乱坠，陈放将信将疑地问道：“真的？那你现在在哪儿？”

“手机维修店啊……”

夏知许刚说完，就听见卧室外头夏妈妈喊了一声：“知许，吃不吃火龙果啊？”

“你还敢骗我！”

夏知许把手机拿远了些，等那边的人嚷嚷够了，又拿回来，笑嘻嘻地说：“不是，我刚从手机店里回来，现在在家……”

第二天夏知许被迫按照陈放的“补偿条款”在校门口的蛋糕店买了五块蛋糕，给上次聚会的女生们一人一块，又给陈放买了好几套新的游戏皮肤。

几个女生虽然对他的失约感到不满，但高一年级人气最高的男生当着全班人的面给送蛋糕还是很有面子的，趁着送蛋糕的时候她们又围着夏知许说了好久的话，夏知许表面上笑眯眯的，内心一遍又一遍地骂着陈放。

等到上课铃声响起来，那些女生才终于舍得离开。夏知许轻轻蹬了一下前座的椅子，正在整理笔记的许其琛愣愣地转过头，看见夏知许指了指自己的桌子：“下面。”

“嗯？”许其琛微微皱眉，表示不解。

夏知许猫着腰，又指了指：“下面，你低头看看。”

许其琛这才低头，看见夏知许从桌子下面递了个盒子给他。他有些疑惑地接过盒子，打开一看，里面是一块精致的小蛋糕。

老师走了进来，许其琛将盒子关上，放进抽屉里，后背靠在夏知许的桌子前沿，小声问道：“为什么送我？”

夏知许轻声说道：“谢谢你的牛奶。”

许其琛想了好久，才想起昨天给他买的牛奶，抿了抿翘起的嘴角，后背离开了后座的桌子边缘。

不过他并不知道，夏知许买蛋糕的时候，弯腰在玻璃橱柜前仔细挑了好久，选了一个看起来最好吃的送给许其琛，而那几个女生的蛋糕则是随便选了一款买了五块。

短暂的假期一晃而过，紧张的高中生活正式拉开序幕。明明可以骑自行车上学的夏知许却坚持每天坐公交车，一周两周过去，他渐渐摸清了许其琛每天上学的时间点，从经验中总结了规律，然后每天按时按点地在公交车站等许其琛。

结果有一天，夏知许在公交车站等了好久也没等到他，自己还差点儿迟到，早自习的时候又正好碰上最爱碎碎念的英语老师。

“不要以为自己成绩好就肆无忌惮，现在才刚上高一，一切都说不准的。”

夏知许低着头，目光扫过教室，发现许其琛还没到。

“进去站着，站在自己的位置上。”

他“嗯”了一声，灰溜溜地走进教室，瞪了一眼嘴巴快咧到耳朵根的陈放，走到了自己的位置站着。

后座的男生也跟着开玩笑：“正好，知许，你给我挡一挡，我数学作业还没写完，现在补一下。”

夏知许无精打采地耷拉着脑袋，看着桌子上的英语书，念经似的念着课文，等到英语老师打着转走到了一组，夏知许用笔戳了戳许其琛的同桌的肩膀。

“许其琛呢？”

“不知道啊，刚才老师进来的时候班长上去跟他说了什么，估计就是给许其琛请假吧。”

“哦。”夏知许又低下了头，找到了刚刚自己念到一半的地方，重新读起来。

他有点儿后悔，那天放假的时候为什么不找许其琛要一下联系方式，手机号码或者微信什么的，这样就可以随时联系他了，自己也不至于傻傻地在那儿等着。

可是他又没让自己等。

夏知许忽然意识到这一点，觉得更加沮丧。

许其琛根本就没有说过要和自己一起上学，就算自己要了手机号，自己又不是班主任，许其琛凭什么事事都跟自己说呢？

唉，交朋友真不容易。夏知许决定以后对陈放好一点儿，毕竟上小学的时候是陈放先主动跟自己交的朋友。

直到上上午的最后一节课，许其琛才回到教室。正好是数学课，快五十岁的数学老师拿着三角尺在黑板上画着图，听到一声报告，头也没回就说了一句：“进。”

许其琛在全班人的注视下走进教室。

觉得数学课无聊透顶正在转笔的夏知许一看见他，手里的笔“啪”地一下就掉在了桌子上。

原来他是去取石膏了。

同桌站起来给许其琛让了让。

夏知许用脚轻轻地蹬了蹬他的椅子，小声问道：“你去医院了啊？”

许其琛背对着他点了点头。

夏知许想告诉他，自己早上等他来着，还迟到被罚了站，可是自己刚开口，就被转过来的数学老师叫了名字：“夏知许，你抻着脖子干什么？”

“没干什么啊。”夏知许慢慢缩回来，“老师，我脖子难受，转一转。”

“别转了，上来给我把这题做了。”

夏知许悻悻地“哦”了一声，走上去。他根本没有听课，拿了粉笔，站在黑板跟前看了看。

黑板上是一道函数的大题，有三个小问，光是题目就写了半黑板。

“没听讲吧？”数学老师推了推眼镜，打量着夏知许，“我就知道，上课不好好听……”

“老师，”夏知许打断了他的话，“你这道题的条件……”他没把话说完，直接拿着粉笔将题目里的定义域（0，1）改成了（0，1]，然后快速地开始解题。

数学老师见他改题目，皱着眉看了黑板一眼，又低头去翻讲桌上的教案，还没等他翻到，夏知许已经把答案写完了。

夏知许笑着将粉笔放回讲桌上：“老师肯定是为了考验我，特地把条件写成这样的对吧？”

数学老师清了清嗓子，又看了一眼黑板：“对，改条件是我隐藏的一个小问题，就看你们能不能发现。行了，回去吧，好好听课。”

夏知许笑眯眯地说了句“谢谢老师”，回了座位。

“嘁，明明是他自己搞错了，还说呢。”同桌撇了撇嘴。

夏知许朝她比了个“嘘”的手势，小声说：“谁还不犯个错啊。”

许其琛坐在前面，呆呆地看着满黑板的解答过程，对这个人的印象又多了一些，不仅仅是奇怪和麻烦了。

下课铃声响起，许其琛转头对身边的同桌说：“可不可以借一下你这四节课的笔记？我中午回去补一下。”

女同桌有些惊喜，他们在一起同桌了好几个星期，许其琛跟她说过的话屈指可数，没想到现在他竟然会主动找自己借东西了。

夏知许却急匆匆地拍了拍许其琛的肩膀：“你管我借啊。”

夏知许的同桌笑道：“你都没听课啊，前两节物理课老师在上面讲，你在下面做物理竞赛题，数学课你也在发呆，你哪有笔记啊？”

被戳穿的夏知许瞪了她一眼，要不明天他就跟张正心说想换同桌？

不行，万一张正心把自己换走了怎么办啊？

夏知许脑子里飞快地闪过了好几种可能，一回神，许其琛已经将自己同桌的笔记本塞进了书包里，背着包就要回家了。

夏知许赶紧站了起来：“等等我。”

下次上课他一定要好好记笔记，以防万一。

公交车上，夏知许习惯性地站在许其琛的左边，许其琛意识到了，轻声提醒道：“我的手已经好了。”

“哦对，”夏知许笑得有些不好意思，“我都忘了，看你把手放下来，还觉得有些不习惯呢。”

这一天的729路公交车格外拥挤，夏知许无意中看到车窗上贴着的修路公告，才知道原来是因为修路，好些公交车临时更换了路线，729路公交车客流量就比平时多了许多。

许其琛的手原本攥着头顶的拉环，谁知司机刹车太猛，许其琛一下子脱了手，整个人扑在夏知许的身上。他有些尴尬地说了句“对不起”，站稳之后再一抬头，之前自己抓住的拉环已经到了别人的手里。

他只能勉强抓着别人的座椅靠背，身子摇摇晃晃的。

又到了一站，一下子拥上来一大堆乘客，嚷嚷着“往后走走”。许其琛整个人被挤得几乎没有落脚的位置，只好微微侧身减少空间，面对着夏知许。

夏知许也无奈地转过来冲着他笑笑："今天人真多啊。"

车猛地启动，又是一阵剧烈摇晃，本来就站不稳的许其琛在惯性的作用下，不偏不倚地撞到了夏知许，本能的求生意识让他伸手抓住了夏知许的双臂。

夏知许有些不知所措。

许其琛松开了自己的手。

下车后，两个人并肩走到十字路口，许其琛拐进街角之前忽然开口。

"上一次你给我听的钢琴曲很好听，是谁写的？"

夏知许一下子有些蒙了。他以前学钢琴，手机里有一大堆的曲子，那天也是随机播放了一首，并没有特别在意。他努力地回想着："好像是肖邦的，具体哪一首就……"

"没事，那我回去了。"许其琛很快转过身，没有给夏知许继续回忆和思考的机会。

夏知许觉得奇怪，平常他的记忆力很好，就算是走在路上听某首曲子，回想起来也不会完全没有印象，怎么偏偏忘了那天是放的哪一首呢。

不管他怎么回想，脑子里都是空白的。

他飞快地跑回了家，从自己的抽屉里拿出手机，翻了翻历史记录，找到了那首曲子——

肖邦的《F小调第二钢琴协奏曲》。

许其琛发现，自从上了高中，时间就变得格外快，明明回想起来军训还像是昨天的事，可现在，校园里的银杏叶都忽然间变得金黄，从教室的窗外看去，像是北欧神话里的金叶子树，耀眼极了。

"夏——知——许——"

"今天你值日，快擦黑板！"

听见卫生委员催促，正低头看书的许其琛抬眼看了看满黑板的粉笔字，又侧了侧头，看见夏知许还趴在桌子上睡觉。

他总是这样，懒洋洋的，可劲头足的时候又特别精神。

他再不去卫生委员要骂人了。

许其琛用手推了推夏知许脑袋下头垫着的胳膊肘："喂，去擦黑板了。"

夏知许一下子抬起头，脸上还有一道红印，看起来又蒙又好笑。

女同桌见夏知许要出去，一边起来给他让道一边无情地嘲笑："卫生委员叫了三遍叫不动你，我叫了三遍也叫不醒你，许其琛说一句话你就醒了。"

夏知许揉着眼睛，伸了个懒腰："就是要叫七遍才能唤醒神龙。"贫完嘴他就散漫地走到讲台上，拿了两个黑板擦慢吞吞地擦着黑板，粉笔灰扑得到处都是，前排的同学拿着课本捂着鼻子不停地扇着。

陈放正巧从小卖部回来，一进教室就被呛了个结结实实："哎哟，这是谁在作法？"陈放伸手扇了扇眼前的灰，看见夏知许迷迷瞪瞪的样子和脸上的睡痕，又嘲笑道，"原来是我们夏宗主，瞧您脸上的魔痕，"他伸出一只手准备捏夏知许的脸，"让我来为您解除封印吧！"

"呸。"夏知许握着黑板擦一下子拍在了陈放的手上。

"咳咳咳……夏知许，你丧尽天良！"陈放捏着鼻子走下了讲台，从校服口袋里掏出一包糖，经过许其琛的座位边时叫了他一声，许其琛刚抬头，就看见一包东西飞到了自己面前，下意识地伸手去接。

那是一包水果糖。

他疑惑地抬起头，陈放的下巴朝讲台上的夏知许仰了仰："他听说我要去小卖部，让我给你带的。"

下下节课是体育课。

夏知许这是未雨绸缪。

许其琛看着手里的糖发呆，同桌从教室外面进来，看见他手里的糖："哇，这个牌子的糖可好吃了，有果汁夹心的。"她坐下来朝许其琛露出一个笑容，"给我一颗吧，就一颗。"

"哦，好……"许其琛撕开了包装袋，将糖递给同桌，"你自己拿吧。"

同桌笑嘻嘻地说了谢谢，从里面挑了一颗草莓味的。

擦完黑板的夏知许一回头，正巧看见他把自己送的糖分给同桌，于是拿着雪白的黑板擦走到了走廊外头，手伸出去，泄愤似的拿着两个黑板擦对着一顿猛拍。

——好吃佬，好吃佬，馋死你算了。

这么想着，他便更加使劲地拍着黑板擦。

雪白的粉笔灰“簌簌”地往楼下落。

“又是谁在走廊上拍黑板擦？我说了多少遍了不能在走廊上拍！你们都不听是吧？我今天非得逮着个典型！”

夏知许赶紧溜回教室，将黑板擦扔到了讲桌上，胡乱拍了拍手走到自己的位子上坐下，“哗啦”一下子翻开了《五年高考三年模拟》，假模假样地低头做题。

果不其然，没一会儿汪主任就走到了四楼，第一个教室就是13班。他伸手摸了摸13班门口走廊的瓷砖栏，然后气冲冲地走到13班门口：“你们班今天谁值日？”

前排的同学小心翼翼地往后望了望，都不吭声，汪主任走了进来：“我劝你自己站出来，别逼我动手。”

许其琛偷偷瞟了一眼汪主任，他的头顶上还有灰，估计就是刚才从楼下经过的时候被夏知许弄上的。

就在大家都不吭声的时候，陈放偷笑着举起了手。

“就是你？”背着手的汪主任快步走到陈放的座位跟前，把他拽了出来，“你说！我强调了多少遍了，不许在走廊上拍黑板擦！”

“不……不是的，汪主任，我是要举报的！”

“举报什么？！你给我去办公室里写检讨！”

陈放冤枉死了，冲着汪主任一阵甩胳膊甩腿：“真不是我，是夏知许！真的是他！”

汪主任看了一眼夏知许，许其琛也回过头，谁知这家伙假惺惺地抬起脑袋，表现出一副好学生标配的超然世外的表情：“嗯？”

许其琛差点儿笑出声，这家伙也太能装了。

“哦对了，汪主任，上次您说的那个省奥数竞赛，我回去跟我爸说了，他让我去试试，我等会儿去您的办公室里领报名表。”

原本一脸不悦的汪主任立刻笑出来：“不用，等会儿我让学生给你捎过来，你要好好准备，给我们静俭争光啊。”

“嗯。”夏知许假模假样地微笑着。

说完，汪主任把陈放拎出了教室：“你还好意思嫁祸！你怎么不跟人家学学？给我去办公室！”

“真不是我！不信您问他们！”

眼看着“背锅侠”陈放被这么带走，痛苦的辩解声传到了楼梯口，全班爆发出一阵狂笑，尤其是甩锅成功的夏知许，趴在桌子上都直不起身来。

体育课的时候，陈放才回来，脸色阴沉沉地走到操场上，班上的同学一看见他就开始笑。

“笑什么笑？！刚才跑了八百米嫌不够是吧？”体育老师训道。

同学们这才收敛了一点儿，憋着偷偷笑。

置身事外的许其琛正对着跑道上的一只小狗发呆，忽然感觉自己的校服外套被后面的人扯了扯。

他有些慢半拍，过了一会儿才懵懂地回过头。

站在队伍前面的体育老师切入正题：“这个月月底静中的篮球赛初赛就要开始了。”

“篮球赛？”

“全校还是全年级的？”

“全校吧，年级比赛太寒酸了吧？”

身后那人似乎放弃了使用肢体语言，趁着人群骚动小声开口。

“给我一颗糖吧，我想吃。”

他扯谎：“我没带。”

“你骗人。”夏知许直截了当地拆穿他的谎言，声音带着笑意，“包装袋都从你的口袋里露出来了，小气鬼。”

许其琛低头一看，果然，自己的外套口袋边缘露出了那个花里胡哨的糖果袋子的一角。

没办法，许其琛伸手进去，随便拿了一颗糖，看也没看就将手绕到背后，对着身后的人摊开掌心。

“谢谢。”

感觉到夏知许的指尖从自己的手掌里拿走了那颗糖，许其琛将手收了回来。

“会打篮球的人举个手，我登记一下，等会儿解散之后跟我来篮球场这边，我选一下球员。”

许其琛会打一点儿篮球，但没有举手，自己的身体一向不好，就算是被选上了，也只会拖累大家。原地解散之后，他看了一眼被体育老师挑走的男生。

陈放在最后头用腿踹了夏知许几脚，两个人打打闹闹的。

许其琛总觉得有点儿羡慕，如果他也能和陈放一样，和自己的朋友一起吵闹嬉笑，似乎也不错。

这样的想法很快就被许其琛自己驳回了，他永远不可能成为陈放那样开朗的性格。

更何况，夏知许对待自己的时候也从来不像对待陈放那样肆无忌惮。

静俭中学的秋季篮球赛算得上是一项重要活动，高三的学长们面临高考，课业繁重，基本上也就是初赛一日游，火力集中在高一、高二年级，尤其是高一新生，每年都会出现不少黑马。

班主任张正心并不是个只抓学习的死板教师，一向主张学生劳逸结合，全方位发展，所以也非常支持这次的秋季篮球赛，还特意批准他们，在初赛前一个星期可以迟到半个小时上晚自习，多练半个小时。

除了篮球赛，还有一件大事，那就是全省举办的"金砚杯"作文大赛，作为语文课代表的许其琛，因为这事被张正心叫去了办公室。

"这次作文大赛很重要，如果获得了重要奖项，可以作为以后自招的申请材料。班上报名的同学，我这边已经把准考证打印好了，你到时候发一下。"张正心将手里的一沓准考证递给了许其琛，"而且这一次我们静中的政策是全年级前一百名的孩子必须参加，除非上一次月考语文成绩低于一百分。"

"所以，那些没有报名的年级百名内的学生，只要语文成绩合格的，也有准考证了？"

张正心点点头，又从抽屉里拿出排名表："我看了，我们班被'强制报名'的只有夏知许一个，其他几个年级一百名以内的学生都报名了。"

许其琛低头翻了翻准考证，还真有夏知许的，学校也真够绝的，竟然会想出这一招。

"那行，你回去吧，等会儿晚自习把准考证发一发，如果参加比赛的同学们有什么需要或者疑问，让他们随时到办公室里来找我。"

许其琛点点头，拿着手里的准考证离开了办公室。

吃晚饭的时候许其琛从体育场经过，有意无意地朝篮球场那边看了看。人群之中，他一眼就看到了夏知许的身影，夏知许穿着一件深蓝色的T恤，黑白拼色的校服外套被他脱下来系在了腰上，两只手灵活地运着球，过人的姿势利落又漂亮，进球之后的笑容比阳光还耀眼。

许其琛从小到大都不太喜欢阳光的人，他们充满自信，对即将到来的每一天都热情洋溢，感觉他们的好心情来得那样轻而易举，不值一提。看见这样的人，他总觉得不安，疑惑自己哪里来的这么多坏情绪，这么消极。

凡事都怕被衬托，他也不想如此。

或许夏知许也并没有那么多的热情去拥抱生活中的每一个细枝末节，他也会散漫，也会疲于交际，也会觉得隐隐烦闷。可是在面对自己的时候，他的热情和阳光就一股脑儿地倒了出来，全部倒在了自己的身上。

搞得许其琛一遇到他，就觉得自己被从天而降的焦糖爆米花淹没，“哗啦啦”的。

晚自习开始之后，许其琛将抽屉里放着的作文竞赛准考证拿了出来，对照着上面的名字依次发到每个人的手里，所幸准考证上有他们每个人入学时候的证件照，否则对许其琛来说，仅凭名字准确无误地发准考证还真不是一个简单的活儿。

大部分的同学在做作业，只有篮球队的那些人还没回来，他一个一个地将准考证放到他们的桌子的右上角，有好几个同学抬起头，笑着对他说谢谢，让他有些受宠若惊。

不知道是不是因为夏知许，曾经不愿意与任何人产生联系的许其琛，现在也会因为旁人的小小举动而动容。

他该怎么形容这种经历呢？就好像……自己是一个奇怪的孩子，躲在一间不见天日的黑屋子里，身体紧紧地抵着门，用全身的力气抵住，不让任何人打开它。

可夏知许出现了，看到了这扇紧闭的门，不知道究竟出于怎样的目的，一面用力地往里挤，一面轻声细语地给躲在门背后的自己说着引人入胜的童话故事。就这样，趁自己听得入迷，他就将这扇门挤开了，久违的光线折射进来，让许其琛无所适从。

这还不算完，站在门口的夏知许回过头，对着自己身后站着的好多孩子招手——你们快来啊，这里有一个落单的小孩。

许其琛现在就是这样的感觉。

许其琛正要走到最后一组把夏知许的准考证放在他的座位上，就听见门外传来嬉闹声，篮球队的人回来了。

陈放打头阵进了教室，练得浑身是汗，将篮球放回座位底下后又跟班长打了报告，去盥洗室洗手。

夏知许进来的时候看见许其琛正站在四组的走廊上，抬着手臂擦了擦额角的汗，轻声问道："站在这里干吗？"

许其琛将手里的准考证递到他跟前："这是'金砚杯'作文大赛的准考证，张老师让我给你的。"

身后一个男生要过去，夏知许让了让，又说道："我没报名啊。"

"张老师说，静俭这次强行要求全校前一百名的学生参加比赛，只要语文在一百分以上的，都不能拒绝。"许其琛解释道，"嗯……我们班被强行抓壮丁的只有你一个。"

夏知许皱着眉看了一眼，又看了看自己这双又是灰又是汗的手，叹了一口气，悻悻然接过了准考证。

放学后，两个人依旧按照惯例坐车回家，夏知许先是抱怨了不想参加作文比赛，后来又跟许其琛说着篮球队练习时候的趣事，许其琛听进去了一半，另一半不知道跟着思绪飘到了天上的哪朵云里。

突然夏知许撞了撞他的肩膀："你说，我是不是该买个运动发带，训练的时候我的汗直往眼睛里流，全糊在眼睫毛上，难受。"

——那是因为你的眼睫毛太长太密。

许其琛在心里暗暗吐槽。

"又发什么呆？"夏知许伸出手，在他的眼前挥了挥。

许其琛摇了摇头："没什么。"

夏知许以为他只是单纯对运动类的话题不感兴趣，也没有再多说。

第二天中午放学，和夏知许在转角分开之后，许其琛独自一人走进一家运动商店，默默地在里面转了几圈，找到了一个小小的区域，上面放了好几款发带，大部分是黑、白、灰的颜色，印着不同的 logo（标志）。

许其琛站在那儿看了一会儿，选了一个白色的，上面是运动品牌的图标，走到柜台前。

"一百五十八元。"

许其琛从书包里拿出了两百块钱，这是他攒下的买书的钱，对一个高中生而言，可以算得上一笔不小的数目了，至少可以买四本书。

总算可以还他的人情了，走出店门的许其琛这样对自己说。

中午上学的时候许其琛想把发带给他，结果车上人太多，站都站不稳，许其琛害怕又发生上一次那种事，只能紧紧地抓着车厢里的扶手，没有拿出自己买的发带。

没办法，许其琛只好等到去学校再给他。

毫无心理负担的夏知许还是老样子，笑着跟他讲述这天中午家里发生的有趣的事，尤其是家里的那只大金毛，许其琛表面配合地听着，两个人并肩走进教室。

许其琛回到自己的座位上，同桌正好还没有来，他犹豫地取下了自己的书包，拉开书包拉链，将手伸了进去。

正在这时，陈放一个滑步从走廊头溜到了夏知许的座位跟前，还没开口，就被夏知许先截了话头。夏知许从包的侧面抽出一个发带，在陈放跟前晃了一下："怎么样，好不好看？"

陈放一把抢过他手里的发带："可以啊，酷酷酷，借哥们儿我戴两天。"说着陈放就要往头上套。

夏知许伸手将发带夺了回来："一边儿去，我都还没戴过。"

许其琛的眼睛垂了下来，他不动声色地将手从自己的包里拿出来，起身就要离开座位。

"你去哪儿？"夏知许拿着手里的灰色发带，眼睛看向许其琛。

许其琛淡淡地说道："洗个手。"说完他走出了教室。

夏知许总觉得许其琛的情绪有些不对，可又不知道他怎么了，神经大条的陈放根本没发现，手撑着夏知许的同桌的课桌，兴致勃勃地问道："看了昨晚的比赛没？湖人和马刺的那场。"

夏知许将书包取下来放到椅子上："没，我昨天跟我妈翻我哥的衣柜来着。"

"翻你哥的衣柜？干吗？你哥把你未来的嫂子藏衣柜里了啊？你哥现在不应该在T大吗？"

"藏你个头。"夏知许白了他一眼，"我跟我妈说想买条发带，打球的时候汗老往眼睛里流，我妈说我哥有，然后我们就翻衣柜翻了一晚上，终于在一个犄角旮旯里找到了，还挺好看的，我就勉为其难地戴着吧。"

"你哥的篮球不也打得好，说不定他还能给你传点儿运气。"

“你少来。”

之后的整整一下午，许其琛都没有主动跟夏知许说过话。

夏知许一开始和以往一样打趣他，可他总是一副兴致不高的样子，就连晚自习回家的时候，夏知许试着管他借作文书，他都只是淡淡地回了句“没有”，夏知许就有点儿忍不住了，觉得有些委屈。

自己究竟做错了什么？夏知许想不通。

不如我们从头来过 下

一连好几天，许其琛都躲着夏知许。虽然他一贯不怎么热情，可是总还是会有点儿反应的。现在只要夏知许一靠近，他就自动离开一段距离。

又是一天早上，夏知许刚从小区出来，抬头看了看对面，正巧看到了站在公交车站台上拿着一盒牛奶喝着的许其琛，对方也在同一时间看见了自己。夏知许开心地朝他挥手，刚喊了一个“许”字，对方就匆匆地上了一辆公交车，在自己的眼皮子底下跑了。

夏知许觉得想要揣测一个人的想法，简直比奥数卷子上的最后一道大题还要难。

从办公室回来的几个同学把上个月月考的数学卷子捎了回来。发卷子的同学从许其琛的座位边经过，将卷子递到许其琛的手上，许其琛看了一眼，一百一十二分，最后一道大题后两问没拿到多少分。

“夏知许，你一百五十分啊，厉害，厉害。”

同学将卷子放在夏知许的桌子上，还没等夏知许说话，同桌就先把卷子拽了过去："让我瞻仰瞻仰学霸的试卷。"

夏知许一把将卷子夺过来，脸上明明白白地写着"心情不佳"四个字。

他的眼睛盯着前座的背影，看着许其琛的手捏着自己的卷子，认真看着被红笔画了叉的错题。

夏知许想讲题给他听，只要他开口问。

不知道在跟谁僵持，夏知许就这么愣愣地坐着，最后只等到许其琛用笔戳了戳身边同学的胳膊，轻声问道："你这一题做对了吗？"

偷偷看着漫画的同桌抬起头，看了一眼许其琛指着的地方："嗯，你做错了？老师讲过类似的题。"

后座的男生拍了拍夏知许的肩膀："篮球赛复赛什么时候开始？"

夏知许对着许其琛的背影，无声地叹了一口气，然后转过去跟自己的后座讨论篮球赛的事。

听见同桌说这道题上课讲过，许其琛有些不好意思："我上课开小差了，没听到，你给我讲讲吧，可以吗？"

许其琛的音色很柔和，难得的请求语气更是让同桌无法拒绝："可以是可以啦，就是……"同桌也有点儿不好意思，"我怕我讲得不好，那什么，夏知许是满分，要不让他给你讲？"

许其琛没有回头看，摇了摇头，低声说道："还是你给我讲吧。"

同桌点头："那我讲得不好你可别嫌弃啊。"她拿起中性笔接过卷子。

许其琛将脑袋凑过去，仔细地听着。

夏知许终于转回僵硬的脊背。自己的数学试卷死气沉沉地躺在桌上，一个鲜红的"150"在视线里不安地跳动着。

夏知许越看越心烦，一把将试卷揉成团扔进抽屉里。同桌吓了一跳，死活想不明白夏知许这是抽什么风，考了一百五十分还不满意？

夏知许趴在了桌子上，把头埋在手臂里，脑海里不自觉地想起许其琛的话。

"你给我讲讲吧，可以吗？"

他为什么不问我？

之前他们明明不是这样的。

这种感觉就好像做了一道步骤特别复杂的题，他一步一步试着往下解着，好不容易算到了最后，却发现答案完全不正确，可一步步倒推，怎么也检查不出到底是哪一步出现了问题。

上午最后一节课结束，路过走廊的数学老师叫住了原本准备跟着许其琛一起回家的夏知许，向他交代晚自习做数学模拟卷的事，夏知许站在老师的身边，眼睁睁地看着许其琛离开。

夏知许点头应和，心里默默数着时间。

两分钟了，许其琛应该已经下楼了。

五分钟了，他说不定都已经出校门了。

十分钟了，他肯定已经上车了。

“行了，你晚上如果提前做完了，拿到办公室来我给你批一下。”

夏知许“嗯”了一声，匆匆告别了数学老师，下了楼。

“知许？”

听见陈放的声音，夏知许回过头，看见陈放推着自行车走过来：“你怎么还没走？”

陈放叹了一口气：“我的自行车链子掉了，刚刚蹲着弄了半天。”他走到夏知许的身边，“怎么了你？跟刚被哪吒抽了筋似的，蔫了吧唧的。”

“你哪儿来的那么多破比喻啊？”夏知许闷声回道。

“我妈教的。”陈放“嘿嘿”笑了一声，越看夏知许的状态越不对劲，试探地问道，“咦？这两天怎么没见你跟许其琛一起走啊？你们不是住得近吗？”

他真是哪壶不开提哪壶。

夏知许阴沉着一张脸，没回答。

“是不是你哪儿得罪人家了？”

“我没有。”夏知许这次倒是反驳得快，“我压根儿不知道发生什么了，他就突然不理我了。”

陈放认识夏知许九年，头一回见他这么愁眉苦脸，乐极了：“肯定是人家忽然发现你根本不像表面上看上去那么光鲜，识破了你迷人外表下的真实面目，一时间难以接受，所以就悄无声息地自动远离你了。”

他都做好了被夏知许爆捶一顿的准备，谁知道等了半天，夏知许也没有发火，反而低垂着脑袋。

“喂……你怎么……”

“你真的这么觉得吗？”夏知许无力地开口。

陈放这才意识到事情的严重性："不……不是，我刚刚开玩笑的，我们的小太阳多招人疼啊。你说说，从小到大，上到老师家长，下到同学朋友，谁不喜欢你啊？要不是哥们儿我内心强大甘当绿叶，早就自惭形秽地跟你绝交了。"

夏知许知道他是在安慰自己。

两个人不知不觉走到了公交车站，陈放侧着脑袋看着夏知许，见他也没有因为自己的安慰有所好转，于是决定还是提供些有建设性的建议："你不就是想知道自己做错了什么吗？你回想一下，小许同志是从什么时候开始跟你断绝革命友谊的？那天你都做了些什么事？"

夏知许皱着眉仔细回想，却被陈放拍了拍肩膀："你要坐的车来了。"

"哦。"夏知许跟陈放道别，自己上了车。

夏知许一个人坐在公交车上，仍旧皱着眉，思绪乱七八糟，忽然想到了那天晚上他在车里对许其琛说起发带的事。

可第二天许其琛也好好的啊，好像就是从第二天的下午开始的……

夏妈妈准备了一大桌子菜，一听见钥匙开门的声音就喊道："知许回来了？快点儿去洗手，妈妈今天烧了好多你爱吃的菜。"夏妈妈说着从厨房里走出来，摸了摸夏知许的脸，"哟，我的宝贝儿子又是篮球赛又是奥数，都累瘦了。"

谁知道夏知许一屁股坐在沙发上，把书包里的发带抽了出来，扔在茶几上。

"怎么了这是？"夏妈妈拿起老大的发带，"前两天你还吵着让我给你找，怎么又不要了？"

夏知许抬头："妈妈，哥哥现在的女朋友还是以前那个吗？"

莫名其妙地被儿子问了一通，夏妈妈愣了一会儿："好像是……追了……"她伸出手指头掰了掰，"喏，八年了。"

夏知许绝望地歪倒在沙发上："这个发带有毒，我以后再也不戴了。"

"你在胡说什么啊？"

夏知许没吭气，在他的心里，他已经十分笃定，这个发带绝对沾了哥哥的晦气，所以自己一戴上就出现人际交往上的大危机。

哥哥当年也是静俭的风云人物，如果不是点背，怎么可能追一个普普通通的女孩子追八年呢？这太不科学了。

夏知许想了这么半天，没有其他的理由可以解释了，已经是非正常状态的夏知许自暴自弃地在心中肯定着这个不科学的答案。

不管怎么说，这个发带以后是不能戴了，眼睛被汗眯瞎了他都不能戴。

下午一点的时候，夏知许急匆匆地出门，一个人坐在公交车站台上等了快半个小时，终于看到许其琛从拐角处走过来。许其琛一看见他就要躲，他豁出去了，直接上前拦住许其琛，死活不让他走。

夏知许不知道的是，许其琛躲他不完全是因为那条没送出去的发带。实际上，发带只是导火索，真正让许其琛想要逃离的，是自己的心情。

“你不许走！”夏知许紧紧抓住许其琛的胳膊，十一月的天气有些冷，他不知道等了多久，鼻子尖都有些红。

许其琛看着他，眼睛睁得大大的。

夏知许意识到自己可能太用力了，手指放松了些，语气也轻柔起来：“我的意思是……你别走嘛。”

许其琛缓慢地眨了眨眼睛，半天也没说话。

729路公交车来了。

夏知许害怕许其琛跑掉，把他一起拽上了车，直接用自己的公交卡刷了两次。

路修了两个月还没修好，车厢里满满当当的。

两个人只要上了一辆车，就只能挨在一块儿，这就是许其琛这些天不愿意和他一起坐车的原因。

这么多人站在一起，夏知许想说的话也没办法说出口，他只能静静地抓着许其琛，不让其躲开。一直到他们下了车，许其琛才开口：“你松开我。”

“那你别跑。”

“我不跑。”

夏知许这才稍稍松开了些，许其琛虽然没跑，但是也站得离他远了一点儿。让他觉得怪委屈的，自己难不成是什么杀伤力很大的传染病病毒吗？为什么许其琛这么避之不及？

下午的第一节课是数学，数学老师讲着新课，夏知许看着许其琛的背影，还是很不开心，踢他的凳子他也不会回头。

夏知许瞟了一眼同桌的桌子，看见了一个便利贴，忽然想到了一个办法。

“把你这个借我用一下。”

他将便利贴反过来，拔了笔盖就要写字，同桌提醒道：“反了，这面是要粘上去的。”

“我知道。”夏知许把头埋得低低的，自顾自地写完了一张便利贴，然后翻过来，贴在了许其琛的背上。

许其琛感觉自己的背上被贴了个什么东西，原本不想理会，可是这样也不好，万一被路过的主任看见了更麻烦。他只好将手伸到后面，撕下了那张便利贴。

“理我一下嘛。”

许其琛飞快地将便利贴贴在了桌面上，空白的部分朝外，假装什么都没看见。

又是一张便利贴，轻轻地被贴在了他的背上。

“我错了，都是我的错。”

——你错什么了啊？

许其琛无奈地想着，他根本没有做错什么事，无声叹了一口气，将这张纸贴在了刚刚那张的上面。

第三张：“虽然我现在还不是很清楚我做错了什么，但是没关系！不管怎么样，都是我的错。”

看到这一张便利贴，许其琛差点儿没忍住笑出声。

还没等他把手上这张便利贴贴到桌面上，背上又多了一张，力道有点儿重。

许其琛在老师的眼皮底下悄悄把便利贴撕下来，拿到面前看。

上面没有写字，只画了一个笑脸，还有一个冲下的箭头。

箭头指向的，是他用透明胶粘的一颗很小的糖，琉璃糖纸在秋日的阳光下闪着彩色的光。

许其琛抿着嘴唇，抑制住想笑的心情。

“一张五块钱，”同桌将手伸到夏知许的面前，“拿钱来。”

“你也太黑了，”夏知许把剩下的便利贴扔到她手里，“我不用了。”

“啧啧啧……”同桌摇了摇头，“可惜了……”

夏知许皱着眉头：“可惜什么？”

同桌瞥了他一眼，无声地做了个口形。

新课讲完了，数学老师推了推眼镜：“把你们月考的卷子拿出来。你们自己说，多少题是我之前讲过的！啊，一到考试还是一错错一大片。”

夏知许刚刚完成了一件大事，心情愉悦地转着笔。

“班上就一个人满分，给你们看看别人的卷面和答题过程，夏知许，”数学老师喊了他一声，“把你的卷子拿上来。”

夏知许的笔一下从手中脱落，掉在桌子上。

夏知许在抽屉里翻到了那个纸团，尴尬地把它一点点展开，努力地捋平，可还是皱得要命。

数学老师下了讲台，走到他的跟前：“快点儿啊。”

夏知许悻悻地将皱巴巴的卷子递给老师，眼睛都不敢看他。

“你！你这是怎么回事？”

“不小心，把它当废纸了……”

全班同学都跟着笑起来，许其琛也忍不住低下头偷笑。

下午最后一节课是班会，也是13班和7班的篮球比赛，班上篮球队的人早早地就被叫了下去，剩下的同学一边做着作业，一边听着班长说最近学校里的一些重大活动，还有班主任交代的需要传达的事。

“除了刚刚说的那些，很快就是我们学校的六十周年校庆了，每个班都必须出一个节目，我们班有才艺的同学可以过来找我报名，就这些了……”班长合上了手里的小本子，看着死气沉沉的同学们，补了一句，“大家收拾一下，下去看比赛吧，我已经跟张老师申请了。”

“耶！”

大家听了这话，一瞬间活了过来，班长立刻做了个噤声的手势：“大家下楼的时候小点儿声，不要打扰到别班的人。”

啦啦队浩浩荡荡地冲进体育场时，篮球赛还没有开始，女生们都特别踊跃地站在最前面，喊得一个比一个大声。

许其琛站在后头看过去，奇怪，夏知许怎么没有戴发带？不怕影响发挥吗？

“13班加油！13班加油！”

更奇怪的是，许其琛发现身后又拥上来一堆女生，看起来都很面生，好像是外班的，八成都是来看夏知许的。

身旁的人越来越多，一个女生不小心踩到了许其琛的脚，他往旁边退了退，女生连连道歉。

“没事。”许其琛无意间瞥到她衣襟下面的胸牌。

高二（3）班。

竟然还有学姐？

夏知许的人气也太高了。

球场上的夏知许实在是太耀眼了，整个场子都被他控住了，不管是防守还是得分都是稳稳当当的，几乎让人挑不出错。

可是为什么女生们都站在自己的附近？许其琛搞不明白，转了转脑袋，自己身边一圈都是女生，都快把他和自己班上的人分开了。他觉得不习惯，浑身难受，好不容易中场休息，大家不那么激动了，他低着头一面说着不好意思，一面从女生堆里挤了出去。

打球实在是太耗费体力，夏知许的睫毛上挂满了汗，右眼格外严重，中场休息的哨声一响，候补队员立刻将毛巾扔到了他的身上，他接过毛巾擦了把脸，又使劲揉了揉眼睛，抬起头四处张望，在密密麻麻的观众席里寻找许其琛的身影。

该不会他还没有原谅自己，所以根本没有下来看球赛吧？

夏知许将脖子抻得老长，还往上跳了跳，正好看见许其琛从人群中往外走，好像是要离开。

他真的不想看了！

夏知许急了，直接喊了一声：“许其琛，你别走啊。”

忽然被叫到名字，许其琛吓了一跳，转过身，看见夏知许伸长胳膊在球场边缘朝他挥手：“我还没打完呢。”

围观群众纷纷回头看向许其琛。

——我也没准备走……

夏知许见许其琛站着不动，似乎不准备走了，表情立刻高兴起来，将自己的校服外套脱了下来，团了团朝着许其琛扔了过去。

“帮我拿一下！”

许其琛慢半拍地接住了他的校服外套，抬头看了看他。

穿着黑色卫衣的夏知许将袖子卷了起来，隔着拥挤的人群笑得一脸灿烂：“要等着看我们赢啊。”

——谁给你的自信啊！

许其琛无奈地笑了出来，将他的校服理了理，搭在自己的手臂上。

看到许其琛的笑容，夏知许觉得这么些天自己身上的晦气一下子都清空了，好像突然被人贴上了一个幸运符。

哨声响过之后，大家又投入紧张的比赛之中，同在场上的陈放吓了一跳。

夏知许的干劲简直比上半场高了三倍不止，所以结果也就很明显了，13 班赢得毫无悬念。

看见自己班赢了，许其琛也觉得很开心，可是自己又挤不到前面去，只能站在围观群众的最外缘默默看着大家庆祝。

浑身是汗的陈放走到了班花林馨雅的跟前，羞涩地指着她手里的水："这个……"

"不是给你的。"林馨雅直接闪开，朝着夏知许的方向走过去，夏知许低头揉着眼睛，揉了半天，抬头之后根本没注意到自己身边围着的那些想要送水又不好意思上前的女生。

"不好意思借过一下。"夏知许拨开了面前两个女生的肩膀，钻出来，朝着许其琛小跑过去。

"我好渴啊。"夏知许跑到了许其琛的跟前，弯下腰，双手撑着膝盖喘着气。

许其琛看了看周围，好多女生的手里有矿泉水，于是愣愣地开口："她们那里有……"

夏知许知道他没有拿水："你请我喝瓶饮料吧。"说着夏知许就拽着许其琛往体育场后面的自动贩卖机走去。

许其琛想起来他的校服外套："穿上吧。"

"热。"夏知许的尾音拖得长长的。

"等会儿风一吹，就感冒了。"许其琛将校服塞到他手上，自己走到贩卖机跟前，"喝柠檬茶吗？"

"嗯。"

听见贩卖机下面传来饮料瓶坠落的声音，许其琛弯下腰，将柠檬茶取了出来，转身准备给夏知许，却发现他又低头揉着眼睛。

"怎么了？"

"不知道。"夏知许抬起头，右眼有些睁不开，"总感觉进了东西，你帮我看看。"说着他就扒开了自己的眼皮。

许其琛走近了些，左手拿着柠檬茶，右手的食指和拇指撑开了夏知许的眼皮，偏着头凑近看了看。

许其琛仔细地凝视着他的眼睛，发现眼球上面的确有东西："是你的睫毛。"

许其琛弄了很久才弄出来，他将饮料塞到夏知许的手里，迈开步子往食堂的方向走去。

夏知许跟在后头，隔着一米的距离，低头看了看手里的柠檬茶。

和许其琛和好之后，夏知许做什么事都干劲十足，又恢复了往日小太阳的风采。

第二节课课间，陈放就被夏知许叫去帮他抱数学作业。南方的这座城市出了名的天气恶劣，热的时候太阳几乎能把人烤化，可冷起来更是难受，湿湿的寒气直往人的骨头里钻。为了防止学生们被冻坏，静俭连一贯的课间操也停了。

他们出办公室的时候正好遇上隔壁班校庆表演的学生，打头阵的人手里抱着一个萨克斯，陈放突然揽住夏知许的肩膀："你小子怎么不出节目啊？"

"出什么节目？"

"校庆啊。"陈放拍着他的肩膀，"这是你从级草晋升到校草的绝佳机会啊！"

夏知许一把推开了他："没兴趣，不想去。"

"真不去啊。别啊，你唱歌那么好听，弹吉他、弹钢琴样样拿手，随便挑出去一样都能表演。"

夏知许一字一顿地说道："我绝对不会表演的，你死心吧。"

夏知许并不是矜持，从小到大被强迫着参加了大大小小无数场晚会，可他并不是非常享受站在舞台上受万众瞩目的感觉，高度关注给了他很大的压力，在那样的情况下他还得装出一副不在意的样子，微笑着承受那些投射给他的目光。

不管是好的，还是坏的，他都必须以一种得体的姿态去接受，这是表演者的宿命。

尽管夏知许不想承认，可是在所有人的眼里，他天生就是一个应该被所有人看到的表演者。

见他不说话，陈放立刻改了话题：“哎，你现在跟小许同学关系那么好，怎么不叫他陪你一块儿抱作业啊？”陈放吸了吸鼻子，走廊上的风刮得他脑袋疼。

“他在教室里吹了一早上的暖气，一下子出来吹风，容易感冒。”

夏知许几乎是条件反射地说出来的话，却把陈放噎得够呛：“哎，你什么意思，合着就他吹了一早上暖气，我没有啊？我不是人是吧？”陈放“啧啧”了几声，“我还就不明白了，同样是朋友，怎么我这个朋友的待遇是这样的，那位的待遇就上天了啊？”

夏知许干咳了几声：“你皮糙肉厚，扛造。”

“这年头，连交朋友都是看脸的，真是太令人绝望了。不行，不行，我得找哥几个凑个份子钱。”

“干吗？”

“整容啊，你说我是去日本还是韩国，哪儿的技术比较好？”

夏知许推开教室门，一股暖风扑面而来，他认真的语气里藏着揶揄之意：“泰国。”

夏知许把一大摞作业本分给四个小组长，走回到自己的座位上，看见许其琛又一个人在低头看书，不过不是课外书。

夏知许光是看他的表情就能看出来，他皱着眉头，眼神里是疑惑不解，完全不是看文学书时放松投入的样子，八成是在看数学资料。

许其琛那个嘴馋的同桌不在，估计又去小卖部了，夏知许坐到她的座位上，脑袋凑到许其琛跟前：“看什么呢？这么认真。”

许其琛恍惚地抬起头，这才注意到坐在自己旁边的夏知许，他的身上带着一股寒气。

“哦，不是快期末考了吗？我想抓紧时间恶补一下数学。”

夏知许用手撑着下巴：“你的数学又不是很差。”

许其琛叹了一口气：“相形见绌的道理，你这样的数学天才是不会懂的。”

“如果可以交换，我也愿意用所谓的数学天分交换你的文学才能啊。”

夏知许这话说得很恳切，许其琛却不以为然：“在现在这个阶段，数学天赋好像更实在一些。”

“目光要放长远嘛。”夏知许笑道，“如果我有你这样的文学天赋，以后当一名作家什么的，听起来就很自由。”

许其琛叹了一口气，未来的话题对他来说太过遥远，更不用提人生方向了。光是“活好当下这个阶段”这一课题，就有很多人不合格了。

见他不说话，夏知许也没继续这个话题，看见他的同桌回来了，夏知许也回到自己的位子，拍了拍他的肩膀：“你刚刚看的那道题，其实有一个更好的思路，要不我给你讲讲？我觉得比这个简单。”

许其琛点点头，拿着自己的书转过身子，把自己的笔递给夏知许。

“其实这题没有那么难，我倒是觉得证明题比一般难题要简单，毕竟已经排除了计算失误的可能。”

许其琛愣愣的，眉头又皱了起来：“可是我经常找不到思路。”

夏知许笑道：“或许是思维方式没有做出调整。”他用笔指了指题目，“像这种存在性问题一般都归到探索类，我觉得最有效也是最快速的方法就是先假设存在，不管条件是不是整理清楚，假设之后题目就多了一个条件，推矛盾比正着推导容易得多。”

双手抓住自己的椅子靠背的许其琛认真地点点头，像个乖巧无比的好学生。

什么像啊，他本来就是。夏知许在心里反驳上一刻的自己。

“你看，如果我们先假设存在这样的实数a，又有已知条件……”

听着夏知许一步一步给他推导证明，许其琛一直微微皱着的眉头舒展开来，露出豁然开朗的神色：“我明白了，这个辅导书上的证明方法太绕了，我看了好几遍都没看明白。”他琥珀色的瞳孔在教室的白炽灯下闪着光，“还是你讲得比较清楚。”

被许其琛夸奖，夏知许的心尖上开了一朵小花，迎风招展，他忽然想到这天是周五，于是对着低头誊写证明过程的许其琛说：“对了……这周末你……”

“许其琛。”

听见有人叫他的名字，两个人齐齐抬头，原来是班上一个叫岑希的女生，她微微笑着，脸上明显挂着求助的表情。

许其琛跟她并不是很熟，准确地说，许其琛跟谁都不是很熟，所以有些疑惑地睁大了眼睛：“找我吗？”

“嗯！我有点儿事……想找你帮忙。”

之前夏知许参加奥数竞赛，这个岑希也参加了，两个人说过几次话。在他的印象里，岑希就是个文静好学的女生，声音很好听，也挺有礼貌。

“什么事？”许其琛和刚开学相比，已经变得平易近人了很多。

岑希欲言又止：“可不可以……出去说啊？”

夏知许立刻说道：“外面那么冷，你就在这里说呗。”

见岑希还是有些不好意思，许其琛十分体贴地从座位上站了起来。

“哎，外面真的很冷。”夏知许拽了拽许其琛的胳膊，可许其琛也只是“嗯”了一声，把挂在椅子背上的蓝色棉服拿起来套在身上，跟着岑希一起出去了。

两个人刚走出去没多久，许其琛的同桌就转了过来，对着夏知许的同桌开始八卦：“哎，你说，岑希该不会是那什么许其琛吧？”

“哪什么啊？”

“哎呀，就那什么啊？”

许其琛的同桌“啧”了一声，小声说道：“我觉得，岑希可能是喜欢许其琛。”

“不可能！”夏知许断言。

“你这么激动干什么？难不成……”同桌捂着嘴，做出一脸难以置信的做作表情，“难道你喜欢岑希？”

夏知许翻了个白眼：“一天天的不好好学习，就知道八卦。”

两个女生一点儿也不介意被夏知许损，还是继续着自己的八卦事业：“岑希平时看起来文文静静的，没想到……”

“那也得看对方是谁，我同桌长得在我们班，不，在我们年级都是数一数二的，就是弱不禁风了点儿，不过现在这种白白净净、斯斯文文的男生比较受欢迎。”

“我也觉得，许其琛是那种耐看的男生，相处久了人也挺好的，就是话少了点儿，但是没关系，看脸就够了。”

夏知许的忍耐值终于到了极点：“你们有完没完？！”

“你怎么了？火气这么大。”同桌看向夏知许，还以为他是不满她们夸许其琛长得好看，“你也帅，你是全年级最帅的。”

“你们吵到我学习了。”

同桌凑到跟前看了看他的书：“学习？你书都没转过来，成绩好还能倒着看字啊？”

夏知许尴尬地将书转过来，正巧方才出去的两个人也推开门进来了。

最后一节课是地理课，他全程没有听老师讲课。

“好，这节课就到这里，你们回去自己画一画这个图，下课吧。”

许其琛收拾了书包，回头拿棉服的时候看见夏知许还在发呆，于是用手指戳了一下他的脑门：“你在想什么？”

“没……没什么。”夏知许抓着书包站了起来。

看着夏知许愣愣地抓着包往座位外走，许其琛喊了一声：“你不穿外套啊？”

“哦对，对。”夏知许又返回来两步，套上了外套。

两个人走出教学楼，天色阴沉沉的，既没有太阳，也没有任何更为严重的气象预兆，说好不好，说坏不坏。

许其琛怕冷，习惯性地将手缩进了袖子里，发出了一声轻微的叹息：“还以为今天会下雪呢。”

“你喜欢雪吗？”夏知许问道。

“算喜欢吧，记得小的时候，我才上小学，有一年冬天下了好大好大的雪，可以到我这儿。”许其琛将手放在自己的肚子那儿，“我印象特别深，放了三个月的寒假。”

“我也记得，我当时可激动了。”

许其琛“嗯”了一声，语气又沉了下来：“不过我后来才知道，那场雪原来是一场很严重的自然灾害。”他叹了一口气，脚步迟缓，“知道真相的我，就忍不住为当时的开心和激动感到愧疚。”

“可是这不是你的错，你也不知情啊。”

“我知道，正是因为我不知情，所以我当时是真的感到兴奋。”

夏知许看他还是缩着手，看起来像个可怜的小动物，于是将自己的毛线手套取了下来，抓着他的手腕，将手套塞到他的手上：“不要这样想，你那个时候还是小孩子，开心很正常。”

他具有文学天赋的同时，上天也赋予了他一颗敏感的心脏，不知是好是坏。

为了转换话题，夏知许还是忍不住开口：“刚才岑希找你干什么啊？”

许其琛不好意思用他的手套，握在手里半天也没戴上：“就是说校庆的事，岑希想报个节目。”

“什么节目？她怎么找你？”

两个人一前一后地上了车，许其琛解释道：“她想报一个诗词朗诵，可是没有喜欢的诗，想让我帮她写一首。”

夏知许立刻反驳道：“这怎么行？！”

他的声音大了些，引得周围的人都转过头来看，觉得有些尴尬，夏知许又压低声音：“你不可以给她写诗。”

许其琛将手套塞回夏知许手里，手扶住柱子，觉得好笑：“你别乱说，不是我给她写诗，是我写诗，她朗诵罢了。”

在夏知许看来都一样。他松开了拉住吊环的手，抓上了许其琛的胳膊：“你别去给她写，你看，到时候上台表演的就她一个，你就成了幕后工作者，多不值当啊。”

许其琛望着他的眼睛：“幕后也没关系啊，总是得有人做幕后工作的，何况我从来都成不了表演者。”

夏知许想到了自己。

可这并不是此刻他所担心的问题：“总之……”

他的话还没说完，司机一个急刹车，没有抓住任何支撑物的夏知许被惯性狠狠一扯，下意识地伸出手臂扶住了许其琛。

夏知许很快松开许其琛，伸手抓住那根扶手。

“没事吧？”

许其琛没有说话，只轻轻地摇了摇头，把自己的脸缩进棉服的领口里。

车窗上积了薄薄一层白雾，车内的暖气烘烤着两个人的脸颊。

两个人匆匆告别后立刻回家。

吃午饭时，许其琛收到了夏知许发来的一条微信。

“你真的要给她写诗吗？”

他都说了不是给她写诗了。许其琛咬着筷子头，回复了信息。

“我本来就没有答应她，后来她退而求其次，说自己写底稿，让我帮她改一改，我就同意了。”

许其琛刚将消息发出去，就收到了夏知许的回复。

“那可以。”

许其琛几乎可以脑补出他说这句话时勉强满意的小表情。

之后的几天，岑希一有空就跑到四组找许其琛帮她修改诗。实际上对许其琛而言，为了校庆而写诗这件事本身就不太吸引他，毕竟功利性和目的性都太强了，失去了写诗本身的意义。但他还是非常认真且耐心地帮岑希参谋，从遣词造句到隐喻立意，尽心尽力。

就为了这个节目，夏知许最近都插不上话，只能坐在后面默默看着两个人凑在一起写诗，还得听着旁边的同桌乐此不疲地聊八卦消息。

节目报了上去，也顺利通过了学校的审核，就等着校庆表演。帮着写完了诗，许其琛也自认为任务完成，没再管节目的事，可人算不如天算，没想到到了校庆的前一天，岑希却病倒了。

晚自习的时候，班长站到了讲台上："岑希生病了，她的节目明天肯定是没办法照原计划进行了，大家还有没有什么才艺可以表演的？最好是不需要怎么排练可以直接上的那种。"

台下的众人议论纷纷，事态紧急，谁也不敢轻易站出来接这个烫手山芋。

同桌小声开口："说是直接烧成肺炎了，现在还在医院吊水呢。"

许其琛没有说话，只低头默默地看着书，同桌见他这样，也不说话了。

"真的没有吗？这样吧，如果大家有什么想法，随时告诉我，我报上去，时间很紧张，大家一定要尽快通知我，否则我们班这次校庆就没有节目了。"

没有节目……

许其琛用笔尖戳了戳页脚，说不出心里是一种什么情绪。

他感觉自己的凳子被蹬了蹬，背上又被贴了一张便利贴。

"你是不是觉得很可惜？你们的诗不能表演了？"

许其琛舒了一口气，在下面写上了一行字，手伸到背后将字条递到夏知许的桌子上。

"可惜，但是不是因为这个。我只是觉得校庆表演的机会难得，全校可能只有我们班没有节目，想想就很遗憾。"

夏知许捏着字条，眼睛盯着许其琛写的回答，盯了一会儿，才将纸塞到自己的奥数辅导书里。

"班长！"

就在班长准备从讲台上下来的时候，突然听见有人喊他，一抬头，看见四组后排的夏知许举起了自己的手，露出两颗小虎牙。

“我想代表我们班表演。”

班上的人都转过头看向夏知许，夏知许往椅子背上靠了靠，原本伪装得很坦然的笑容，在看到许其琛回头的瞬间变得有些不好意思。

许其琛没有说话，只是看着他，微微皱着眉头，是在疑惑时会做出的表情。

“真的吗？太好了！”班长像是抓住了救命稻草，快步走到了夏知许的身边，“你准备表演什么节目？我等会儿就给你报上去。”

“这……”夏知许“嘿嘿”笑了一声，“我还没想好。”

他说的是实话，还没等他想清楚，就已经举起手来了。

“哟，之前是谁说绝对不会表演的？”陈放在一边看热闹不嫌事大：“班长，夏知许的歌唱得可好了，他还会弹吉他。”

夏知许朝他翻了个白眼：“班长，陈放会打架子鼓。”

班长如释重负，笑着说：“那你们可以组个乐队啊！还有没有人会其他乐器的？”

大家兴致勃勃地讨论起来，通通参与到这次“13 班校庆表演大拯救”的话题中，许其琛看着活跃的同学们，回过头朝着夏知许笑了笑。

夏知许开口：“还可惜吗？”

许其琛笑着摇了摇头，笑眼将他琥珀色瞳仁里的淡漠之色遮去，只留下温暖的光。

又凑齐了一个键盘手，班长十分激动，但是又想起来一件很重要的事：“对了，这次校庆的审核还是很严格的，不能唱关于爱情的歌。”

全班同学发出了一阵“嘘”声。

“静俭也太老套了。”

“好无聊啊！”

班长拍了拍手：“为了我们班能够顺利出节目，大家就稍微忍耐一下吧，不然我们明天晚上就只能坐在台下看别人班表演了。”

抱怨的同学们这才安静下来，班长问道：“知许，你想好唱什么歌了吗？”

“绝对不唱情歌，班长，你就放心吧。”

陈放笑嘻嘻地回他：“我已经不太相信你说的‘绝对’两个字了。”

临时磨合一个节目并不容易，不过好在第二天的上午最后一节课是体育课，连着中午午休的时间，算下来他们可以多练几个小时。

“你等会儿自己回家吧。”夏知许背着黑色的吉他包，带子在他的棉服上勒出了一个不浅的凹痕。

许其琛点点头，下一秒又有点儿后悔。

其实他也可以陪着他练习的，可是，以什么样的身份呢？

好朋友？每天一起回家的好朋友？而且，许其琛也不知道自己到底算不算夏知许的好朋友……

“那我就自己回去了。”

许其琛朝着操场走了没两步，就听见后面的人喊道：“一定要来看我的表演啊。”

下午的最后两节课是政治和班会，夏知许他们几个也没来上，临时出节目的压力一定很大，何况又是一个东拼西凑的乐队，许其琛有些担心。

班会课一贯都是自习，可这一次班上所有人都无心学习，毕竟班会结束半个小时之后，校庆晚会就要开始了，这可是学风严谨的静俭高中难得的休闲活动。

许其琛心不在焉地写完了政治老师布置的小论文，想着总算可以毫无负担地去看表演了。这是他头一次这么期待学校举办的演出，以同样的心情追溯上一次，恐怕还是小学一年级时候的六一儿童节。

他们会表演什么歌呢？许其琛陷入了思考之中。

夏知许的声音是很好听的，兼具清澈与磁性，说话的时候总是让人听起来很舒服，就连最无趣的数学题被他讲解后，都能让人沉下心去理解。

许其琛的耳边是教室里吵吵嚷嚷的声音，他缓缓地俯下上半身，想要趴在桌子上，桌子左边堆起来的书蹭上他的脸颊，痒痒的。

许其琛把头埋在胳膊肘之间。

“你怎么了啊？”同桌关心地问道。

“没什么，暖气吹得我有点儿头晕。”

终于挨到了下课，许其琛被淹没在欢快的人群之中，被一群兴奋的人包围着。他刚走出教室，就看到了汪主任，难得的是，汪主任的脸上挂着笑容。

不过许其琛没想到，下一秒汪主任竟然叫住了他。

“许其琛，来，过来一下。”

许其琛走了过去，心里有了不太好的预感。

并不是他想象的那种站在走廊的一边谈话，汪主任直接领着他去了主任办公室，依旧是一副微笑模样，却让他越发担心起来。

“你坐啊。”

他只好犹豫地坐到了汪主任对面的沙发上。

“我听你们张老师说了，你这次在‘金砚杯’拿了一等奖，我看了你写的作文，写得太漂亮了，不拿奖都说不过去。”汪主任笑呵呵地给许其琛接了杯热水，“像你这样有天分的孩子，以后可是文科班的重点培养对象啊。”

许其琛接过了水，小声地说了句“谢谢主任”，又瞟了一眼墙上挂着的钟。

汪主任寒暄了一两句，终于切入正题：“是这样的，我的儿子啊，正在上初中，就在隔壁师大附中。他们最近呢，也有一个作文竞赛，挺重要的，我就想请你帮我儿子看看他的作文。我总是觉得他写得假大空，我自己又是教物理的，也帮不上什么忙，这也快考试了，语文老师们都忙着出卷子……”

他看了许其琛一眼：“而且你看，你的作文刚刚获了奖，这么有才华。喏，我把他的作文都拿过来了，明天就是上交的最后期限了，你帮着看看，这写得怎么样啊？”

看着汪主任从自己的办公桌抽屉里拿出一张文稿纸，许其琛的一颗心彻底沉了下来。主任的话都说到这份儿上了，他怎么可能拒绝呢？

许其琛下意识地看了一眼时间，如果按照正常的流程，晚会现在应该已经开场了。

13班的节目在第七个，算下来应该是开场后一个小时左右上台，他犹豫的话只会浪费更多的时间。

“汪主任，我这就给您看。”

看着许其琛毫不犹豫地接过稿纸，汪主任高兴极了：“来，来，来，你坐在我的桌子那儿，桌上有笔，你就直接在上面随便画。”

许其琛点点头，坐下来认真地看着主任儿子的作文。

时间一分一秒地流逝，或许是办公室的暖气开得太足，许其琛的脑门上都渗出了汗，他低着头，仔细地一字一句帮着斟酌和修改。

第一段……

第二段……

第三段……

每一段他都聚精会神地读着，改着，直到自己觉得满意才罢休。

终于，许其琛修改到了最后一段，抬头一看，已经过去了五十分钟，他将钢笔的笔盖盖好，匆匆站了起来："主任，改好了。"

"哎呀，太谢谢你了。"汪主任也从沙发上站了起来，"走，主任请你吃饭，你想吃什么？"

"不用了，主任，我还有事先走了。"许其琛匆匆朝主任鞠了一躬，慌张地跑出了办公室。

晚会的地点在大礼堂，夏知许站在后台，班长特意请来的化妆师正在帮他做着上台前最后的整理工作。

"许其琛来了吗？"

陈放摇了摇头："没看见啊，他该不会是没来吧？"

"不可能的……"夏知许虽然否认了，但语气一点儿底气也没有。

"陈放，你的架子鼓已经放上去了，你们要准备上台了。"

"哦！好，马上！"

陈放拽着恍惚的夏知许，还有另一个键盘手，三个人在灯光黑下来的时候上了台。

夏知许站到了立麦的前面，将背在身上的吉他调整到了身前。

灯光亮起的一瞬间，他努力地在台下乌泱泱的观众中寻找许其琛的身影。

没有。

陈放的两只手举起鼓槌，在半空中富有节奏地敲了三下，歌曲表演正式开始。

在所有人期待的目光中，夏知许右手扫过琴弦，微微低头，对准了话筒。

"我胆小地对自己说，就是这样吗？

"我是你眼里的太阳，也是你影子里的悲伤。

"我问我，这世界是否一如往常？

"让我照耀你安息的时光。"

忽然，礼堂关闭着的大门被打开，一个匆忙的身影出现在门口。

夏知许远远地看着他靠在门上喘着气朝自己挥了挥手，终于露出了一个真诚的笑容。

“你是我小心维护的梦。

“我疲倦地享受着，谁也无法代替你的光芒。

“我是我一碰就碎的太阳。

“我热切地希望，能在消失之前得到信仰。”

隔着重重身影，站在最高点的许其琛看着台上耀眼无比的夏知许，不禁感慨：他真的就像太阳一样。

唱到最后的时候，不知是哪个班的女生这么大胆，竟然直接捧着一束花跑了上去，将花塞进了夏知许的怀里，弄得他尴尬不已，直接唱漏了一句词。

表演圆满地结束，许其琛从观众席的侧面绕到了后台。看见表情拘谨的夏知许，他做的第一件事是从夏知许怀里的那束花中挑了一枝雏菊，拿在手里看了看，然后插在了夏知许的耳边。

许其琛笑得像个孩子：“借花献佛。”

夏知许愣了愣，犹豫了一下，问道：“你刚刚听见了吗？唱得……怎么样？”

“好听。”许其琛真诚地点了点头，眼睛转了转，伸出自己的食指戳了戳夏知许的肩膀。

夏知许不明白他这个举动的含义，脸上写满了疑惑。

“看看你是不是一碰就碎啊，小太阳。”许其琛再一次笑起来。

“你是我小心维护的梦。我是我一碰就碎的太阳。”

看着许其琛天真又带着些许揶揄之意的笑脸，夏知许也勾起了嘴角。

化妆师将他的头发通通撩起，露出英气十足的眉眼，有种介于少年和成年人之间的气场。

他忽然抓住了许其琛的手臂。

“干什么？”许其琛脸上的笑容凝住了，露出一丝不明所以的神色。

夏知许似笑非笑地回答，声音很低，却充满了奇妙的蛊惑力：“没收作案工具。”

“这一次的考试大家一定要用点儿心，这是分班前的最后一次考试，按照静俭的传统，高一下学期期末前一个月就会把文理科班分好，保证大家能够有最好的状态进入高二。等成绩出来以后，我们班上的很多同学可能就会离开这个班级了。”

张正心将手里的教科书放在桌子上，叹了一口气：“我们13班在一起也有快一年的时间了。一般来说，静俭的理科班班主任往往是数学老师或物理老师，我们班的大部分学生是准备学理科的，所以13班应该依然会作为理科重点班保留，我也可能会去其他班级担任班主任的职位了。”

张正心说着说着笑起来，笑容里有一丝不舍之意：“但是大家要记住，不论你们以后会去到哪个班级，你们来到静俭的第一个班级是13班，所以你们永远是13班的学生。”

许其琛的心情很复杂，虽然在别人眼里，他看起来沉默寡言，情绪也总是很平淡，但是在他的心里，还是有一点儿舍不得离开这个班级。

大约是因为在这里度过了最艰难的时期，所以他自然而然地产生了情感上的归属感。

但他一定是会学文科的，这一点不需要质疑了。

感觉凳子轻轻地动了动，许其琛小幅度地转过头，看了夏知许一眼。他的表情像是有话要说，可他最后只说了一句：“我不小心踢到了，对不起。”

夏知许一定会学理科，这一点也不用质疑。

分班考的前一天，许其琛被班主任叫了出去，他还在纳闷发生了什么事。出去之后他才知道，原来是小姨的事。

“你小姨现在在医院，具体情况你去了再问她吧，我还得去开会，已经迟到一会儿了。”

许其琛点点头，又问道：“老师，是你把小姨送到医院的吗？”

张正心“嗯”了一声：“碰巧路过，发现她挺眼熟的，就帮了一下，你别担心，不是很严重。”

“谢谢老师。”

“没事，快去医院吧。”

看着从教室外回来的许其琛匆匆收拾书包，夏知许想开口问发生了什么事，可无奈上着课，生物老师又是最严厉的，他没来得及开口问，许其琛就已经离开了。

由于第二天有月考，对高一年级来说也是非常重要的分班考，静俭取消了当晚的晚自习，大家在上完最后一节课后进行大扫除，最后布置考场。

夏知许无精打采地拿英语报擦着黑板，刚洗完拖把的陈放从窗子边经过，停了下来，用手敲了敲玻璃窗。夏知许这才回过神，懒洋洋地回了一句：“干什么？”

“你最近是不是生病了啊？一天天魂不守舍的。”陈放隔着窗玻璃调侃，“明天可就考试了。”

“考试就考试呗。”夏知许对着玻璃上的一个小黑点，固执地擦着。

“哎哟，不愧是学霸。我可听说放榜当天就要分班了。”陈放叹了一口气，“希望雅雅还是留在13班，不过，她要真是去学文了我也跟着去学文。”

夏知许白了他一眼：“你也太没有追求了。”

陈放不屑地“嘁”了一声：“那是因为你没有梦想。你要是有的话，一定会茶饭不思，彻夜无眠。”

陈放表情深沉无比地摇了摇头：“唉，像你这种人是不会明白我的。”

夏知许擦玻璃的手停住了，他陷入了一种混乱的困惑情绪中，可眼前这个二愣子显然不能帮他解开疑惑。

大扫除后，同学们一个个离开，陈放有事先走了，夏知许帮着许其琛整理他的课桌上的书。

“知许，正好你还在，我等会儿还得去学生会一趟，本来该我粘这个考号的，你有没有时间帮我弄一下？”班长手里拿着一沓印有考号的字条，脸上满是抱歉之色，“你要是有事，我就等会儿自己回来贴。”

夏知许笑着摇头，将他手里的东西接了过来：“我现在就有空，贴个考号又费不了多少时间，你快去学生会吧。”

“那谢谢你啦！”

空荡荡的教室里，只剩下他一个人。

五月末，校园里的栀子花已经开了，花香从刚擦好的玻璃窗溜进来，和夕阳光线下飞舞的尘埃纠缠在一起，最后隐没在暗处。

月考时的座位都是按照成绩来排的，夏知许低头看着手里的考号，翻了几张，都是前五十名的学生，这让他稍稍有了一点儿欣喜感，因为这意味着，这次考试他和许其琛也可以被分在这间教室考试了，在他们自己的教室里考试。

不过也许这是最后一次了，分班之后，文科、理科的排名也就分开了。夏知许默默地按照顺序将考号一一贴好，唯独把自己和许其琛的考号单独挑了出来，没有直接贴上。

他坐回到自己的位子，趴在光溜溜的桌面上，歪着脑袋看着手里捏着的两张单薄的字条，光线从白色的纸面透了下来，照在他的脸上。

夏天快到了，连光都变得锋利了。

他伸出两只手，左手握住写着自己的名字的考号条，右手握住另一张。

夏知许：20150913002。

许其琛：20150987031。

他看了一会儿，才将它们贴在对应的座位上，关上教室的门离开了。

许其琛先是回了趟家拿手机，之后给小姨打了个电话，没想到小姨已经从医院回来了。他在楼下焦急地等着，等到了慢吞吞地走回来的小姨。

“发生什么事了？”许其琛扶着她的胳膊。

舒滢摇了摇头：“没什么大事，中午的时候加班没时间吃饭，好不容易快下班了准备回来，谁知道被那个姓何的给缠上了，大马路上的就跟我拉拉扯扯的。”

“你们不是已经分手了吗？”许其琛皱着眉。

“你不懂。”舒滢叹了一口气，“我当时低血糖快犯了，他的力气又大，他准备直接把我给拽走。后来也是巧得很，你们张老师出现了，把他拉开了，然后开车把我送到了医院。”

许其琛这下才明白，原来张正心救了小姨。

“你以后出门小心点儿，这两天我偷偷带上手机，有事你给我打电话。”

舒滢听了这话直乐，可脸色还是很差：“叫你干吗呀？我们一起犯病晕倒在大马路上啊？碰瓷的话倒是可以叫你。”

都这样了，她还有心思开玩笑。

“哎，对了，我听你们张老师说，你明天要分班考了。我呢，从来也没关心过你的学习，这都是你自己的事，你就自己加油吧。”

许其琛“嗯”了一声，掏出钥匙打开了家门。也不知道是怎么回事，钥匙半天也插不进去，舒滢看不下去了，自己把钥匙拿过去开了门。

许其琛跟在后面，犹豫了半晌，开口道：“小姨，你说我选文科还是选理科啊？”

舒滢将钥匙放在玄关柜子上，有些惊讶：“我以为你不会问我这种问题的。”

“为什么？”

她抬手指了指许其琛的房间，“扑哧”一声笑了出来：“你看看你的房间，放书的位置比你睡觉的地方都大。你这么喜欢看书，怎么可能学理科啊？”

许其琛无力反驳小姨的话。她说得一点儿也没错，自己在进入高中以前，从来没想过有一天会为分科的事苦恼，在他的心里，或者说在所有人的心里，他都是注定会学文科的。

“怎么啦？”女人的直觉让舒滢忍不住开始观察许其琛脸上的小表情，“该不会是有喜欢的小姑娘要学理科，所以你心里边有点儿动摇了吧？”

“怎么可能？”许其琛摇了摇头。

“我不会干预你分科的事。”舒滢一屁股坐在沙发上，“你只需要问问自己，以后想要成为一个什么样的人。

“想一想你的未来，让其帮你做决定。”

未来？

“我知道了，小姨。”

分班考试就像是打了两天仗，兵荒马乱地结束了。张正心将文理分科表发给了学生，让他们自己回去考虑两天。晚自习结束，夏知许还是和以前一样，叫上许其琛一起回家。

不知为何，路上的气氛有些尴尬，两个人都欲言又止，直到马上就要分开，许其琛才小声地开口道别：“我回去了。”

“嗯……”夏知许咬了咬牙，“等等，等一下。”

看见许其琛转过头，夏知许问道：“你……你觉得我选文科怎么样？”

街角有一盏路灯，灯光是暖黄色的，从许其琛的头顶打下来，把他脸上的困惑和不解之色暴露无遗。

“你为什么要选文科？”

夏知许抓了抓自己后脖子上的头发：“就……想挑战一下自己……”

这借口也太蹩脚了。

许其琛没有看他，轻声开口：“那你觉得我呢？我学理科怎么样？”

夏知许忽然脸色一变，神色紧张起来：“当然不行了！你多喜欢文学啊，又有这方面的天赋，现在像你这样喜欢看书的人都不多了，你当然得选自己喜欢的了。”

低垂着眼睛的许其琛忍不住笑了出来："那你也必须选理科，"他看向夏知许的眼睛，"你也得选自己真正热爱的东西。"

夏知许扯了扯嘴角，心里似乎有什么悬而未决的东西终于落了下来。他点了点头："好。"

"嗯。"许其琛也点了点头，"我走了。"

分班的那一天是周三，班上的气氛有些伤感，尤其是女孩子，分开的时候依依不舍的，做着各种各样的约定。夏知许怕自己的情绪太明显，所以特意保持着笑容："我帮你搬书吧，你的书那么多。"

许其琛摇了摇头："还好，课外书我前几天就陆陆续续地往家里搬了，这些书我背着就可以。"看见和自己一样被分到文科班的同学都开始往外走，门外也站了不少被分配到13班的新同学，许其琛背上了自己的书包，"那我走了。"

夏知许点了点头。他还是很想送许其琛去五楼，可是这种情绪对男生来说实在是太矫情了，只好简单说一句："嗯，加油。"

他本来想说的是："去了新的班我们也还是朋友吧？"

可是这样的话他也觉得矫情，于是就算了。

谁知许其琛走了两步又返回来："我晚自习下课后，在四楼的楼梯口等你。"

这意思是，他要等自己一起回家？

等到许其琛走出13班，陈放才跑到夏知许的身边："我说你啊，以后干脆去学表演好了，你看看你刚才脸上的表情，简直了。"

夏知许一巴掌拍开陈放的手，还沉浸在欣喜的情绪之中无法自拔。

"唉，从今天开始，你的好朋友又只剩下我一个咯。"陈放一副幸灾乐祸的表情，看着新同学往教室里走，忽然想到了什么，"哦，对了，我今天下午的时候去办公室，不小心看到了文科班的分班表，你猜我看到了什么？"

"要说快说，别磨磨叽叽的。"

陈放"啧啧"了一声："小许同学不是去了4班吗？文科班就这么一个重点班，你猜还有谁去了4班？"

文科班的事夏知许并不是很关心，看着陈放这副样子，他更加懒得搭理：“要说就说，不说拉倒。”

“这可是你说的。”陈放撇了撇嘴，“我还就不说了，你自己有工夫上去看看吧。”

怪里怪气的，夏知许皱了皱眉，坐下来翻开了一本奥数书，不再搭理他。

夏知许的前座换成了一个女生，瘦瘦白白的，梳着长长的马尾，头发尖总是扫过夏知许的桌子，让他觉得不开心。

下课的时候，班上的女生聊天，夏知许的同桌还是没换，依旧是那个爱八卦的女孩，只不过最近的她们换了新的八卦题材——星座。她不知从校门口的哪个小摊上买了本星座书，一堆女生围在他们的位子上热火朝天地讨论着这些虚头巴脑的东西。

“对了，你是射手座的吧。”

“巨蟹和什么星座合拍？”

“巨蟹女和……”同桌翻了翻书，“双鱼男！天蝎座也很搭！”

夏知许一道题做了半天也没做完，他干脆放下了笔，瞟了一眼同桌那边的盛况，忽然想到许其琛的生日是 2 月 21 日，应该也是双鱼座。

分班这天他特意带了手机，这时候倒是派上了用场。

夏知许偷偷摸摸地把手机掏出来，垂着脑袋解了锁，打开了搜索引擎。

夏知许又瞟了一眼同桌，她们依旧沉浸在热烈的讨论之中，飞快地在搜索框里打了几个字。

“双鱼座和双子座。”

同桌见夏知许猫着腰，眉头紧锁，像是看到什么可怕的东西似的。

“哎，夏小少爷，你怎么了？”

夏知许家境不错，这样的外号一个接一个。

谁知这家伙气冲冲地将手机扔进了抽屉里。

“双鱼座和双子座的友情指数：百分之五十。一句话简评：需要努力维持。”

敏感悲观的双鱼，善变敏锐的双子，无论从哪方面来看都是互不相容的。

这种极度消极的分析也就罢了，为什么相关搜索全是“双鱼和双子是互刑星座”“双鱼为什么能毁掉双子”？

这都是哪些闲得没事干的人搜的啊？

“你到底怎么了啊？又跟谁置气啊？”同桌伸手在他的眼前晃了晃。

夏知许猛地站起来，从同桌后面挤了出去：“星座什么的都是骗人的，有这些闲工夫讨论这个还不如多做点儿题！”说完他便气冲冲地离开了教室。

“夏知许今天怎么了……这是被汪主任附身了吗？”

许其琛跟着几十个新的同学站在 4 班门口，低头看着自己的鞋尖上的一个小灰点，忽然听到了熟悉的声音。

“同学们进来吧。”

是张正心。

许其琛有些惊讶，原来张正心来 4 班当班主任了吗？

这给了许其琛一点儿安慰，毕竟张正心是一个很不错的老师。

“大家都随便坐吧，想坐哪儿就坐哪儿。”

许其琛背着书包走进教室，教室里还有一部分原来 4 班的同学，新同学都非常积极地找着自己喜欢的位子，许其琛觉得坐在哪儿都一样，默默地走在后头。

只剩下一组靠窗的位子了，这样的位子谁都不喜欢，因为靠着走廊的窗户，做点儿什么小动作一下子就能被走廊上的班主任或是教导主任看见，属于“高危地带”。

没办法，谁让他动作慢呢。

许其琛背着书包走过去，靠外的同桌正趴在桌上睡觉，许其琛拍了拍他的肩，对方头都没抬一下，拖着凳子往前挪了挪，让许其琛挤了进去。

不知道为什么，他睡觉的样子让许其琛想到了夏知许。

许其琛收拾了一下自己的新书桌，张正心还是老样子，十分亲切地进行了自我介绍，还讲了一大堆话。

“那大家互相认识一下，有什么需要就去行政楼 302 找我。”

张正心离开的时候还特意朝许其琛笑了笑，许其琛扯了扯嘴角，回应了一个还算礼貌的微笑。

离上课还有一段时间，许其琛拿出了一本书，轻手轻脚地放在桌子上，身边的同桌忽然直起身子，举起双手伸了个懒腰。

“哎？人都来了啊……”他的声音懒洋洋的，像是被风吹来的。

他刚伸完懒腰，整个人又趴在桌子上，侧着脑袋一动不动地盯着许其琛。

许其琛明显感觉到身边的人盯着自己，有些不适应，现在是不是应该互相认识一下呢？自己要主动做一下自我介绍吧。

许其琛转过脸，看向侧趴在书桌上的同桌，他长得还真有点儿像夏知许。

准确地说，眉眼有一点儿像，但是气质完全不同。夏知许热情开朗，而眼前这个人看起来懒洋洋的，不知道是不是刚睡醒的缘故。

“你盯着我干吗？”同桌笑起来，许其琛这才发现他的鼻尖上有一颗小小的痣。

同桌笑起来眼睛弯弯的，不过没有小虎牙：“你该不会是觉得我长得好看，被我迷住了吧？”

啊，他们性格不像。

“不是。”许其琛淡淡地回答。

同桌一下子直起身子，兴致勃勃地开口：“你太有意思了，你叫什么名字？”

“许其琛。”

“好名字啊。”他将自己的手伸到许其琛的面前，“同桌你好，我叫夏习清。”

许其琛有些惊讶：“你也姓夏？”

“也？”夏习清的手撑着下巴，墨黑的瞳仁转了转，“还有谁姓夏吗？”

许其琛摇了摇头：“没有。”他忽然想到了什么，“是别院深深夏席清那句诗吗？”

夏习清也有些吃惊：“你可是头一个说出我的名字出处的人，厉害。不过不是那个席，是学习的习。”他笑着说，“我爸姓夏，我妈姓习，他们想继续相亲相爱，所以我就叫这个名字了。”

“这样啊，很好的寓意啊。”许其琛礼貌地笑道。

夏习清摇了摇头：“并没有，我的名字就是个不好的预示，他们最后离婚了。”

许其琛还是头一次遇到这种刚见面不到五分钟就把自己的家底全掀了的人，一下子都不知道怎么接话了。

“你别紧张，离婚又不是什么大事。他们离婚的那天我差点儿放礼炮了，终于结束这种相互折磨的日子了。”

许其琛笑了笑，回到了原本的话题上：“不过，你的名字的这首诗我很喜欢，我觉得是所有写夏天的诗里最清爽的一首。”

两个人正说着话，许其琛的桌子上忽然出现了影子，他回头看向窗外，竟然是夏知许。

“你来了啊。”

跟夏知许一起的还有陈放，两个人站在窗户边。不知道为什么，许其琛觉得夏知许的表情怪怪的。

“你说的‘也’姓夏，就是说他啊。”夏习清的手一下子揽住了许其琛的肩膀，然后他笑眼弯弯地对着脸色阴沉的夏知许打招呼：“嘿，好久不见啊小知许，最近有没有好好学习？”

夏知许直接伸手进去把夏习清的手臂弄开：“你怎么会在4班？！”

“怎么，美术生不能学文啊？”

一边的陈放将夏知许的半个身子从窗户那儿拽出来：“我早就想跟你说了，你还爱听不听的，喊。”

夏习清一看见陈放接话，立刻笑眯眯地喊道：“小放放，这么久不见你都不想人家吗？”

陈放浑身的鸡皮疙瘩掉了一地，他松开了夏知许：“你们自己解决吧……”

“不行，许其琛，你不能跟他坐同桌，你赶紧换个位子。”夏知许抓着许其琛的手臂，“现在就换。”

“为什么啊？”许其琛一脸懵懂的表情。

夏知许看着他的表情，觉得许其琛就是个不谙世事的小天使，碰上夏习清这种恶魔，还不得天天受欺负啊？

“不为什么，这家伙特别坏，你千万别被他的外表骗了。”

夏习清的手再一次揽住了许其琛：“小知许，你这就不应该了，怎么能在别人面前这么诋毁你的小叔叔呢？当心我回去告诉你爸妈。”

许其琛的眼睛瞪得大大的，他看了看一脸揶揄的夏习清，又看了看表情难看的夏知许。

小……小叔叔？

一直到第二天一起上学，许其琛都没有从昨天夏习清和夏知许之间混乱的辈分关系带来的震惊情绪中走出来。

“他真的是你的小叔叔吗？”

夏知许对着校门口的风纪委员掀了掀衣领，露出自己的胸牌，表情无奈地说：“我曾爷爷有一个老来子，就是我叔爷爷，和我爸差不多大，按辈分来算，我确实得叫他叔叔。”

许其琛忍不住笑出来，夏知许急忙解释：“他是冬天生的，我比他还大小半年呢。”

“那你过年的时候不是很惨吗？”

“对啊。”夏知许皱着眉，“每年过年我还要向他拜年，大人们又喜欢逗我。”夏知许模仿着七大姑八大姨的表情，“你快叫一声小叔叔，说小叔叔新年好，不然不给你压岁钱。”

许其琛笑得更开心了，夏知许叹了一口气：“从小到大我们都受他欺负。”

“我们？”

“他、我还有陈放都是一个小学的，夏习清仗着自己长得乖巧，又会在大人面前装蒜，所以陈放天天被他欺负，找老师告状都没人相信。”

夏知许自己都忍不住笑起来：“我记得上小学三年级的时候，陈放偷偷把他的油画棒拿去用，给弄得乱七八糟的。他的报复心可重了，当时他什么也没说，后来有一天午休，他趁陈放睡觉，在陈放的文具盒里放满了他挖的小蚯蚓，十来条呢。”

夏知许眉眼弯弯，露出一对小虎牙：“听说他为了等下雨天捉蚯蚓，足足等了一个星期。”

“陈放好惨啊。”许其琛一边上楼梯，一边在脑子里想象当时的画面。

“对啊，”夏知许笑道，“而且从小到大，陈放有好感的小姑娘不是喜欢夏习清，就是喜欢……”

他突然不说话了。

走在前面的许其琛回过头，一级台阶的高度差让两个人的视线平行起来。

“喜欢谁？”

这双琥珀色的眼睛每每注视什么东西的时候，总是有种看不见焦点的迷蒙感，夏知许的目光闪烁了一下。

“没谁。”夏知许往前跨了一步，走到许其琛的旁边，“反正那个倒霉蛋从小就怕夏习清，夏习清又会画画，小时候经常画一些很恐怖的东西吓他。”

许其琛笑道：“原来陈放的胆子这么小。”

两个人走到了四楼，夏知许得转弯进教室，他忽然停了下来，转身问道："快放假了，你暑假有什么安排吗？"

"嗯……应该就是在家睡觉看书吧。"许其琛小幅度地打了个哈欠，"最近一直睡不够，上课有时候都犯困。"

夏知许看着许其琛打完哈欠迷迷糊糊的模样，愣了愣。

"你怎么了？"

"没什么，"夏知许反应过来，转过身，"我进教室了。"说完他快步走进了教室。

许其琛又打了个哈欠，自己走到了五楼，刚进教室，就看见夏习清趴在那儿睡觉。

说起来，这叔侄俩都挺爱睡觉的。许其琛心想，自己不会是被他们传染了吧？

许其琛走到座位边，拍了拍夏习清的肩膀。夏习清抬起头，脸上沾了一张纸。他迷迷瞪瞪地将纸摘下来，给许其琛让了位置。

"你来这么早啊？"许其琛拿出书包侧面的一盒纯牛奶，将吸管插进去送到嘴边。

夏习清站起来伸了个懒腰："我就没回去。"他从自己的抽屉里拿了张纸递给许其琛。

许其琛动作迟缓地接过那张纸，翻过来一看，竟然是一幅水彩画，色彩淡淡的，上面画着一个坐在窗边低头看书的人。

他仔细地看了几遍："这个人……？"

"是你啊，"夏习清给自己灌了口水，把盖子拧上，"送你的。"

这是许其琛头一次收到别人画给他的画，心里有些开心，可又有些疑惑："你为什么要画我啊？"

"中午在教室没事做，顺手画了一幅。"

虽然他自谦地加上了"顺手"两个字，但这幅画画得实在漂亮，笔触细腻，色彩柔和，连光影都拿捏得恰到好处。

"谢谢你。"许其琛小心地将这份礼物夹进自己的书里，"不过你好认真啊，竟然还会用水彩上色。"

"因为你适合水彩。"

许其琛看向夏习清，对方从抽屉里拿出一本数学习题册，头也不抬地开口解释：“不同的人有不同的气质，如果想要在画纸上凸显一个人的风格，就需要运用不同的表现手法。你的气质像水，淡淡的，让人觉得舒服，所以用水彩是最合适的。”

许其琛虽然对绘画并不是十分了解，但这个理论让他觉得很有意思。他的脑子里忽然冒出了一张灿烂无比的笑脸，他犹豫着问道：“那夏知许呢？”

“你说我侄子啊，”夏习清一提这个就来劲，眼睛都笑弯了，想也没想就直接回答，“他素描就可以了。”

“素描？”

“嗯，他那个人啊，本身的色彩就已经够浓烈了，用什么颜色也画不出来，五官立体，最适合铅笔素描。”

许其琛听了夏习清的话，嘴角不由自主地翘了起来。

对啊，如果说每个人都是一幅画，那夏知许一定是色彩最饱满、最热烈的那一个。

下午第二节课课后是眼保健操，许其琛困得要命，同桌已经睡了小半节政治课了，他也终于顶不住，一打铃就披上校服外套，趴倒在桌子上。

夏天，冷气很足的教室，凉凉的校服外套，这些条件的组合等于一场超级舒服的睡眠。

正在教室里做眼保健操的夏知许被数学老师叫了出去：“帮我把这个抱到 7 班。”

原本夏知许是不愿意跑腿的，可是一想到 7 班和 4 班都在五楼，他也就痛痛快快地答应了。

13 班在四楼的最左边，靠近楼梯口，4 班在五楼的右边倒数第二个教室，7 班则是在五楼的中间，说起来更靠近左边楼梯口。夏知许抱着厚厚一摞书，特意走到了四楼的最右边，然后从右边的楼梯上到五楼，这样就可以经过 4 班，看一眼许其琛现在在做什么。

六月份的天气已经很热了，每个班都开了空调，门窗都关得紧紧的，在经过 4 班教室门口的时候，夏知许将脚步放慢了些。

他抿了抿嘴，假装出一副无意间路过的样子，眼睛朝着第二扇窗户那儿瞟了一眼，却发现许其琛趴在桌子上睡得正香。

许其琛的侧脸冲着窗外，阳光穿透玻璃照在他的脸上。他的下巴和嘴缩在校服外套的领子里，手臂被压在自己的侧脸下面，脑袋边摆着一盒牛奶，上头还插着一根被咬得扁扁的吸管，一看就是没喝完的。

他一伸手就会将牛奶打翻吧。夏知许这样想着。

夏知许回过头来，看见 4 班有几个女生正看着自己。他有些局促，抱着手里的作业本故作镇定地朝着 7 班走去。

把数学作业交给了 7 班数学课代表后，夏知许下了楼，正巧遇上从厕所出来的陈放。两个人站在走廊上聊了会儿天，也没几分钟，就听见卫生委员在里面喊着他的名字。

夏知许站到教室门口："怎么了啊？我的大卫生委员。"

"你今天值日，又没拖地，"卫生委员提着拖把走到他的跟前，把拖把交给他，"快去洗拖把。"

夏知许故意长长地叹了一口气："知——道——啦——"

陈放提醒道："我们这层楼的盥洗室水龙头坏了，地上全是水，你去三楼或者五楼洗吧。"

"好嘞。"夏知许提着拖把，习惯性地上了五楼，走到尽头的盥洗室，一抬头就看见一个单薄的身影站在盥洗室的水龙头跟前，半俯着身子，正要把脑袋伸到水龙头下面。

"喂！这样会感冒！"夏知许大步上前，一把抓住许其琛的肩膀，将他拽了过来。

许其琛抬起头，看见是夏知许，脸上的恍惚之色减少了几分。他的头发和半边脸上全是牛奶，脸颊上红红的。

许其琛迷迷糊糊地开口："不小心打翻牛奶了。"

夏知许没想到，自己的胡乱臆想竟然成真了。

夏知许松开了抓住他的那只手，捧腹大笑。

许其琛还有点儿发蒙，无视了他的嘲笑，自顾自地走到了水龙头边，两只手捧着水往弄脏的头发上浇，头发和脸还好说，校服衬衫上也全是奶渍。他只好一点点地往衣服上淋水，企图让牛奶的痕迹减淡一些。

夏知许在他的旁边洗着拖把，眼睛有意无意地往他身上瞟。

"许其琛，你等一下我。"夏知许忽然把自己手里的拖把塞到他的手上，"别走开，就在这里等我，我马上回来。"说完他就离开了盥洗室，走到隔壁的男厕所里。

许其琛莫名其妙地被塞了一根拖把，看了看湿漉漉地滴着水的拖把头，又看了看湿漉漉地滴着水的自己，脑子还是晕晕忽忽的。

没一会儿夏知许就出来了，将手里的白衬衫递给了许其琛："你去把这件换上，"见许其琛迷迷糊糊不接衣服，夏知许走近，将衣服强行塞给了他，"你身上这件不能穿了。"

许其琛抬眼看向夏知许。夏知许穿着校服外套，可是他刚才低头的时候许其琛从领口看不到他的衬衫衣领。

意识到这一点的许其琛一下子清醒了，攥着手里的衬衫，不太愿意穿："天很热，你穿外套会……"

"没关系，反正一直开着空调，我都嫌冷呢。"夏知许笑着催促，"你快去厕所换下来吧。"

说完他从许其琛的手里将自己的拖把拿回来，飞快地离开了盥洗室，脚步快到好像生怕晚一步，许其琛就会追上来把衬衫还给他。直到走到教室门口，回头看后面并没有其他人，他才松了一口气。

"洗拖把洗了一个世纪啊，"坐在教室里的陈放打趣道，"真不愧是小少爷。"

夏知许白了他一眼，觉得教室里闷热极了，抓住衣领扇了扇，皱眉问道："谁把空调关了，刚刚不是还开着呢吗？"

"快别提了，刚才新班头来了，说我们一个个穿着外套吹空调，浪费国家资源，强行给我们关了，说都不许开。"

这真是太令人绝望了。

"知许，快拖地啊，等会儿要上课了。"

吹不到空调，还只能穿着校服外套的夏知许生无可恋地拖完了地，坐回自己的位子上。他将校服外套的两只袖子撸起来，拧开水瓶灌了一大口水。

同桌见他还穿着外套，忍不住开口："喂，夏知许，你不热吗？"

他不热才怪。

"嗯，不热。"

"真的吗？我都快热死了。"

——我也是啊……

"我感冒了，怕冷。"

“可是这是六月份啊。”

“快写你的作业吧，吵死了。”

好不容易熬到了下午最后一节课，教室里的同学一窝蜂冲了出去，夏知许也跟着陈放一起去了食堂。两个人打了菜端着餐盘，陈放一刻不停地在他耳边叨叨着自己的假期安排。夏知许有一搭没一搭地听着，眼睛望着周围的空座位，不一会儿就看到了两个熟悉的身影。

“哎，哎，哎，你要去哪儿啊？”陈放顺着夏知许的方向，也看见了那两个人，“不是吧，你要跟夏习清一块儿吃饭啊……”没办法，就算再不愿意，陈放还是跟在了夏知许的后面。

不知道夏习清那个家伙跟许其琛说了什么笑话，许其琛咬着筷子听得入神，眼睛里全是笑意。

许其琛正听着夏习清绘声绘色地讲着夏知许小时候的事，“砰”的一声，许其琛吓得抬头，看见身旁的空位上多了一个餐盘，桌子还持续了刚才摔盘子的振动。他抬了抬头，看见了脸色铁青的夏知许。

“你……你来了啊？”

夏知许发现，分班之后的许其琛对着他说的开场白永远是这一句。

“怎么，食堂这么大，我不能来吗？”

这还是许其琛头一次听见夏知许用这种语气说话。他吓了一跳，一时之间竟不知道怎么接话了。

被甩在后头的陈放只能硬着头皮坐在夏习清的旁边。夏习清嘴里叼了根豆角，笑了一声：“这是谁给我家大侄子灌了火药啊？说出来让小叔叔我乐一乐。”

“走开。”

夏习清笑得一脸端庄：“讲讲理，这个座是我先占的，要走也不该是我走啊。”

陈放看着脸色越发难看的夏知许，立马出来打圆场：“哎呀吃饭吃饭，都别吵了。”

“是，吃饭，吃饭。”夏习清见许其琛不说话，从自己的碗里夹了个鸡翅放在他的碗里，“多吃点儿，看你瘦的。”

许其琛疑惑地看了一眼夏习清：“这……”

许其琛还没来得及给夏习清夹回去，这个可怜的鸡翅就被坐在身边的夏知许夹了起来，扔回到夏习清的餐盘里：“他不吃鸡翅。”说完夏知许将自己碗里的糖醋里脊全夹给了许其琛，“吃这个，都给你吃。”

许其琛一头雾水地看着自己盘子里的菜，感觉身边的人都怪怪的，又不知道哪里怪。

夏习清是个没皮没脸的人，伸手就从许其琛的盘子里夹了一筷子糖醋里脊，不顾夏知许的阻止就塞进嘴里，还故意嚼给他看。

“你这人怎么这么欠揍啊？”夏知许皱着眉看着夏习清。

夏习清咽下嘴里的菜，也皱起了眉：“哎哟喂，真酸，酸死了，这是放了多少醋啊？琛琛，你快别吃了。”

夏知许恨不得现在就把这张桌子掀了。

夏习清憋笑憋得肚子都疼了，“哎哟哟”叫了好几声：“琛琛，你快点儿吃。我肚子好难受，你吃完陪我去医务室啊。”

“嗯。”

夏知许的心态彻底崩了。

一直小心观战的陈放忽然看见许其琛衬衣衣领下半掩着的胸牌，露出的部分写着一个“夏”字。

为什么是夏……不应该是许其琛吗？

他有些纳闷，忍不住开口问道：“许其琛，你……你穿的衬衣是夏习清的啊？”

“是我的，衬衫是我的！”

桌上的其他三个人手里的筷子都顿住了。

不一会儿，夏习清就笑了出来，整个人都后仰了过去。陈放蒙了，许其琛则是低头默默吃着一根胡萝卜丝，一句话也没说。

看见许其琛什么话也不说，夏知许觉得又气又闷，索性不吃了，端着餐盘站了起来。许其琛见他要走，刚想开口把他叫住，对方就气鼓鼓地离开了餐厅。

夏习清笑得眼泪花都冒了出来：“原来我们假笑小王子的真身是河豚啊，太有意思了，哈哈哈。”

许其琛低头翻开了衬衣领，这才发现自己换衣服换得急，忘了换胸牌。他将领口拽了拽，盖住了那个小小的铭牌。夏习清没问他为什么会穿着夏知许的衣服，他也没提这件事。

吃完饭，许其琛买了一个饭团揣在兜里，两个人一起走到四楼。他顿了顿脚步，还在犹豫。

夏习清两只手揣在兜里，靠着楼梯扶手懒散地开口："想去就去呗。"

许其琛回头看了夏习清一眼，觉得他好可怕，自己的心思全被他看透了。

"不是，我买给自己的。"说完许其琛就直接上了五楼，夏习清跟在后头，故意长长地叹了一口气，然后又笑了起来。

晚自习的时候终于开了空调，夏知许闷着头不停地算题，一分钟也没有把头抬起来，同桌看了都觉得可怕："哎，你也要劳逸结合啊，学霸。"

夏知许没搭理她。他想到了过年的时候夏习清来自己家，非要跟他抢一个新买的机器人，那个时候他也很生气，可是只是生气而已，并没有现在这样难过。

他沉默地盯着草稿纸上算了一半的题，上面杂乱的代数符号在眼前跳动起来，变成了一个个渺小的光点。

晚自习结束，夏知许一出教室门口，就看见了站在楼梯转角处的许其琛。他背着书包靠在墙壁上，看着夏知许。他的眼睛亮了亮，张了张嘴，又没有说话。

夏知许也欲言又止，短短的十几秒里脑子里冒出了一大堆的开场白，又一一被他画掉，只低声说了一句："走吧。"

两个人一前一后地下了楼，身边走过的学生们讨论着各式各样的话题，大多是马上就要到来的假期，这原本也是夏知许早就想要和许其琛谈论的事，现在却怎么也开不了口。

夏知许觉得难过，难道自己不开口说话，许其琛也就不说话吗？为什么他和夏习清在一起的时候就有话可说？

夏知许刚在脑子里怪罪了许其琛两句，很快又开始反驳自己，怎么可以这样想他呢？他愿意和谁做朋友，都是他自己的事啊。

许其琛跟在夏知许的后面，也不知道该怎么开口。他将手放在校服外套里，攥着那个已经冷掉的饭团，直到走到了公交车站，也没能鼓起勇气开口。

想到夏知许生气的样子，他觉得费解。

晚自习之后的公交车总是格外拥挤，比夏知许晚一步上车的许其琛被几个学生给挤到了后面，两个人之间隔了好几个人。车子摇摇晃晃地开动了，过了两站，学生渐渐地下车去，两个人中间才空出位置。

许其琛想趁着车子靠站走到夏知许的身边，谁知刚走了一步，司机就重新发动了车子，他的身子猛地往前一扑，原本以为会摔倒在地，结果却被人扶起来了。

“对不起……”许其琛的声音闷闷的。他扶着夏知许的胳膊站稳了。

“抓着这个。”夏知许把他带到了自己旁边的一根扶手前。

许其琛的胳膊绕着柱子，他先是抬头看了一眼夏知许，然后闷不吭声地从自己的口袋里拿出那个饭团。

他想把外包装拆开给夏知许吃，可不太会拆饭团，别人拆好包装之后是一个完完整整的被海苔包裹好的饭团，他一拆，饭团全散了。

看着这个米是米，海苔是海苔的“饭团”，许其琛满心都是挫败感，想要抬头瞄一瞄夏知许，却发现对方正在看他。

“这是给我的吗？”

“啊……”许其琛胡乱地将塑料包装裹了裹，“还是别吃了，都冷了，而且散掉了……”

夏知许一只手拉着吊环，另一只手从他的手里抢过不成形的饭团，咬了一口：“我饿死了，谢谢。”

一个饭团吃完，两个人也到了站。

路灯把夏知许的影子扯得好长，许其琛跟在他的后面，直到站到他的身边，他终于忍不住问道：“你今天为什么生气？”

“我没有生气。”夏知许直截了当地否认。

“你生气了。”许其琛反驳的语气就像是一般的陈述句一样平淡，他又抛出一个疑问，“夏习清人挺好的，你为什么……”

“他不好。”

“可是我觉得他很好，就像我觉得陈放也很好一样。”许其琛解释道。

夏知许终于停下了脚步，回过头：“所以，你觉得他很好，就像你觉得我好一样吗？”

许其琛怔住了，没料到问题最后会等价替换成这样。

答案当然是不一样的，他心里很清楚。可是如果他照实说了，夏知许又会问出什么样的问题呢？

所以他选择不回答。

“你的衣服，我下课前换下来了。”许其琛将书包拉链拉开，本来叠好的衣服有些皱了，他拿出来递给夏知许，“谢谢你，我走了。”

夏知许拖着步子回到家，洗完澡躺在床上，书包和那件衬衣都被放在床边。他一伸手，就碰到了衬衣的商标。

那天晚上，夏知许和这件白衬衫一起，造了一个梦。

从那天起，夏知许都没有再去五楼找许其琛。

从那个梦中惊醒的他，汗津津地坐在床上发了好久好久的呆。这是他十六年来，遇到过的最大灾难。

就连回家的时候，他也尽量和许其琛保持一定的距离。

这样的事想得太多，夏知许晚上甚至会做噩梦。梦里的他遭人非议，受到了所有人的排挤，可是他并不在乎其他人的看法。

他只想知道，如果受的非议是真的，许其琛还愿意和自己做朋友吗？

一定不会了。

“哎，这节体育课，要不要打篮球？”

陈放和夏知许并肩下楼，夏知许“嗯”了一声：“打吧。”

“你最近好奇怪啊，”陈放侧着脑袋看了看他的脸，“一天到晚在想什么？唉声叹气的，再过几天就放假了啊。”

夏知许摇了摇头：“没想什么。”

两个人走到了操场上，陈放看到了一大群女生，这才想起来：“今天4班也上体育课啊。”

夏知许挣扎了好久，还是抬眼寻找起那个熟悉的身影。最终在正在集合的4班队伍里找到了许其琛。强烈的阳光照得许其琛的眼睛眯起，整个人被太阳晒得蔫蔫的。

夏知许跟着自己的班集合，然后绕着操场跑了两圈，又听体育老师叨叨了几句才原地解散。13班的男生多，一结束都自动围在夏知许的身边，讨论着打篮球分队的事，可是夏知许根本没心思想篮球的事。他只好笑着说：“都行，你们决定吧。”

夏知许的状态太差，怎么投都投不进，这样也就算了，浑浑噩噩的夏知许还不小心撞到了篮球架上，胳膊肘蹭掉了一块皮，火辣辣地疼。

夏知许心情烦躁，再打下去就要拱出火来，自己退了出来，抱着一个余下的篮球走到一个空球场上：“你们打，我今天手感不好，练一下投球。”

他一个人对着那个篮球筐，反反复复地投。

“最近都不去五楼瞎晃悠了，真想你啊。”

光是听见这个声音，夏知许的白眼都要翻上天了，他正想要上篮，就被走过来的夏习清一下子给盖了帽。

“我说你最近也太差劲了，连我都能盖你的帽了。”夏习清笑着将手里的球扔回到夏知许的怀里。

“你过来我们班干什么？”夏知许在地上拍了拍球，头也不抬地说。

夏习清伸了个懒腰：“小琛琛和别人说话，我当然要回避一下啊，不然也太没有眼力见了。”

夏知许的手顿了顿，他抬起头，夏习清往旁边跨了一大步，空出的视线范围里出现了两个身影：站在足球场边缘的许其琛，还有他面前的一个身材娇小的女生。

“我们琛琛长得好看，又有才华，会被人喜欢一点儿也不意外嘛。”夏习清抬手遮着眼前的阳光，望着那边的两个人。

夏知许歪了歪脑袋，单手抓住篮球，抬起来，猛地朝着篮板投去。

“咚”的一声，女孩子被巨大的声响吓了一跳，下意识地躲到了许其琛的身后。

许其琛顺着声响的方向，看到了夏知许。他和身后的女生拉开了一些距离，轻声说道：“你没事吧？”

“没有，就是吓了一跳。”

听到脚步声，许其琛抬头，看见夏知许笑得灿烂地跑过来，语气满是抱歉：“对不起啊，我刚刚打球太用力了，你没吓到吧？”

女生看见是夏知许，表情又惊又喜，忽然被级草关心，一下子都有些语塞：“没有……”

“太好了。”夏知许舒了一口气，视线终于落到了许其琛的身上，“你呢？”

许其琛盯着他：“我没事。”

夏知许笑了笑，把地上的篮球捡起来夹在胳膊底下，语气明朗：“这样吧，我请你们喝饮料，就当我赔礼道歉，行吗？”

没有女生会拒绝他的邀请。

两个人中间隔着这个女生，许其琛站在右边，整个人被太阳晒得昏昏沉沉的。从足球场走到空荡荡的食堂，许其琛一路上没有说话，只是沉默地听着身边两个人的声音。

三个人坐在食堂的空座上，夏知许买了三杯奶茶，一人一杯。他很识相地坐在了许其琛的旁边，让许其琛和这个女生面对面坐着。

“你们刚刚在足球场聊什么？”夏知许含着吸管，笑着问道。

女生先是惊讶地抬头看他，然后支支吾吾说不出一句完整的话。

许其琛觉得拘谨，总之并不想在这里待下去。

“我有点儿不舒服，去一趟医务室。”说完他就站了起来，连奶茶都没有拿就直接朝食堂外走了。

女生显然是困惑的，可是许其琛原本就是一个藏得很深的人，她从来都不了解。

“好像是我打搅你们了，真是不好意思。”夏知许笑了笑，拿起放在地上的篮球，另一只手握住自己的奶茶杯子，“你慢慢喝，我先走了。”

他朝着女生露出一个友善的笑容：“祝你成功啊。”

许其琛在前面走着，刺眼的阳光快要将他晒化。隔着五六米的距离，夏知许走在后面，拿着杯奶茶，慢慢地吸着。

他原本以为许其琛只是找个脱身的借口，但又有点儿担心，万一许其琛真的不舒服呢，所以还是忍不住跟在了许其琛的后面，没想到许其琛还真去了医务室。

医务室里没有人，许其琛走到了诊疗室，台面上放着一些日常的消毒工具和药品。他拿起一个药瓶，看了看上面的标签。

犹豫了半天的夏知许最后还是进来了。

“坐到那边去。”许其琛头也没抬地说道。

夏知许也没有多想，顺从地坐在旁边的白色病床上，两条长腿伸着，脚夹住篮球，眼睛看着许其琛。

只剩下他们两个人的时候，他又藏起了那些阴暗面，变成了发光发热的太阳。

许其琛走到饮水机边，接了一杯水，然后走到夏知许的身边坐下，抓住了他的胳膊，将冷水淋到他的手肘上，替他冲洗了伤口。接着又夹了个酒精棉球，轻轻地擦着破皮的伤口。

“你是为了帮我处理伤口才过来的吗？”夏知许没头没脑地问出这句话。

许其琛没有说话，低着头仔细地帮他消毒，然后又换了一个棉球蘸了些碘伏擦在上面。

见许其琛不说话，夏知许也有点儿尴尬，只好转移了话题："你好厉害，像医生一样熟练。"

"我当初受伤的时候，经常给自己清理伤口。"

他终于回答了，可是说出来的话让夏知许顿了顿。眼前的这个人，和当初他第一次见面时遍体鳞伤的那个人重合了。

许其琛在最艰难的时候接纳了他，把他当朋友。

而他……

"你最近为什么躲着我？"许其琛开口。

"我没有……"

"你有。"

他每次都是这么笃定的语气。

夏知许欲言又止："你不是也没来找我吗？"

许其琛的手顿了顿。

"所以你为什么不来找我了呢？"许其琛又把话题绕了回来，抬眼看向夏知许，"你不是说我是你的朋友吗？"

"朋友"这两个字就好像是夏知许的命门。

"是啊……"伤口被刺激得有些疼，夏知许低下头，躲开许其琛的视线，从他的手里抽回自己的胳膊，声音闷闷地说，"是我的错，我最近状态不太对劲，以后不这样了。"

"走吧。"许其琛站了起来。

"你跟那个女生很熟吗？"夏知许在后面问道。

许其琛摇了摇头。

"哦……"

终于挨到了放假，陈放被他爸妈带到国外旅游，夏知许原本以为自己能过个清静点儿的假期，没想到夏妈妈给他报了个奥数补习班，害得他连玩的时间都没有了，最好笑的是她报班的理由。

"哎呀，这个补习班的老师是妈妈的好朋友，等你明年参加奥数拿了奖，她这边就好拿你去宣传了呀，这样多好啊，你就帮妈妈一个忙……"

夏知许每天就这么背着包去上补习班，偶尔也会给许其琛发消息聊聊天。

之前计划好的各种假期安排，在各种意外中泡了汤，不过他也怪不了任何人。

夏知许从补习班出来，手机响起来。他拿出手机一看，来电人竟然是夏习清，他果断地挂掉，对方又打了过来，没办法，他只好接通了。

“喂……”

“小知许，下午好啊，最近放假有没有发生什么不开心的事？说出来让小叔叔高兴高兴？”

“你要是没正经事要说我就挂了。”

“别啊，我们都这么些天没见面了你一点儿都不想我吗？”

“三、二……”

电话那头的声音终于沉稳下来：“今天是许其琛的父母的忌日，你该不会忘了吧？”

夏知许愣在了原地，马路上的行人吵闹至极，让他的脑子一片空白。

“还是……你根本不知道啊？”

对，他根本不知道。他也从来没有问过，因为害怕勾起许其琛的伤心事。

夏知许低着声音问道：“你是骗我的吧？你怎么会知道？”

“我可不像你，我想知道什么事就一定会去问。”电话那头的夏习清还坐在画板前，只能用肩膀夹住电话，“懒得跟你废话了，该说的不该说的，你小叔叔我都说了，剩下的事你自己看着办吧，挂了。”

夏知许挂了电话，看着车水马龙的街道。

就是在这个日子，他失去了一切吗？

刚从陵园回来的许其琛独自上了楼。小姨还没有回家，他打开冰箱，拿出了两个西红柿。

忽然听见窗外似乎有人在叫自己的名字，许其琛有些疑惑地走到窗子边，朝下面望了望，看见了气喘吁吁的夏知许。

他怎么就这么来了，根本不考虑他在不在家吗？

许其琛想到了什么，摸出自己的手机。

啊，手机没电了，难怪夏知许直接跑过来了。

许其琛将西红柿顺手搁在桌子上，快速换了鞋下了楼。

“你怎么来了？有什么事吗？”

夏知许不由分说地拽着许其琛往前走，一直走出小区，走到了公交车站。

“要去哪儿？我还没跟我小姨打招呼呢……”

夏知许把自己的手机拿出来递给他：“你打个电话吧，九点前一定回家。”说完夏知许就拽着他上了一辆公交车。

他们并肩坐下之后，夏知许从口袋里拿出了两根棒棒糖，给了许其琛一根。许其琛笑着接过棒棒糖，撕开包装放进嘴里。两个人就这么静静地坐着。

公交车的路线比夏知许想象中要长，不知道坐了多久，夏知许感觉身旁没了动静，侧脸看过去，许其琛竟然睡着了。

夏知许动也不敢动，生怕吵醒他。

许其琛最后是被夏知许叫醒的。

下车的时候他还有些迷迷糊糊的，带着暑气的江风扑在脸上，他才意识到，夏知许把他带到江边了。

“带你来吹吹风。”夏知许把手里的棒棒糖递给许其琛，“你睡着了，我帮你拿出来了。”

许其琛愣愣地接过糖，犹豫了一会儿又放进嘴里，凉凉的，很甜。

夏知许领着他上了桥：“这里的夕阳可好看了，我爷爷家住在附近，小时候他经常牵着我来走一走。”他双手撑着桥边的栏杆，“他跟我说，有什么不高兴的事就告诉长江吧，江风一吹，就都散了。”

这座桥很长很长，横跨了整个长江，暖红色的夕阳光芒被揉碎了洒在江面上，波光粼粼的，很漂亮。许其琛靠着大桥的栏杆，过了一会儿才沉沉地开口：“是谁告诉你的？”

夏知许知道他问的是忌日。

“你告诉过谁，就是谁告诉我的。”

他这话说得好像在怪自己。许其琛这样想。

可是他也从来没问过，自己又怎么好说出口，这样好像是博得同情一样。

“你昨天晚上是不是没睡好？一上车就睡着了。”

许其琛点了点头，带着暖意的江风从他耳边呼啸而过。他昨晚一晚上没有睡，只要一闭眼，就感觉回到了那一天，耳边是支离破碎的撞击声，视野里全是一片鲜红的颜色。

“你就当我是空气好了，我不在这儿。”夏知许轻声笑了笑，“你有什么不开心的事，就告诉长江，轻一点儿的，被风吹一吹就散开了，重的就沉到江底，再也不会来烦你了。”

他说得跟真的一样。许其琛转过身子，像他那样趴在栏杆上。

许其琛的声音很轻很轻，好像真的会被风吹走一样。

“你们过得好吗？

“我好想你们。”

夏知许的心揪了起来，许其琛连爸爸妈妈这几个字都没办法说出口。

夏知许感觉到他的声音里已经带了哭腔，可是侧过脸看向他，他却没有哭，嘴唇紧紧地抿着，好像再也说不出更多的话了。

夏知许忍不住伸出手在他的肩膀上轻轻地拍了几下。

“他们也很想你。

“他们希望你每天开心。”

许其琛把头低了下来，埋在了自己的臂弯里。夏知许的手掌很温暖，好像拥有某种奇特的治愈力，让他痛苦狂躁的心渐渐地平静下来。

他微微抬头，从臂弯里露出一双眼睛，看着不远处和他的心事一样渐渐下沉的夕阳。

“要是我的心真的可以像房子一样就好了，觉得挤了就搬空一些家具，觉得脏了就打扫打扫，把垃圾扔出去，只要花点儿时间就可以焕然一新。”

他的声音闷闷的，轻轻笑了笑：“可是根本不可能，它不是房子，是被各种病菌寄居了的腐朽树根。我没办法清除掉那些腐蚀我的坏情绪，只能任由它一点点腐坏。”

“那就把它拔出来，在太阳底下晒一晒。”

许其琛看了他一眼，对方露着两颗虎牙，笑得真挚又灿烂。

夏知许收回了自己的手，趴在栏杆上：“其实，如果心真的是一座小房子……”

他欲言又止，许其琛侧过脸，疑惑地看了看他。

夏知许摇了摇头：“没什么。”

两个人不知在桥上的人行道上站了多久，江风吹得心里满满的，嘴里的糖也早就化掉了。

身后忽然走过一对情侣，男生似乎有些散漫，语气里满是抱怨之意。

“干吗非要把我拉到这里来啊？这座桥太长了，走得费劲。”

女孩的声音带了些许撒娇的意味：“这可是历史上第一座横跨长江的桥。你没听过那个传说吗？如果两个人一起走过长江大桥，就可以一辈子不分开，永远在一起。”

“这种话也就骗骗你们这种小姑娘。”

两个人吵吵嚷嚷地走过去，扔下一个所谓的传说。

“我们等会儿原路返回吧。”夏知许尴尬地开口。

许其琛沉默了一会儿，抬头看了看还没走完的半程。

“来都来了，走完吧。”他又补了一句，“如果是朋友，这个传说应该也适用吧。”

他们做两个一辈子不分开的朋友吗？

“应该吧。”

说着两个人站直了，朝着桥的另一头走过去。

夏知许望着桥下汹涌的江水，突然说道：“说起来，我很喜欢那句诗。”

“一桥飞架南北，天堑变通途？”

“嗯。”

“是很有气势。”许其琛肯定了一句。

夏知许默默地走着，心里想的却不是气势如何，与眼前的景致是不是相衬。他只是在想，有些无法逾越的天堑，会不会有一天，也可以变成通途呢？

夏知许忍不住低头笑了笑。

“你笑什么？”

“哦，没什么。”

一个人有梦可做，也是好事啊。

“你进奥数集训队了？”许其琛的眼睛亮亮的，“好厉害啊，听说只要进了就可以被保送 T 大了，静俭好像只有你和高一的一个孩子进了。”

看着他比自己还开心，夏知许心里暖洋洋的。他弯下腰，从自动贩卖机里取出一罐可乐，叹了一口气：“保送什么的还不清楚，不过要去北京参加一个月的集训，想想就觉得很麻烦，听我哥说手机也不能带，整个人和外界隔绝的那种。”

许其琛笑了笑：“没关系的，一个月很快就过去了，要是你真的能被保送，也不用在意这一个月的功课。”

夏知许的眼睛垂了垂：“我走了以后，你有什么事就让陈放帮你。夏习清也行啦，他就是嘴欠了点儿，已经升高三了，千万要注意身体……”

“我知道的，”许其琛脸上带笑，“你怎么像个要出远门的老父亲？”

“你上了大学会学什么专业？”许其琛问他，“数学？还是金融？”

夏知许摇了摇头：“都不想，我想学计算机。”

许其琛有点儿疑惑，夏知许笑道：“科学技术是第一生产力嘛。”他望着天空，“说不定有很多现在做不到的事，以后可以通过科技来实现呢。你呢？”

“文学吧。张老师说我之前的一些奖项，申请 W 大或者 F 大的保送生应该没有大问题。”

“你不想去北京上学吗？”夏知许微微皱眉。他一直想着他们能一起去北京。

“挺想的。”许其琛笑了笑，“如果要申请更好一点儿的学校，就要好好参加这一次的全国‘荟萃杯’比赛。不过张老师说，如果只是想要人文气息浓厚的大学，也不用执着于某一座城市……”

他这话说得有点儿心虚，怕被夏知许看出来自己很想和他在同一座城市上学。

夏知许却一下子烦闷起来，许其琛张口闭口都是张老师说张老师说，难道他的话就是金科玉律吗？

两个人上了楼梯，刚走到四楼就看到张正心从一个班走出来，他看见两个人先打了招呼：“你们还真是焦不离孟。”

许其琛有些不好意思：“哦，对了，张老师，‘荟萃杯’的报名名单我放在您的桌子上了。”

夏知许见两个人聊起正事，道了句“老师好”便走进了教室。他刚进教室就被几个人围了上来，大家也不知从哪儿听说了他要参加奥数集训的事，一个个问长问短的。他坐回到自己的位子上，眼睛往外瞟了瞟，发现张正心和许其琛还站在门外楼梯口，不知道他们在聊什么。

许其琛望着张正心，听得很认真，完全是一副得意门生的样子。

张正心说着说着，伸手摸了摸许其琛的头顶，笑容温柔极了。

夏知许看到这一幕，突然觉得很失落。

自己是一个对文学没有任何天赋的人，好像无论如何也成不了他的知音，和他一起谈论那些精妙的句子，或是深刻的人文内核，就连看到他的获奖作品，也只能发自内心地感叹一句：写得真好啊。

夏知许出发去北京的那一天，下了一场雨，淅淅沥沥的，整个天空都沉了下来。许其琛望着窗外，不由得出了神。

“哎呀，宝贝侄子去北京了，还真有点儿舍不得呢。”夏习清理了理自己桌面上的书，“昨天晚上我给他打电话都占线，不知道他跟谁聊天，聊了那么久。”

许其琛低下头，默不作声地从抽屉里抽出一本书，眼睛瞟了瞟身边的夏习清。

“你这抽屉都成课外书存储柜了，放了这么多课外书，也就是张老师惯着你，搁别人全被没收了。”

“你不也是？”许其琛看了一眼他的书桌，“你的抽屉里全是绘本和漫画，我们彼此彼此吧。”

“才不是，你是仗着自己是好学生不会被罚。我呢，是根本不在乎。他要是给我没收了，我就天天去办公室闹，非吵得他将书还给我。”夏习清笑了笑，背上背包，“不跟你说了，我得去画室训练了，再过几个月就艺考了，不能再摸鱼了。”

“加油。”许其琛微微笑了笑，看着夏习清离开教室。

前座的女生转了过来：“真羡慕夏习清这种脑子好的人啊，平时也没见他怎么学，文化课他还总是能保持在上游。”

许其琛心里也表示赞同，尤其是数学，夏习清总是能考全班第一，可能夏家的人在学数学这方面有天赋吧。

他数了数桌子上的作文本，收了一下午终于收齐了，站起来准备拿去办公室，却被前座拦了一下。

“对了其琛，你上次借给我的那本小说，我朋友也想看，你可以再借我几天吗？”

许其琛点了点头：“在抽屉里，你自己找一找吧，我去交作业了。”

“谢谢。”

从行政楼回来的路上，许其琛忽然想到了什么。

他的抽屉里还放着自己上午从学校收发室取来的网购新书，刚撕了包装没有地方放，只能塞在抽屉里。意识到这个问题，他的脚步不由自主地快了许多。

他变得心情焦躁，开始抱怨自己不小心，抱怨之前大意，也抱怨这楼梯为何如此之长。

终于，许其琛喘着粗气跑到了教室里，抬头看着教室里的同学们，依旧和自己出去的时候一样，睡觉的睡觉，看书的看书，并没有什么大的变化，他的心一点点沉了下来。

前座的女生看向他：“你回来啦。”她摇了摇手上的那本书，“我找了好久呢，你的抽屉里的书实在是太多了。”

许其琛的后背起了一层薄薄的汗，黏腻无比，让他的皮肤无法呼吸。

“是啊……该收拾一下了。”

他有些庆幸，似乎没有被发现。

女生转了过来，笑道：“没想到你都可以看英文原版书了呢。”

他僵了僵，张了张嘴，却说不出话来。

“我刚才拿这书的时候，看到你最里面塞了好几本英文原版的书，真厉害。我到现在看原版书还很吃力。”

她似乎并没有发现什么，脸上的表情很明朗。

一直埋头誊写英语笔记的前座同桌却忽然转了过来，推了推鼻梁上的眼镜：“你有英文原版书？是什么书啊，可以借我看看吗？”

许其琛将手放在抽屉里，眼睛看着这个男生：“嗯……”

男生的眼神有些疑惑，他似乎在质问许其琛为什么这么犹豫，明明刚才同桌都说书就在抽屉里了。

许其琛咽了咽口水，只觉得芒刺在背。也不知是不是凑巧，上课铃声忽然响了起来，许其琛低着声音开口：“晚自习拿出来被老师看到了可能会被没收，我明天给你多拿几本你带回去看。”

“哦……”男生脸上的疑虑之色仍旧没有打消，但他还是转过了身子。

许其琛像是逃荒一样，趁大家不注意，将桌子里的新书胡乱地塞进了自己的书包，将拉链拉得死死的，用后背抵住，一下晚自习就背着包离开了教室。

外面的雨淅淅沥沥地下了一整天也没有停，许其琛抱着书包淋着雨，踱步到了公交车站，以前总是和夏知许一起，忽然只剩下自己一个，他觉得不习惯。

自从车祸之后，许其琛成了一个彻头彻尾的悲观主义者，无论任何事，他都会以最坏的可能去做预判，萧瑟的秋风抽过他被淋得半湿的身体，连脊梁都微微发颤。

他感觉自己怀里抱着的并不是什么书，而是一个定时炸弹。当别人不小心踩到他小心翼翼地藏好的尾巴，他才发现，原来自己是怕的。

“怎么一个人坐在这里？”

许其琛抬起头，看见面前停了一辆车，车窗摇了下来，是张正心。

“老师……”许其琛咳了两声，“我等车。”

“上来吧，我送你回去。这还下着雨，你要是病了你小姨得急死。”张正心见他不动，自己下车给他拉开了车门，“快点儿，听话。”

许其琛抱着书包，有些犹豫地进了车里，张正心转了转方向盘：“夏知许去集训，你每天就只能一个人回家啦？”

“也不是……”许其琛想解释，“一个人也没什么，只是顺路，平常就一起了。”

“挺好的，高中时候交的朋友最纯粹了。我们当年的高中同学现在都还在联系呢，闲下来还一起出去喝酒。”

是吗？许其琛的手紧紧地攥着被淋湿的书包。

张正心开车把他送到了单元楼楼下，许其琛下了车，问道：“老师，你不上去吗？”

张正心摇了摇头，笑道：“影响不好。”

许其琛“哦”了一声，正要转身上楼，又听见张正心在后面开口：“要不你上去之后问问你小姨，看她现在有没有时间，愿不愿意下来一趟。”

他的语气很温柔，许其琛笑了笑：“好。”

夏知许离开的这段时间，许其琛每天像以前一样，一个人躲在自己的小小空间里安静地看书和学习，闲下来和同样有空闲的夏习清聊聊天，或者自己一个人写点儿东西。他依旧不会参与到任何人或群体的社交圈子之中，也会尽量避免对大家口中的热点话题关心，保持自己的隐形人姿态。

直到有一天，外班的女生将他叫到教室门口，给他递了封信。

“请你一定要看一看这封信。”说完她就转身离开了。

许其琛实在是佩服她们的勇气，那是自己没有的东西。

他捏着这封信回到教室，刚走没两步，就被向来八卦的女同学肖悦把信抽了出去，她阴阳怪气地叹了一口气：“哎呀，又一个可怜的小女生，一门心思地扑在了我们许大才子的身上。”

这句话的语气让许其琛觉得不舒服，他伸出手，淡淡地开口：“你先把信给我。”

“看一下嘛，反正你最后肯定会拒绝她的啊。”

许其琛微微皱眉，眼前的肖悦曾经也做过类似的事情。他顾及她的隐私，没有对任何人提起过这件事。

见许其琛不说话，肖悦将信封拆开：“啧啧，两张纸呢，真是能写。”

旁边的一个女生也开始跟着起哄：“没有两把刷子，怎么好意思给许大才子写信啊。”

“你给我，别看了。”许其琛的语气沉下来很多，脸上也露出了明显的不悦之色。

肖悦见他这样，心里觉得刺得慌，声音都变得尖厉：“不就一封信嘛，你怎么还护起来了？”

“真是好笑。”

那封信被肖悦扔到了许其琛的脸上，又掉在了地上。

许其琛在过道上站了一会儿，才弯腰捡起了那封信。

原来之前的事根本没有过去。它变成了一颗种子，在阴暗的角落里被流言所浸润，在自己被遮住眼睛的时候肆意地野蛮生长，长成了一株只有自己看不见的诡谲植物。

原本所有的知情者和猜疑者只是在地下偷偷摸摸地交换着情报，小心翼翼地躲开他这个当事人。可自从他和肖悦发生争吵之后，他们似乎找到了一种可以光明正大地讨论这件事的通行证，再也没有人顾忌他的想法，流言终于肆无忌惮地向外扩散。

“哎，听说了吗？4班的许其琛很排斥女生，据说有心理疾病。”

“真的假的？他以前和我一个班。”

就连收作业的时候，许其琛也免不了被含沙射影地调侃。

“阅读训练只有你一个人没有交了，快一点儿给我，我要去办公室了。”

被催作业的男生原本就是个后进生，靠着关系才进了重点班，正在玩游戏的他抬头看了一眼许其琛，嬉皮笑脸地说道：“课代表，我跟你商量个事呗，你看我从来都没在背后笑话过你，我跟他们可不一样，你就看在我这么有觉悟的分上，通融通融？”

周围的学生都跟着笑起来，一个比一个夸张。

许其琛脸色苍白，紧紧地咬着后槽牙，在他的座位边站了一会儿，才哑着嗓子开口：“随便你，你到时候自己交给张老师。”

他没有勇气去找当初找他借书的那个女生对质，质问她是不是泄露了自己的隐私，也没有勇气和精力去查询流言的源头。

他的耳朵开始不受自己的控制，听见有人议论他读过的书，有人谈论他看过的电影，更有甚者，从他曾经写过并饱受赞誉的文章中寻找任何能够佐证他们的猜想的蛛丝马迹。

每个人都没有恶意，每个人都只是在分享秘密。

许其琛觉得绝望，如果他是被这些捕风捉影的细节所拖累，那么他大可以坦然地将那些隐匿在阴暗角落的嘲讽者揪出来一一对质，推翻他们的“诬蔑”。

可是他不能。

就像那场他愧疚了许多年的大雪，他无法否认，自己当初的确是发自内心地为那场他并不知道埋葬了许多生命的雪灾感到兴奋和喜悦。

他也无法否认，自己的的确确和他们不一样。

体育课上，许其琛沉默地站在班级队伍之中，人和人之间离得太近，近得让他产生幻觉，好像每个人的视线都落在自己身上，或是明目张胆的鄙夷，或是虚有其表的善意。

“今天是考前体测，你们男生女生分开，男生先测俯卧撑，两两一组，相互之间给对方数一下。女生也一样，测仰卧起坐，我先去器材室。”

体育老师说了解散后就离开了，大家还没完全散开，仍旧是那个拒交作业的男生调侃道：“可千万别把我跟许其琛分到一起啊。”

许其琛仍旧没说话，脸上没有任何表情。

最近总是没来上课的夏习清这天一反常态地上了体育课，听见那个男生在后头说着这样的话，皱着眉回道：“你家里人是不是没教过你怎么说话？要不我费个心，教教你？”

许其琛拽了拽夏习清的胳膊，刚想开口，谁知那个男生又开了口：“我怎么说话关你什么事？你这么帮着他干吗啊？”

夏习清甩开许其琛的手，冲上去一把揪住那人的领子，声音低沉地说：“人家想做什么就做什么，你上赶着跳什么梁？”

“我就是看不惯！”

“谁让你看惯啊？！”夏习清一拳打在那人的左脸上，又踹了一脚，“你以为你是谁啊？！”

其他同学上前把两个人拉开，那个男生被打之后更是不依不饶，继续道：“你跟这儿急什么眼啊，该不会你们是一丘之貉吧？”他吐了口血沫子。

“我就不明白了，人家怎么样跟你们有什么关系，一个个在那儿议论个什么劲？！”夏习清的手臂被两个人牢牢抓住，动弹不得。

所有人的焦点都被他们吸引了，处在话题中心的许其琛站在一边，什么也做不了。

最后，事情演变成打架滋事，被捅到了教导处。

三个当事人都进了办公室，夏习清原本想一力扛下所有责任，但许其琛咬死说是因为自己。

学校原本是要给予留校察看的处分，张正心不忍心看到许其琛这样，于是借着作文竞赛的名义向汪主任讨论减轻处分的事，最后这事也就不了了之。

可谁也没想到，在底下学生的眼中，这样的大事化小小事化了，却成了一种老师和好学生之间的包庇行为。

坐着集训大巴赶回静俭的夏知许，满心都是期盼。

“哎，夏学长，你看了学校的贴吧吗？”

跟着一起去集训的学弟坐在他的后面，夏知许一脸茫然的表情：“贴吧怎么了？我没拿手机。”

“我也是刚刚出营才看到，同学发了一个帖子的链接给我，是你们同年级的事。”

夏知许对此并不是十分感兴趣，学弟却嘀嘀咕咕：“4 班，是文科重点班吧，怎么会这样呢？……”

“4 班？ 4 班怎么了？”夏知许从学弟的手中夺过手机，屏幕上是静俭高中官方贴吧的一个帖子。

“高二（4）班班主任以权谋私，有图有真相，学校都不管一下吗？”

夏知许皱着眉往下翻了翻，看到了一张照片，是一个学生上了一辆车，照片不算清晰，可夏知许一眼就认出了许其琛，那辆车是张正心的车。

他背后发凉，手指开始僵硬，往下翻了翻，主楼竟然列出了种种罪证。

下面的回帖更是可怕，各种各样的账号说着谣传，林林总总，把许其琛凭本事赢得的奖都说得很不堪。

学弟伸着脑袋，看着夏知许的表情越来越不对劲，手都开始发抖，便拍了拍他：“学长，你没事吧？你怎么了？”

一下车，夏知许连包都没拿就冲到了教学楼。

他不明白，自己只不过离开了一个月，为什么事情会变成这样？

怎么可能？不可能的。

停在 4 班门口的他朝里面喊了一声：“许其琛呢？”

吃晚饭的时候，班里只有一小部分人，没有人回应他。

“都哑巴了吗？许其琛呢？！”

这时，才有一个人开口：“他今天没来上学……”

夏知许靠在 4 班的门上，大口大口地喘着气，冷冷地看着这个班里的人，一句话也没说，离开了五楼。

临近深秋，风吹在脸上，像是薄薄的刀刃在刮。

陈放看到夏知许回来，立刻迎了上来：“知许，你回来了。”他看见夏知许的表情很不对劲，小心翼翼地开口，“你是不是知道那件事了？”

“为什么会变成这样？”夏知许面对着他，脸上的表情疑惑又痛苦，“我才走了几天……”

陈放不想让他担心，话到嘴边，又改了：“算了，不说这些了。”

“为什么不说？”夏知许抹了把脸，急需知道真相，“夏习清呢，他去哪儿了？”

“别提了，夏习清为了这件事，跟 4 班的一个男的打了一架，汪主任把他爸叫来了，把他给领回去了。”陈放叹了一口气，“他爸回去对他肯定是一顿毒打没跑了，从小打到大的，你又不是不知道。”

夏知许的脑子特别乱，没有一点点头绪，他想把那个帖子删掉，想要把每一个在下面冷嘲热讽散播谣言的人都揪出来，可是根本做不到。

“哎！你要去哪儿？”

“我去找许其琛。”

陈放拦住了他：“你别去，你听我说，他们都说今天汪主任去他家里了，你现在过去只会让事情变得更麻烦。”

“我知道你跟他关系好，现在你先冷静一下，夏习清那边已经闹出事了，许其琛不会希望你也搅和进来的。”

两个人说话的时候，同班的李铭隔着一条过道开口：“哎，你还惦记着你的好朋友呢？小心点儿吧，被他连累了看你怎么办？”

夏知许一听就怒从中来，被陈放死死地抱住：“别啊！你冷静点儿！

“李铭，你少说两句！

“知许，你冷静点儿，你如果闹出了事，许其琛只会更难办。”

班里的人都躲得远远的，夏知许像是一头濒临疯狂的野兽，胸膛剧烈地起伏，眼睛狠狠地盯着李铭。

夏知许一刻也不想在这个地方待下去了。他沉默着离开了教室，坐着他们每天一起坐的729路公交车，回到了家对面的公交车站。

汪主任找上门的时候，家里只有许其琛一个人。

他没有撒谎请假，逃避现实，的确生病了。

汪主任看他的眼神很复杂，他心里也明白，本来自己还算是他眼中可以为静俭争光的好学生。可在这一个月里，一切都变了，自己把整个静俭搅得天翻地覆，成了所有人的谈资。

“汪主任，您喝水。”许其琛递给他一杯热水，自己坐到了对面的沙发上。

“许其琛，你是个好孩子，我是知道的。”汪主任将水放在了桌子上，“其实那些传言，很多是捕风捉影，我看得很清楚，也相信你。”

许其琛舔了舔自己因低烧而变得干燥的下嘴唇，哑着嗓子开口：“主任，张老师是无辜的，请您不要处分他，他真的没有做任何事。”

汪主任叹了一口气：“你也知道，这件事对我们静俭的影响很不好，现在整个学校都在议论这件事，也牵扯进来不少人。像你们班的夏习清，本来可以争取到加分，现在因为打架闹事，领导说一定要处分，他的所有奖项都不作数了。”

他知道汪主任的意思，说夏习清其实是在说自己。

“你看，文科和理科各一个保送名额，夏知许刚参加了集训，理科保送基本定下来了。文科里，不管是获奖还是平时成绩，你都是头一个，本来……”

从汪主任的口中听到“夏知许”三个字，许其琛心里很不是滋味。

他的眼前出现夏知许的脸，夏知许开心地笑着，说着自己未来想学的专业，想成为什么样的人。

恐惧开始一点点地蚕食许其琛的意志。如果事情继续恶化，继续扩大，会不会牵扯到夏知许？

他几乎不记得自己是怎么送汪主任出门的，也不记得自己回房后昏昏沉沉地在床边坐了多久。

等到持续四天的低烧结束的时候，他终于走出了家门。

又是一个雨天，他撑着伞，独自一个人走到了公交车站。他原本是想回学校的，却发现车站边站着一个熟悉的身影，扶着一辆他只见过一次的黑色单车。

“许其琛？”

夏知许几乎不敢相信自己的眼睛，从他回来的那一天起，他每天早上都会在这里等，就是盼着哪天能等到许其琛，可终于等到了，他觉得是自己的错觉。

眼前撑着伞的人瘦了一大圈，黑色的伞盖将许其琛包裹着，他的脚步好像很虚，踩在地上没有声音。

夏知许扔下自行车，走到他的面前。夏知许有好多话想对他说，可是又全哽在喉头里，最后只能艰难地问上一句：“你还好吗？”

许其琛抬眼看了看他，琥珀色的眼睛有点儿灰暗，就像现在的天空一样。

“我知道那些都是谣言，我知道的，都不是真的……”

眼前的人像是被什么话狠狠刺了一下，声音嘶哑地开口：“不是的，我获奖跟他没有关系。”

雨声混杂着他的声音，听得叫人发冷。

“我知道的……”

“他只是在追求我小姨，我解释过了，没有人相信。”

“我相信，你说的每句话我都信。”

夏知许刚伸出手，许其琛就往后退了一步，像一只饱受折磨的流浪猫，瑟缩在角落里。

夏知许的手颤了颤，最终收了回来，声音低哑：“就算你真的……”

“我没有。”

许其琛低着头，喃喃自语：“我没有，我没有。”

夏知许有些哽咽，看着他发红的双眼，艰难地点了点头：“我知道，你别害怕，我相信你的……”

一辆公交车驶过，许其琛好像是一个挣扎了好久的溺水者，终于找到了一块浮木，甚至没有看这到底是几路车，便直接跑了过去。

车门打开，夏知许愣愣地跟在许其琛的后面追问：“我相信你，那我们还是朋友吗？”

许其琛头也没回地上了车：“我不想和你做朋友了，我没有朋友。”

夏知许怔在了车门前，身体没法动弹。

直到车门关上的一瞬间，他出窍的灵魂才终于回来，他扶起被自己扔在地上的自行车，骑上去疯狂地追着那辆载着许其琛逃离的公交车。

“我不同意！许其琛，我不同意！”

他声嘶力竭地喊着：“你说过我们永远是朋友的！是你说的！

“我真的相信你！你说什么我都信！停下来！”

雨水淋透了他的外套和毛衣。街上来来往往的人，好像都在看他的笑话。

那辆公交车越走越远，最后在雨幕里缩成了一个渺小的光点，消失在视野之中。

夏知许终于停了下来，停在了红绿灯前，一把将单车扔到一边，雨水混着眼泪就这么不受控制地涌了出来。

他低下头，喃喃：“我做错了什么？你倒是告诉我啊……为什么会变成这样？……”

请了一天病假的夏知许面无表情地在晚自习时回到了教室，一句话也不说，低头沉默地做题。

直到下课，陈放才小心翼翼地告诉他，许其琛转学了。

这是夏知许意料之中的事，他并没有表现出任何情绪波澜，也没有关心许其琛转学去了哪里，只淡淡地回了一句："走了好。"

许其琛走了好。

之后的很多天，他都非常平静，就好像生命中从来没有出现过许其琛这个人，他还是那个被所有人羡慕和憧憬的小太阳。

直到临近期末，刚从办公室出来的他们俩遇到了4班的一群男生，双方在走廊里擦身而过。

某个男生说了一句："这个处分什么时候才算完？那个许其琛倒是一走了之，真……"

话还没说完，夏知许就把手里的一摞数学习题册扔在地上，把那个男生按在走廊的栏杆上打了一顿，一句话也没说。

毫无意外地，夏知许被叫去了教导处，和被打的男生一起，还有双方的家长。

汪主任并不想给他处分，毕竟他是一个不可多得的好苗子。汪主任苦口婆心地在中间调和，终于说服对方家长，选择了私下调解的方式，让夏知许当面给被打的男生赔礼道歉。

"我不会道歉的。"无论汪主任怎么劝说，夏知许始终只有这一句话。

"知许……你怎么……"

"你们静俭就教出这样的学生？还是优秀学生？什么人品？！"

汪主任有些急了："夏知许，你……你是不是非得逼着学校把你的名额取消，你才满意？！"

夏知许抬起头，看了看汪主任，语气平静地说："有什么名额你们尽管拿去。我不需要保送一样能考上T大，我说到做到。"

然后夏知许转过脸，眼睛死死盯着那个男生。

"至于你，如果我再听到你说他一句不是，我见一次，打一次，打到你记住为止。"说完，他走出了办公室。

夏知许被取消了保送名额，这件事也得以了结。

他觉得很讽刺，明明对方已经离开了，可冷静下来的他还是找人一遍又一遍地打听着许其琛的消息，想知道许其琛究竟会去哪里念书，想要填报哪里的志愿。

可他忘了，许其琛和这个世界唯一的联系，也不过就是自己。

夏知许前去T大报到的那一天，站在校门口收到了夏习清的一条短信。

“许其琛留在市里了，在W大，他让我跟你说一句恭喜。”

迟到十年的回应 上

许其琛站在原地，这片熟悉而又陌生的土地好像将他的双腿牢牢地吸住了，让他一步也迈不出去。他只能看着坐在公交车站长椅上的那个人，看着对方黑白分明的眼睛。

夏知许刚刚说，他做这一切，只是再试一次。

他要试什么？

真相来得太突然，许其琛几乎都快失去最基本的判断能力。

他只觉得脑子好乱，不知道究竟发生了什么？

自己是不是在做梦？

“我不明白……”许其琛皱着眉，声音微弱地说。

“我知道你不明白。”夏知许笑了笑，指了指自己的斜前方，“我第一次见到你的时候，你就站在那儿，很安静，但是我一眼就看到了你。当时的我，很想和你成为好朋友。”

“也是在这个地方，你说，你不想和我做朋友了。”夏知许深吸了一口气，似乎想要努力地从痛苦的回忆之中走出来，“我太挣扎了，这么久的时间，犹豫了又犹豫，最后等到的竟然是你和我绝交。”

他低下头，语气故作轻松地说：“我以为我可以以好朋友的身份一直陪着你，和你一起上大学，看着你实现自己的梦想，工作，结婚，生小孩，在你忙的时候，我还能开车替你去接孩子放学。”

许其琛的手指开始不受控制地颤抖。

夏知许的声音有些哽咽：“为什么最后会变成那样？”

他抹了把脸，站起来，走到了许其琛面前。

他冲许其琛笑了笑，还是年少时的那副模样，小小的虎牙在阳光下闪闪发亮。

他的语气很郑重。

“我今年二十五岁了，活到现在，五分之二的时间都陷在过去的遗憾里，四舍五入，也算是半辈子了。本来，这些话我是不准备跟你说的，我并不想打扰你的生活。可是自从上次同学聚会碰到你，我开始整夜睡不着觉。”他自嘲地笑了笑，“我怕再这么下去，就该得什么病了。”

看着眼前的夏知许，许其琛心里也不太好受。

他从来没有想过，所有人都仰望着的夏知许，竟然会变成这样。

“人们总是说，时间可以治愈一切，大家都是这么劝我的。”他垂下眼睛，摇了摇头，“可我不觉得。如果是，那时间也是个庸医，给我用错了药，让我越来越没救。我后来就想，我之所以变成这样，或许是因为心有不甘，不想这段友谊就这么结束。所以我就想借用你的意识，就十几分钟，哪怕是假的，哪怕你只是做任务，也够了。我得偿所愿，就可以走出来了。”

“可是我错了，”他的声音越来越低，伪装出来的轻松样子也开始崩溃，“从一开始就错了。人都是贪婪的，有了一次就想有第二次，不想结束，甚至不满足于只在虚拟世界里和你相处。

“许其琛，你明白吗？”

夏知许忐忑地望着他，好像还在期待着什么。

万一……

万一。

许其琛忽然低下头，笑起来，笑个不停。

夏知许有些疑惑，难道自己刚才说的话很好笑吗？忐忑的心情愈演愈烈。

“我们简直是两个傻子。”

他们又聋又盲，还这么固执。

许其琛走近了半步，声音有些哽咽。

“林然、牧遥、宋沅言、苏凛，他们的原型都是你。我写不出圆满的故事，所以每一个故事的结局都很惨，惨到我被你骗进这个鬼系统里，都觉得是读者给我的惩罚。”

他望向夏知许：“四舍五入，我的半辈子，也陷在同样的遗憾里。”

“喂，我都没哭，你哭什么啊？”许其琛拍了拍他的后背，轻声地笑着，“早知道就不跟你说了。”

明明已经是二十五岁的人了，居然还会哭。

“因为你说过的话从来都不算数。”

他真记仇啊。

许其琛推了他一把：“那你就当没听过好了。”

“不可能，你要是不承认，我就让0901把录像调出来给你看，看到你承认为止。”他笑了起来，露出小虎牙。

这个傻子，又哭又笑的。

许其琛低下头，有些不好意思地笑着。忽然发现自己的领口下面藏着一个开头是“夏”字的胸牌，他翻了翻领口，胸牌上写着三个字。

夏知许。

“这……”

夏知许捂住了他的胸牌，笑得有些不好意思：“别看了。回去之前，可以陪我去一个地方吗？”

“去哪儿？”

夏知许笑了笑，不说话，只是带着他走进了这所存放无数回忆的校园。

这里空荡荡的，没有任何人，他们再也不必顾忌任何事，可以放下曾经的芥蒂与不安，重新接纳这个在心里封藏太久的地方。

“这些都是你做出来的？”许其琛看着靠近校门口的樱林，还有大理石台阶，每一样都和他的记忆重合，“好神奇啊。”

“我回来了很多次，好多地方都不一样了。”夏知许叹了一口气，“所以我就只能凭借我的记忆去还原了。”

许其琛一次也没有回过静俭。

尽管他知道，他走以后，贴吧上出现很多澄清帖，也有很多人站出来帮他解释，可是那一个月的经历，让他再也无法鼓起勇气，回到这个曾经给了他很多温暖的地方。

不知不觉间，夏知许将他带到了教学楼楼下，笑道："许其琛同学，我们得回去上课了。"

他好像在等什么，站在原地不动，过了几秒，又喊了一句："0901，快点儿啊。"

0901 的声音忽然出现："抱歉，刚才音频失效了，我修复了一下。"

"少废话了……"夏知许清了清嗓子，又重复了一遍，"许其琛同学，我们要……"

上课的铃声忽然响起来，声音之大，完全掩盖了他没说完的半句话。

许其琛被他逗笑了，笑得直不起腰来："看不出来，你还是个形式主义者。"

夏知许强忍着想要收拾这个蠢 AI 的心："这笔账我们等会儿再算……"他拉着许其琛上了四楼。

两个人站在楼梯口的教室门前，抬眼看了看，教室的门牌上写着高一（13）班。

他将手放在许其琛的肩膀上，推着许其琛往里走，一直到许其琛曾经坐过的四组第五排的位子："同学，这是你的位子，请坐。"

许其琛乖乖地坐下，笑着抬头，看着他走到讲台上，清了清嗓子，眼睛看了看台下，好像下面真的坐了满满当当的学生一样。

"大家好，我的名字叫夏知许。"他转身，在黑板上写下自己的名字。

"我的名字虽然不像许其琛同学的那么文雅，但也是有说法的。"他露出和当年一模一样的笑容，转身，拿着粉笔，一笔一画认真地在"夏知许"三个字的旁边写上了另外三个字。

"夏是夏知许的夏，许是许其琛的许。"

空气里浮动的尘埃勾勒出光线的形状，径直从窗户一角射入的光，一寸寸照亮他灿烂的面孔。

"这就是我的名字。"

——也是我的命运，叫作夏知许的我，总有那么一天会遇见你。

许其琛歪了歪脑袋，盯着夏知许："谁允许你这么自我介绍了？许其琛本人不同意。”

夏知许从讲台上下来，拍了拍手上的粉笔灰，假模假样地叹了一口气：“唉，你果然变了，要是换成以前，你肯定都不敢看我了。”

说着，他坐到了许其琛的后面。

曾经的每一天，他都对着前面的这个人。

许其琛没有回头去看，就像他十年前一样，不敢轻易地回头。

这样的记忆，他们等了七年之久，终于在虚拟的世界里找到了答案。

“回去吧。”许其琛看着他，琥珀色的瞳仁闪着光芒，“就让过去的夏知许和许其琛在这里结束。”

夏知许点了点头：“好，我们回去。”

一瞬间，周围的景象都消融成细碎的光点，一点点化开。许其琛闭上了眼睛，觉得自己大概是被夏知许传染了，患得患失，竟然在这一刻觉得有些害怕。

这所有的一切，会不会都只是一场梦？

0901 的声音忽然出现：“剥离意识主体，系统关闭。”

许其琛的耳边传来短促的电鸣声，只响了三下。

许其琛觉得头有些痛，抬起头，发现面前是自己的工作台，眼睛忽然受到强光的照射，有些不习惯。

他正想抬手揉眼睛，却发现自己还戴着之前新配的眼镜。他把眼镜取了下来，低头仔细看了看，这才发现金属镜腿上有一个很小的金属圆盘。

耳边忽然传来 0901 的声音，许其琛吓了一跳，才发现自己戴着配镜时附赠的耳机。

“许先生，请您到楼下来一趟。”

楼下？

许其琛狐疑地站了起来，晃了晃自己的脑袋：“系统都关闭了，我还要听你的指挥吗？”

0901 语气平静地回答：“请您不要责怪我，我也是受人指挥。”

系统还挺会甩锅。

许其琛打开了门，气温还不算太高，他裹了裹自己的外套，带上钥匙，按了电梯。

“你还会一直出现在耳机里吗？”

0901回答：“许先生，未来我将会拥有新的形态，当然，过去的数据都会保留备份。”

许其琛咳嗽了一声，有些心虚地说：“某些备份我希望你可以毁掉。”

“抱歉，许先生，您知道的，我没有这种权限。”

“叮”的一声，电梯门被打开。许其琛走了出去，一边走还一边问：“你把我弄下来干什么？早上四五点，怪吓人……”

他的话还没说完，眼前就出现了一个高大的身影，一步一步，从黑暗的树影中走了出来，来人的脖子上挂着和自己一样的耳机。

许其琛愣在原地：“你怎么会在这里？”

这么晚，他是怎么来的？

夏知许走过来，站到了许其琛的面前：“我也是第一次使用这个系统，害怕有什么意外，所以提前在你的小区里租下了一套房子。”

他把许其琛的耳机取了下来：“冷不冷？”

许其琛摇摇头，明明一起在虚拟世界里经历了那么多事，可真人站在自己的面前，他还是觉得不好意思。

“你……你要不要上去……喝杯咖啡什么的？”

夏知许笑起来：“我们这样子，看起来真不熟啊。”

“不上去就算了，那你来……”

——你来找我做什么？

天啊。他真觉得自己现在回到了十五岁的时候，什么都不懂，什么都迷迷糊糊的。

夏知许和以前一样，不由分说地拽着他就跑。他似乎已经习惯了，直到被夏知许塞进车里。

“要去哪儿？”

夏知许发动了车子：“去一个我做梦都想带你去的地方。”

许其琛有些疑惑地看着夏知许。夏知许也不继续说下去了，看着他系好安全带。

“好了。”

车子缓缓地开出了小区，许其琛假装困了，夏知许见他脑袋歪过去，贴心地帮他调低了靠背。

原本是假装，可许其琛进入系统之前就在熬夜，一松弛下来才觉得困顿无比，装着装着还真的睡了过去。

许其琛好像并没有睡很久，迷迷瞪瞪地就被夏知许叫醒了，艰难地睁开眼睛问："到了吗？"

许其琛没有睡饱，有些不高兴，不知道夏知许干吗非得在他刚回来的时候就带着他乱跑。究竟是什么地方，夏知许一定要领着他过来？

"好了，我们得上去了。"说着夏知许从车后座上拿了一个毛线帽子，套在许其琛的头上，"刚睡醒不能吹风，容易头疼。"戴好帽子后，夏知许继续说道，"走吧。"

许其琛的眼睛不像以前那么好了，这次出门走得急，没拿眼镜，他看什么都模模糊糊的，刚睡醒更是明显，只能任由夏知许带他走到了一个电梯门口。

"我们去哪儿？"

"你一会儿就知道了。"

很快，电梯到了。夏知许带着他来到了一道门前。许其琛有些疑惑地看向夏知许，谁知道夏知许却笑着对他说："按一下门铃。"

这是要来拜访谁？

"我还以为是你家呢……"许其琛抬起手，按了一下门铃。

"就是我家啊。"夏知许笑道。

门里传来了一个中年女人的声音："这么早，是谁啊？"

"妈，是我，开一下门。"

妈……

许其琛懵懂地眨了眨眼，然后瞬间清醒。

"到底是怎么一回事？"许其琛坐在客厅沙发上，小声地质问夏知许，"你怎么都不跟我说一下啊？"

夏妈妈从厨房端来了一盘切好的橙子："你们先吃点儿水果，吃了早饭没，我给你们去下点儿面？"

许其琛怪不好意思的，夏妈妈一走近，他就下意识地站了起来。

"你坐啊，坐。"夏妈妈笑得一脸和蔼，将他又按回了沙发上。

夏爸爸也从卧室出来："你给他们下馄饨吧，昨天不是包了新鲜的？"他说着，走到了另一张沙发边坐下，"你阿姨包的三鲜小馄饨很香的，等会儿你多吃点儿。”

许其琛连忙笑着点头，也不知道现在究竟是什么情况。

“你想什么呢？”夏知许撞了撞他的胳膊，“是不是还犯困呢？”

许其琛连忙摇头，一句话也没说。

“吃橙子吗？”

许其琛摇头。

“喝茶吗？”

许其琛还是摇头。

夏知许乐了，小声说道：“你这么拘谨啊？”

许其琛瞪了他一眼，往边上挪了挪，望了夏爸爸一眼，对方正按着遥控器，打开了早间新闻。

“其琛啊。”夏爸爸忽然开口。

这个称呼吓了许其琛一跳，他像个不想回答问题却被老师点到名字的孩子，抖了一下，弱弱地应了一声：“欸……”

夏爸爸笑了，语气和蔼：“你别害怕，我就是想问问，你上大学的时候是不是跟着王敦善教授的？”

许其琛觉得疑惑，夏爸爸怎么会知道这些事？

他点了点头：“嗯。”

“哦，那就是你了。”夏爸爸笑了笑，“王教授是我的老同学，我们经常联系。他前些年总是跟我提起他的一个得意门生，也叫许其琛。我当时觉得这个名字挺有意思的，于是就记住了。没想到还真是你。”

原来是这样。许其琛谦逊地笑道：“是王教授肯费心点拨我。”

夏爸爸摇了摇头：“他说了，是你有天分，现在的孩子大多生活在衣食无忧的环境里，已经缺乏了创作文学所需要的悲悯心。老王常说，小许这孩子天生就有一种悲悯情怀，这对文学创作来说是很难得的。”他喝了一口水，“我看过你写的东西，写得的确不错。”

本来也在喝水的夏知许呛了一口。许其琛瞟了他一眼，膝盖碰了碰他的膝盖，小声说道：“你爸说的是我用本名写的书。”

“哦哦，这样啊，”夏知许笑嘻嘻地放下了手里的杯子：“爸，你接着说。”

“我一直订阅的一本杂志，上个月收录了一篇你写的杂文，我觉得很有意思。现在一般人写杂文，都比较倾向于用辛辣尖锐的文笔去批判现实，尤其喜欢模仿鲁迅先生的那种风格，但你写的文章，文风非常平静，内核很残酷，有一种暗潮涌动的感觉。”

夏知许笑道：“我爸可是我们全家唯一一个文艺‘青’年，整天嫌弃我和我哥两个毫无文学素养的工科男，现在终于寻觅到知音了，不容易啊。”

他故意把毫无文学素养几个字重读，许其琛低头笑了笑：“谢谢夏叔叔，没想到您还看过我的文章，真是惭愧。”

原本夏爸爸还想聊下去，夏妈妈突然从厨房里出来：“别说了，快来吃馄饨，孩子都饿坏了。”

夏知许推着许其琛起来，把他带到餐桌跟前，自己坐到了他的旁边，夏爸爸和夏妈妈则坐到了他们的对面。

“多吃点儿，早饭一定要吃好点儿，你们现在这些年轻人，都不喜欢吃早饭，这样对身体不好的。”夏妈妈将勺子放到了许其琛面前的碗里。

“谢谢阿姨。”

许其琛舀了一个放进嘴里，热乎的小馄饨皮薄馅大，一口咬下去满嘴留香。

“好吃吗？”

许其琛笑着点头。

吃着吃着，他发现夏妈妈一直用一种相当慈爱的眼神盯着他看。他愣愣地放下勺子，摸了摸自己的脸：“我脸上有什么东西吗？”

夏妈妈笑了：“没有，没有，我就是觉得你长得好看，白白净净的，一看就是个好孩子。”

许其琛埋下了头，觉得怪不好意思的。他也不知道说什么，只好一口接一口地吃馄饨，偶尔抬起头，看着他们一家三口拉家常，说着刚结婚的哥哥嫂子的事，觉得特别温暖。

他已经很久没有感受过这种普通的家庭氛围了。自从上了大学，他和小姨也只有假期才见面。自己也长大了，住在一起不太方便，毕业后他就搬了出来，一个人独居了三年。

现在忽然一下子进入这种氛围，他感觉就像是在野外冻僵了的兔子忽然得救，被裹上厚厚的毛毯放在壁炉边。

吃过早饭，许其琛立刻起来收拾碗筷：“阿姨，我来帮您。”

端着几个碗的夏妈妈冲他笑了笑：“好呀，你帮我放到厨房就行。”

许其琛拿着盘子放进了洗碗池，卷起了袖子将水龙头拧开。夏妈妈走了进来："哎呀，都说了放下就行，你去和他们看电视吧。"

"很快的，我帮您吧。"许其琛执意要洗碗，夏妈妈也没有再阻止，站在一旁看着。

他洗了两个碗，搁在台面上。

夏妈妈忽然摸了摸许其琛的头。

"孩子，这么多年你辛苦了。"

许其琛洗碗的动作停了下来，湿漉漉的手捏着一个碗。他转头看向夏妈妈，眼里有疑惑也有错愕之色。

夏知许把自己带回家的时候，明明只向他们介绍了自己的名字，其他的事什么都没说。

"其实你一进门，我就知道是你了。"夏妈妈笑得很温柔。

夏知许立体的轮廓和爸爸如出一辙，可眉眼更像妈妈，有笑起来很漂亮的眼睛。

"我猜到了。"

许其琛的心里有些忐忑，又有些紧张，他再一次低下头，将手里的碗浸在水池中。

"阿姨……"

"知许高一的时候就跟我说过，他的一个朋友出车祸的事，我听了很心疼，当时就记住了你的名字。"她轻轻地拍着他的背，"从今天开始，我就有了第三个儿子。妈妈别的不行，养儿子还是有很多年经验的。"

许其琛胸口的酸胀感终于在这一刻汹涌而出，鼻尖一阵酸涩。他弯着身子，把头埋在了夏妈妈的脖颈间，沉默了许久，终于哽咽着开口："谢谢您。"

夏妈妈一下一下地摸着他的后脖子："一家人，别说谢谢。"

"妈，爸说他找不到他的……"

夏知许忽然走到了厨房门口，看见里面的两个人，呆呆地站着。夏妈妈见状，拍了拍许其琛的背，若无其事地开口："又有什么找不到了？每天自己不收好。琛琛啊，你跟着知许去他的房间休息吧，困的话就睡会儿。"

许其琛背对着夏知许，"嗯"了一声。

看见自家妈妈走到客厅，夏知许这才走进来，凑到许其琛跟前："我妈跟你说什么了？怎么哭了？”

许其琛别过脸去：“没哭。”

“是没哭，就是水汪汪的，快盛不下掉出来了。”

许其琛埋怨似的看了他一眼，闷声闷气地问：“你为什么要提前告诉他们？”

“这她都跟你说了？”夏知许叹了一口气，“可真是我亲妈啊。”

“别转移话题……”许其琛的声音带了点儿鼻音，听起来糯糯的。

一个不敢做梦的人，被一个靠梦活着的人拉进了一个虚拟的梦境中，然后把这个梦变成了真实。

夏知许怕他累着，领着他进了自己的房间。和许其琛想象中的不太一样，夏知许的房间挺大，可里面塞得满满当当的，有一柜子的机器人模型，还有一柜子的奖杯，一张单人床看起来不大，不过深蓝色的床单感觉挺柔软。

许其琛走到床边，看见上面放着一张相片，里面有两个小男孩，看起来好像在上小学。

“这是你和你哥哥吗？”

“嗯。”夏知许坐在他旁边，“这是我哥哥小学毕业时，我们一家去海边玩拍的。”

许其琛盯着照片里戴着小草帽仰着脑袋傻笑的小知许，嘴角忍不住勾起来：“你们长得挺像，不过你哥哥没有虎牙。”

“我们家只有我有虎牙。上初中的时候我觉得很奇怪，想拔掉，我妈带我去牙科诊所转了一圈，我一见到那些工具就犯怵，拔腿就跑，我妈追了我半条街。”

许其琛放下相片，笑着说：“这个故事我听过。”

夏知许有些疑惑：“怎么可能？”

“夏习清告诉我的。上高中的时候，他给我讲了好多你小时候的事。”

夏知许故意摆出一副不太高兴的表情，拉长了声音：“是吗？”

许其琛站了起来，又转到了他的书桌跟前：“是啊，那个时候我好羡慕他，能够跟你一起长大。”

许其琛看到夏知许的桌子上放着两个天体模型，觉得很新奇，伸手拨了拨：“原来你对天文学也感兴趣吗？”

“这是我哥送我的，当时……”

他说了一半，忽然不说了。许其琛有些奇怪，转过头看了看他，只见夏知许笑了笑：“没什么。”

“你说没什么的时候一定就有什么。”许其琛转过身子，面向他，“快说。”

夏知许摇了摇头。

许其琛的好奇心被勾了起来：“快说啊。”他撇了撇嘴，琥珀色的瞳孔望着夏知许。

夏知许叹了一口气，好像是彻底认输了一样，按住桌子，伸出手将窗帘全部拉上，整个房间一下子暗了。

“干什么？”许其琛有些莫名其妙，而后听到“嘀”的一声，好像是什么电子产品被启动的声音。

他的视线越过夏知许的肩膀，看向了天花板。

原本黑暗的天花板变成了浩瀚的宇宙，玫瑰色的星云缓缓地飘浮着，散发着神秘的光芒。

许其琛有些呆住了。

“这是投影吗？”

“算是吧，我自己弄的。”夏知许手里握着一个小小的遥控器，他按了几下，那团星云渐渐放大，在视野里好像靠近了许多，扩散，再扩散，直到最后出现两颗发光的星球。

“你可以把它们看作是我桌子上的那两颗星球。”夏知许凝视着天花板上的宇宙，“你走的那天，我在公交车后面追了很久，你应该没看到。我浑身湿漉漉地回了家，正好那天，我爸妈出去和朋友聚会，家里只有我哥哥。他中秋节放假在家，看到我的样子，一下子就明白是怎么回事了。大概是同病相怜吧。”夏知许不合时宜地笑了起来。

许其琛侧过脸，看向夏知许。

“我哥带着我去了他的房间，给我看了两颗星球。他告诉我，天文学里有一个很有趣的定义，叫洛希极限。行星和卫星会在万有引力的作用下不断靠近，但它们之间有一个保持安全的最短距离，这个距离就是洛希极限。”

天花板上的两颗星球慢慢地靠近彼此，一切看起来都平和而舒缓。

“一旦超过洛希极限，强大的潮汐力将会把那颗卫星撕得粉碎。”

就在这个瞬间，那颗漂亮的星球忽然变得粉碎，像是炸裂的烟火，视野之中，只剩下那颗孤独旋转的行星。

许其琛轻轻地开口："然后呢？"

夏知许望着天花板："你看。"

听从他的话，许其琛的视线回到了那片小宇宙上。那颗已经粉碎崩塌的星球，化作一大片绚烂的星尘，渐渐地聚拢在那颗孤独行星的身边，演变成一个耀眼而美丽的环，将那颗行星拥抱在怀中。

"其实结局也没那么坏。"

"好漂亮啊。"许其琛沉迷在天花板上的星河之中。

"嗯，这是我的秘密基地。

"以前我失眠的时候，就会放给自己看，看一次，好像心情就会平静些。卫星破碎的那一瞬间太美了，就算它再也无法以星球的形态存在，有这一刻也是值得的。"

"十五岁的夏知许诚不我欺，果然是一碰就碎的假太阳。"

夏知许可没想到他会提起这茬，笑着看他："哟，还记着呢？"

"不要小瞧文科生的记忆力。"许其琛叫道，"小太阳。"

忽然被许其琛这么叫，夏知许有点儿不习惯："干吗这样叫我？"

许其琛没有解释，望着他自顾自地问道："我不在你身边的时候，你还发光吗？"

夏知许摇了摇头。

"那你不发光的时候做什么呢？"

"积蓄能量。"夏知许凑过来，小声说，"等到你出现之后，再次发光。"

如果真的有平行宇宙，许其琛觉得，自己所处的这个宇宙一定是最幸福的，他很确信。

夏爸爸去了公司，午饭只有三个人吃，可夏妈妈还是做了一大桌子菜。许其琛看了一眼餐桌，有一半的菜里放了好多辣椒。

"妈，你做这么多辣的菜我怎么吃啊？"夏知许抱怨道。

夏妈妈放好碗筷："又不是给你吃的。琛琛，知许说你爱吃辣，我多做了几道，你尝尝看。"

许其琛很实在地尝了一大口，味道很好，连连点头："好吃。"

夏知许却可怜地摇了摇头：“原本以为你来了，我就不是这个家里地位最低的了，没想到啊没想到。”

夏妈妈敲了敲他的碗：“吃你的饭。”

午饭后，夏知许接到一个电话，接完电话，坐到了许其琛的旁边。

“等会儿跟我出去一趟吧。夏习清回国了，陈放问我们要不要一起去接机。”

许其琛点了点头：“好啊。”

“接他的机你倒是乐意。”夏知许起身穿好外套，“走呗。”

车子一路开到了机场，夏知许一边打着电话一边站在机场大厅里四处张望，找着陈放的身影。许其琛比他先看到，拽了拽他：“那个是不是？”

夏知许顺着许其琛的手看过去，看见个穿着皮夹克、理了一个板寸的小伙，可不就是陈放。

“你不是近视吗？怎么还能看到啊？”

许其琛眯着眼睛：“直觉。”

夏知许挂了电话，朝陈放走过去。

“哎哟！哥们儿来得挺快啊。”陈放上来用肩膀撞了撞夏知许的，一看身后还跟着一个瘦高白净的小伙子，愣了半秒，“这……许其琛？”

许其琛朝他笑了笑，站到了夏知许的旁边，说道：“好久不见啊。”

陈放又是惊讶又是高兴，脸上的表情在半分钟内变了又变，最后只拍了拍夏知许的肩膀：“可以啊……”

他们一起走到夏习清所坐航班的出口处，等了没多久，就看见里面开始有人走出来，这一次的人太多，许其琛的直觉也失效了。

“说起来，我也有三年没见过习清了。”眯着眼睛的许其琛被夏知许拍了拍脑袋：“不许这么叫他。”

陈放鄙夷地瞟了一眼夏知许，正打趣着，看见通道那儿走来一个瘦瘦高高的男生，穿着 oversize（大号）的白 T 恤和浅色牛仔裤，长到下巴下面的头发扎了一半，睡眼迷蒙地推着行李箱。

“哎，夏习清！”

被叫到名字的人这才抬起头，远远地望了一眼，抬手比了个 OK 的手势，朝着他们走了过来。

“你的头发怎么留这么长了？”陈放拽了拽他后脑勺上的小鬏鬏，“隔远了看还以为是个小姑娘。”

“忙着帮教授搞展览，懒得剪。”夏习清拍掉他的手，“小姑娘能有我盘正条顺啊？”

“你这趟回国还走吗？”许其琛问道。

夏习清摇了摇头：“应该不回去了。”他还想继续说，看见许其琛的表情变了变，自己的肩膀也被人拍了一下，回过头，是一个女生。

“那个……”

夏习清立刻想起来：“哦，差点儿忘了，”他把头上的黑色发圈取下来递给她，顺便抓了抓头发，露出天使一样的虚伪笑容，“谢谢你啦。”

“不是……”小姑娘的表情有些不好意思，“那个，我能加一下你的微信吗？”

身边几个人都是一副看戏的表情，夏习清脸上仍然保持着微笑：“加微信啊……我有女朋友了。”

妹子变了变脸色，最后还是弱弱地收回了手，轻声说了句不好意思，然后拽着行李箱转身离开了。

“飞机上睡觉头发老是往脸上蹭，就管旁边的女生借了个发圈，怪我咯？”

夏知许“啧”了一声：“拈花惹草。”

“是，就你洁身自好。”

夏习清一把揽住许其琛：“走，这么久不见，我们找个好玩的地方喝酒去。”

谁也没想到，夏习清说的好玩的地方是市里最有名的酒吧。

夏知许看着满舞池的男人，脸上的表情不能更难看：“不是，青天白日的跑这儿来喝什么酒啊？”

这地方实在太乱，夏知许总感觉会出什么事。

酒吧里音乐响得人鼓膜都在震，所幸吧台和舞池之间隔着一圈的卡座，勉强还算得上清静一点儿。

许其琛一行人坐在吧台边，一人点了杯酒，夏知许知道许其琛喝酒喝不了太苦的，于是给他点了杯百利甜酒兑苏打水，调酒师递上来的时候他抿了一小口，眼睛都亮了亮。

夏知许：“好喝吧？”

陈放：“夏习清，我们换个位子。”

夏习清嘴上虽然骂着，可还是跟他换了位子。

他们一进门就看见好几对在走廊那儿亲得难舍难分的情侣，害得陈放的目光都不知道往哪儿放了，一米八五的大个子只敢坐在吧台前，都不敢随随便便回头，后面卡座里亲热的情侣更是让他不好意思。

“干吗非得来这儿啊？”陈放抱怨，“我可是个单身狗，现在晚饭也不用吃了，狗粮都吃饱了。”

夏习清笑得花枝招展，坐在旁边跟夏知许说话的许其琛好像想起了些什么，转了转椅子面向他：“习清，上次我不是跟你说我有一本小说被影视公司买了版权吗？就是你喜欢的那个男明星主演的。听说戏已经杀青了，制片那边送了我几张电影发布会的票。”

“真的假的？”夏习清的眼睛亮了，“太棒了，快给我一张，你到时候去不去？”

“不一定，看时间吧。我到时候把邀请函寄给你一份，位子还是前排呢。”

一旁的夏知许立刻开口：“没时间。”

夏习清翻了个白眼，被旁边的陈放拿啤酒瓶撞了撞：“你也真够可以的，追起星了。”

“那怎么了？又不是真情实感。”夏习清仰头把剩下的酒喝完，抹了抹嘴，“那位身材贼棒，拿来当素材正好。”

夏知许鄙夷地看了他一眼：“这个男明星也真是够惨的。”

夏习清朝他比了个手刀，然后对许其琛说：“唉，说起来你这本小说里的男主角挺惨的吧。”

许其琛笑了笑：“有点儿，命途多舛。”

“正好，我就喜欢看他被虐。”

夏知许摇了摇头：“变态。”忽然他想到了什么，对着许其琛说道：“是改编的你本名写的小说还是你用马甲写的小说啊？”

“当然是本名。”许其琛趴在台面上笑起来，“对了，我之前一直想问来着，你是怎么知道我的马甲的？我没告诉过几个人啊？”

他虚虚地掐住了夏知许的脖子，一副假意生气的表情：“你该不会黑了我的电脑吧，大神？”

“大神”这两个字叫得夏知许很开心，他还特别配合地装出一副快要死掉的表情，连连喊着“小的不敢”，看得旁边的两个人一脸鄙夷之色。

“那你是怎么知道我这个笔名的？”许其琛正经地问道。

还没等夏知许开口，身侧的夏习清举起了一只手：“我先招了，情报是我送出去的。”

许其琛转了转椅子，佯装不满地推了他一把：“谁让你背叛组织的？”

夏习清“咯咯”地笑起来：“我这个双面间谍，还不是为了两方的和谐大业。”他叹了一口气，“高中的时候，我只是看着你们都急得半死。这都过去这么多年了，再不推你们一把，我怕你们要老死不相往来……”

许其琛没想到夏习清在背后帮他们做了这么多事，一下子有些不知道如何回应。

夏习清“嘁”了一声，想起刚才中断的话题，眼神暗示了一下夏知许：“哟，中国好青年，你看了许其琛同学的笔名就没有一点儿想法吗？”

“什么想法？”夏知许抿了一口马丁尼，不明就里。

旁边的许其琛倒是忽然像触电了一样弹了一下，捂住了夏习清的嘴：“不许说了。”

夏习清“嗯”了一声，双手举起来表示投降。

夏知许也不傻，见此情景就知道笔名一定有鬼。在场的四个人里只有陈放不知道许其琛的笔名是什么，他表情无奈地隔开正在闹的两个人，问夏知许：“什么名字？”

“解西亚。”夏知许回答。

刚被许其琛解除噤声的夏习清立刻跳出来反驳：“不是姓氏的那个xiè，是jiě，解西亚。”

解西亚。

夏知许默念了一遍。

解，西亚……

夏知许忽然反应过来，看向许其琛。他心里百感交集，想了半天也不知道该说什么来表达自己此刻的心情，只好无奈地说了一句：“你啊……”

知许，解夏。

全世界，也只有许其琛会玩这种文字游戏。

“这样喝酒太没意思了，”夏习清忽然提议，对着调酒师说，“来一组龙舌兰。”

调酒师很会来事，上酒的同时也跟着上了一小碟盐，还有一盘切得薄薄的柠檬片。

“这些是干什么的？”陈放问道。

夏知许回答：“听说美国人喝龙舌兰，要配着盐和柠檬一起喝。”

说到盐和柠檬，许其琛有点儿感兴趣，抬起了头：“这要怎么配着喝？把柠檬汁和盐调进去？”

夏习清摇了摇头：“来，叔叔我给你演示一遍。”

许其琛忍不住“扑哧”一下笑出来。

夏习清倒是没在意，直接开始了他的龙舌兰喝法教程。

他拿了一片柠檬，左手的手背朝上，挤了些许半透明的汁液在虎口边缘，随即放下柠檬，捏了一小撮盐粒抹在虎口上，然后抬起手凑到嘴边，舌尖伸出来舔了一口盐，下一秒见他端起酒杯一口喝尽了杯中的龙舌兰，纤细的手指夹起方才那片柠檬放入齿间。

舔盐，喝酒，咬柠檬，整套动作一气呵成，行云流水。

“看起来好酷啊。”许其琛呆呆地看着，旁边的陈放也觉得有意思，自觉这是个撩妹的好技能，于是跟着夏习清学起来，可是刚上手总是有些生疏。

许其琛并没有急于学习，只是有些发愣。辛辣、酸涩与微咸的感觉，交织在一起会是什么样的滋味?

许其琛有点儿好奇。

他的脑子里冒出了太多疑惑，全表现在脸上，被夏知许看得明明白白。

“你是不是想尝尝？”夏知许挑了挑眉。

被看穿想法也不是头一回了，许其琛这次直截了当地点了点头，转过身子面向吧台，学着之前夏习清的样子试着喝了一次，虽说动作没他那么娴熟连贯，但也是一滴不落地喝了。

“怎么样？”夏知许倾身，“好喝吗？”

许其琛不说话，忍不住笑起来。

“你是不是喝醉了？”

“我没醉。”

喝醉的人头一句都是这话。夏知许心想。

可许其琛总觉得不对，于是又试了一次，仍旧不对。

夏知许赶紧拦住他："祖宗，别喝了，再喝回不了家了。"

酒劲上来的人往往还有一个共性，就是特别倔，何况是一贯就倔的许其琛。

他手里捏着一片柠檬，傻傻地发着呆，像是陷入了沉思之中。

夏习清看着许其琛，只见他的脸红到了脖子根："他喝得太醉了，我给你们叫了代驾。"

夏知许点了点头，许其琛喝醉了完全像变了个人，动来动去。

"得，我们也回吧，趁现在天刚黑。"夏习清抓了手机放在兜里，站了起来。

"怎么，夏大美人还会早早回家啊？"陈放调侃道。

夏习清抓了抓头发："谁说的？本公子现在去赶夜场啊。"

几个人在酒吧门口分开，夏习清叫的代驾也正好到了，夏知许带着许其琛上了车，两个人坐在后座上。

酒精似乎会模糊掉很多东西，如对时间的感知、对痛觉的灵敏度，仿佛无数双手将他拉入了一个柔软却危险的泥沼之中，让人无法自拔。

直到他沉沉睡了过去。

许其琛醒来的时候，窗外的天色已经清明，春日柔和的阳光从窗帘的缝隙间倾泻下来，洒在房间米白色的羊毛地毯上，看起来惬意又舒适。

餐桌上放着两碗面条，一碗里面卧着一个荷包蛋，滴了几滴香油，闻着特别香。许其琛一下子就饿了，拿起了筷子，夹了一大口面塞进嘴里。

夏知许给许其琛倒了杯牛奶放在一边："慢点儿吃。"他又从冰箱里拿了一瓶辣椒油，推到许其琛那头，"我上次去超市买的，不知道好不好吃，你试试看。"

许其琛点了点头，倒了几滴尝了尝："好吃。"然后又倒了一大堆，搅和了一下面条，吃得浑身热乎乎的，很舒服。

夏知许先吃完，走到玄关拿了一双拖鞋放到许其琛的脚边，他虽然没说话，但许其琛心里清楚得很，他是担心自己光着脚在地上走。

许其琛吃完了面，又喝完了牛奶，穿好鞋裹着被子走到了客厅里，这个房间的构造很像苏凛的那个房子，只不过大了许多，也有很漂亮很大的落地窗。

“这是你买的房子吗？”

夏知许点了点头：“好看吗？”

“嗯，装修也好看。”许其琛看着银灰色的壁纸，还有灰蓝色的沙发。

许其琛坐在客厅的沙发上，看着地面，这间房子的装修虽然看起来简洁，可价格一看就不低，毕竟几乎只有餐厅、厨房和浴室没有铺地毯。

沙发前的茶几是双层的，底下可以储物，许其琛伸手拉开，发现里面是满满的糖果，各式各样，五彩缤纷。

他起身，走到了电视柜前，发现那里也摆着好多好多糖。

“你什么时候买的房子？”

“去年？”夏知许收拾着碗筷，“去年年初吧。”

“你买了好多糖。”许其琛从琉璃罐子里拿出一颗，放在手掌心里瞅了瞅。

夏知许笑了笑：“我每次一个人出门的时候，看到糖果店总是会不由自主地走进去，买上一大堆带回来。”夏知许低着头笑道，“虽然没有人吃，但放在家里看看心情也会好很多。”

他是自我安慰罢了。

“我身上也会随身带着糖，你以后出门不用担心。”

大概是第一次遇到他的时候，没能在他最需要的时候给他糖果，总觉得有些遗憾，所以夏知许总是带着糖，想着或许还会有偶遇的机会。

许其琛安静地走进卧室，将被子放下，拉开了衣柜，随意地拿出一套家居服，穿在身上正好合适。他走进浴室，看着镜子里的自己，忍不住低下头笑了出来，很快又叹了一口气。

真是够傻的，他们都是。

夏知许洗完了碗，走出厨房，忽然听见看着电视的许其琛叫了一声，赶紧问道：“怎么了？”

许其琛转过头，皱着眉望向他：“我昨天没有更新。”

“还得每天更新啊。”夏知许擦了擦手，坐到他的身边，“好辛苦啊，别写了。”

“不行的。”许其琛嘴里叼着棒棒糖，十分认真地说，“像我这种几乎每本小说都是悲剧结尾的作者，还能有这么多读者喜欢，实在是太难得了，我不能辜负他们。”

夏知许笑了出来：“所以你不辜负他们的方式就是继续发刀片，继续写悲剧？你的读者都有受虐倾向吧？”

许其琛若有所思地看着他：“你说得有道理。”

电视上正放着很热门的综艺节目，还挺好笑，许其琛看着看着就跟着笑起来，一震一震的，浑身都在发颤。

夏知许没看节目，可觉得好开心。

这样的场景很熟悉，并不只是在虚拟世界里，经常出现在夏知许的梦中。

“其琛。”

许其琛愣了愣，这是夏知许头一次这么叫他，总感觉有些不适应。

“怎么了？”他翻了翻身，平躺着，好奇地看向夏知许。

“你搬过来，跟我一起住吧。”夏知许低下头，“你身体不好，一起也有个照应。

“房子好大，我一个人住很冷清。”

迟到十年的回应 下

许其琛当然愿意和夏知许一起住，可他已经被带坏了，现在很想要逗一逗夏知许。

“不。”许其琛转了转眼睛，脸上没什么表情，“我还是习惯一个人住，两个人住，生活习惯不一样很麻烦的。”

看他说得一板一眼，夏知许脸上期待的表情一点点减少。

许其琛瞥了一眼夏知许，心里有些得逞的小开心，试探地问道：“怎么了，不高兴啊？”

夏知许摇了摇头：“没有，我有心理准备的。”

他说的也是事实，夏知许对和许其琛有关的一切事情都抱着最低的心理预期。

他低下头，嘴角扯出一个笑的弧度，眼睛里的情绪却很复杂。

许其琛仰着头，看见了他表情的细微变化，不忍心再逗他。

他一下子坐起来：“我刚刚是逗你的，我想跟你一起住，真的。”他歪着脑袋去看夏知许的表情，“你别难过，我真的是骗你的。”

两个人不约而同地沉默了一会儿，而后夏知许半信半疑地问：“那搬家吗？”

许其琛点了点头：“搬啊。”

“什么时候？”夏知许问。

“今天，”许其琛笑了笑，“可以吗？”

他低头看了看夏知许，谁知夏知许突然咳嗽起来。

“你怎么了？病了吗？脸色也不好。”

夏知许摇了摇头，没说话。

“你哪儿不舒服？我们先去看医生吧。”许其琛替他顺着背。

“没事，就是烟瘾犯了，挨过去就好了。”

“什么时候开始犯的？”许其琛带有安抚意味地拍了拍他，“刚才吗？”

“有一会儿了。”

写文的时候许其琛查过相关的资料，知道烟瘾可大可小，发作的时候胸闷心悸，情绪不稳定，甚至会出现更严重的生理反应。

“知许，戒烟好不好？”许其琛的声音很温柔，就像无法把窗帘吹得更高一些的和风，“以后不要抽烟了。”

夏知许黑色的眼睛看着他，长而密的睫毛闪了两下，然后沉默地低垂着眼睛，像个做错了事的孩子。

这样子的夏知许，让许其琛想到了同学聚会时候的他。

“总之你别抽烟了，抽烟就是慢性自杀。”许其琛的语气很认真，“我会负责帮你戒烟的。”

夏知许拍了拍他的脑门，笑着说：“你以为这么简单啊。”

到了下午四点，两个人才出门，开车回到了许其琛住的地方，准备一起收拾搬家的行李。

夏知许忽然想起来：“对了，你小姨她现在还在之前的小区里住吗？”

“嗯。”

许其琛穿着夏知许的衬衣，袖子有些长，他低头卷着袖口。夏知许看着费劲，抓住他的胳膊帮他卷袖口：“那你小姨和张老师……？”

“你还记得啊。”许其琛看着他低头认真的表情，“他们在我大四的时候又在一起了，之前还一直顾及我的情绪，怕我会想到什么不愉快的事。”

“叮”的一声，电梯门打开了。

“其实我早就不介意了。说起来，当初的那件事张老师才是最无辜的，可他们为了我，忍着一直没见面，明明很喜欢对方……”许其琛笑起来，“是不是很傻？”

夏知许：“你不应该得到那样的对待，你也很无辜。”

许其琛和夏知许面对面倒着走了两步，然后他忽然停下自己后退的脚步，害得夏知许因为惯性，猝不及防地撞向他。

两个人很快走到了许其琛所住的公寓门口。

“咔”的一声，门被打开了。

许其琛的房子不大，但格局很好，阳光充沛。比起卧室，书房反而是最大的，里面有两排很大的柜子，放满了许其琛的书。

他是一个奇怪的人，明明这个社会的科技如此发达，他却还是异常喜欢纸质书籍。每当太阳很好的时候，阳光透过大玻璃窗照在地板上，他就会把一些自己喜欢的书摊开在地上晒一晒，自己坐在地上，随便拿起一本来读。

“哦，对了，你的卧室旁边的那间空房子，就是我准备给你做书房的。”夏知许看着这间书房说道。

“那你的工作室呢？”

“隔壁。”夏知许笑道，“就隔着一堵墙，我准备从中间打空，嵌上一面玻璃。”

看着他和自己认真讨论的样子，许其琛忍不住笑起来：“我们明明现在还在这里，还这么兴致勃勃地讨论着新房子的装修的事，看起来就像是……”

他的话戛然而止。

夏知许有些疑惑，自然而然地追问：“像什么？”

他笑了笑：“就像两个傻子。”

时间不算早，两个人商量了一番，决定今晚先在这个房子里过夜，顺便收拾一下东西，明天一早再叫搬家公司帮忙搬家。夏知许帮着许其琛收拾书架上的书，他的胳膊够长，臂力也很好，几乎不需要许其琛动手。

许其琛则收拾着书桌。他拉开了抽屉，看见夏知许已经搬空了一整个书架，担心夏知许会累，便问道：“喝不喝水？”

“好啊。”夏知许把最后一摞书拿下来放在箱子里，看着许其琛走出了房间。

夏知许干站在那儿有些无聊，一侧脸看见他的书桌的抽屉被打开了，有些好奇，于是走了过去。

许其琛端着两杯水走进来的时候，发现夏知许站在书桌前背对着他，似乎在看着什么东西。

书桌里有什么？

他忽然想到了一个东西，连忙将水杯搁在书架上：“你别看我的抽屉！”

夏知许转了过来，手里拿着一个白色的发带，脸上露出些许疑惑的表情。

许其琛根本顾不上别的，上前将他手里的发带夺了过来，底气不足说话都开始结巴：“你……你怎么随便看我的抽屉啊？”

“对不起，刚才这个抽屉就这么开着，我就……”夏知许疑惑地皱眉，“那条发带，是你的吗？”

“是……是啊。”

夏知许走上前一步：“可你不打球啊？你的身体不是不适合剧烈运动吗？为什么？……”

许其琛将发带塞进了自己的外套里，半转过身子想要岔开话题：“那个……饿了吧？我刚刚叫了比萨，一会儿就到了……”

“是送给我的吧？”夏知许的语气并不是十分坚定，半询问半试探。

许其琛很想说不是，很想否认，原因是当初的自己实在是太幼稚，为了这一条发带的事而迁怒于他，甚至疏远他，尽管这并不是自己的本意。

没能送到夏知许手上的礼物，原本应该没有价值了。可当初他再一次走到那家店，想要把这条发带退掉的时候，又觉得不舍，就这么把这条发带保存了十年。

“是给我的吗？”夏知许的语气弱了几分，确定性一减再减。

算了，自己也没有隐瞒的必要了。

许其琛从口袋里拿出发带，递给夏知许，点了点头：“嗯。”

虽然这么开口问好像有些自以为是，但夏知许总觉得，一看到这条发带就觉得很熟悉，这让他一下子回想起高一时候哥哥留在家里的发带，只戴了几次就被他因为“晦气”而抛弃，再也没有用过。

“这真的是给我的？为什么……”他没能将下面的话继续说完。

为什么当初许其琛不送给他？

“当时我看见你戴了你哥哥的发带，就觉得自己白买了，也就没有拿出来给你。”许其琛如实地解释了当时的状况，“其实也没什么，本来我买这个也应该提前跟你说一声的，我……”

“我可真是可怜。”夏知许叹了一口气。

“不可怜，都给你，我以后可以送你很多。”许其琛连忙说。

看他这样，夏知许也笑了。

一个理应送给他的礼物，他等了很多年。但他已经习惯了等待，至少结果是好的。

那么遗憾也是值得纪念的。

一大早，夏知许就叫好了搬家公司，许其琛的生活用品不算多，主要就是书，所以搬家也不算麻烦。

“对了，你昨天不是说你的电脑之前出了一点儿问题吗？”夏知许帮着许其琛把笔记本放到他的包里，把包背在肩上，“我回去之后帮你看一下。”

许其琛开心地点了点头：“但是你可别把我的文稿弄丢了。”

夏知许露出一副无奈的表情：“我好歹也是专业的。”

搬家不是最麻烦的，麻烦的是搬好之后的整理工作。夏知许不想让许其琛干体力活，于是让他坐在地上把那些书分好类，自己搬去书房放在架子上，就这么来来回回，累得够呛。

“累不累？你坐过来，我给你捏一下肩膀。”许其琛盘腿坐在沙发上，拍了拍自己面前空出来的一小块地。

夏知许原本是不觉得非常累的，但是一看见许其琛这样，就忍不住想卖卖惨，于是唉声叹气地一下子跪倒在地毯上：“好累啊。”

“我给你捏捏胳膊。”许其琛拿起夏知许的一条胳膊，一边帮他捏着肌肉，一边问道，“你不用工作吗？”问完后忽然想起来之前夏妈妈说过的话，夏知许是自己创业的，“哦，我忘了，你是老板。”

“我给员工放了几天假。”夏知许眯着眼睛。

许其琛也跟着笑起来：“怎么会有你这么懒的老板？”他说完，又忽然间想起了什么，“对了，我小姨和张老师准备结婚了。”

夏知许有些惊讶："真的吗？"

"嗯，昨天晚上给我发的消息，说过几天就去领证了。"

"那婚礼呢？"

许其琛想了想说："估计快了吧。我小姨性格比较急，应该不会拖太久。"

"你到时候陪我去参加婚礼吧。"许其琛忽然开口。

夏知许觉得有些难以置信："真的吗？"

"对呀。"许其琛说得十分理所当然。

夏知许愉悦地点了点头："好，那我们一起去。"

许其琛开心地笑了笑，然后表情又变了："唉，今天要开始恢复更新了。"

"书房里有一台电脑，你可以先暂时用着，你的电脑我明天下午就给你。"

"好。"

收拾完所有的东西，两个人又打扫了一遍，趁着时间还早，夏知许开车带着许其琛去了宜家，两个人推着推车穿梭在宜家的各个卖场间，挑着各式各样、风格迥异的家具。

许其琛从来没有逛过家具百货，一个人的时候觉得这种活动毫无意义，房子对他来说只不过是一个遮风避雨的安身之所，并没有什么其他作用，就像是一个空荡荡的玻璃罐子。

可是和夏知许住在一起后，房子的定义从根本上发生了变化，变成了装满彩色糖果的玻璃罐子，变成了家。

"这个柜子很好看，你喜欢白色还是黑色？"

"这个收纳也很好，可以用来放一些小工具书。"

"这个枕头好软啊。"

夏知许看着许其琛四处晃悠，浑身上下散发着购物欲，那是一种令人心情愉悦的气场。

许其琛站在床边，拿着两个枕头："你觉得哪一个好？这个感觉比较容易保护颈椎，这个好像比较软……"

夏知许抽出一直插在口袋里的手，分别按了按两个枕头："我觉得都可以，你喜欢哪个就买哪个吧。"

许其琛面露难色，还是不知道究竟应该选择哪一种。他有些苦恼地把其中一个枕头扔在床上，对着夏知许抱怨道："你真的太敷衍了，一点儿建设性的建议也没有，只会说‘你喜欢哪个就买哪个’‘买你喜欢的就好’这样的话。”

夏知许没想到他会因为这种事而不开心，愣愣地回答：“因为我是以你的意见优先……只要你喜欢，我就没问题。”

许其琛怔住了。

“那……那就随便买一个。”他真的随便拿了一个放进购物车里，然后自顾自地推着车往前走。

他这个样子很好笑。夏知许也站了起来，两只手像先前那样插回兜里。

两个人又搬着大包小包的东西回到家，许其琛歇了没一会儿就钻进书房里开始写文。夏知许把采购回来的各种家具陈设都布置好，拿上许其琛的电脑进了工作室。

许其琛手头上的这本小说是刑侦题材，剧情也都是由一个个案件串联起来的，实际上已经连载了将近二十万字，但是主线的感情线单薄到读者都开始怀疑这到底还是不是一篇恋爱小说了。

他依照惯例点开自己的小说页面，鼠标拖到下面看了一眼读者的评论，两天不见，留言多了许多。

宋沅言的小老婆：“西亚拉开了自己的抽屉，里面放着满满当当的刀片——‘好苦恼啊，今天发哪个刀片比较好呢？’。”

喵君：“说不定这一本都可以存活呢？！”

苏医生今天也很酷：“活着有什么用？至今还记得被凛暄的结局支配的恐惧……还不如都死了算了！”

你说的都对：“要不然我们来赌一把，这本书的结局到底是谁死？”

moyaaa：“押一火车皮刀片是刑警，高危职业出个任务人就没了。”

梦泽是我的：“我觉得是少爷，之前的好几处伏笔感觉都在给少爷立flag，而且身世到现在也没有揭开，加上之前那些案件积累下来的线索，我觉得最后很有可能来个大高潮，然后少爷就死掉，结局得到了悲剧的升华。”

不吃鱼的小猫咪：“说不定这一次是同归于尽呢？”

瘦成一道光：“同押同归于尽！”

我爱西亚大大：“只要是西亚大大的刀片，不管多锋利我都吃得下！”

…………

看着这些留言，许其琛的内心很复杂。

他写的小说有这么虐吗？

虽然说之前的主角有一半死了，但是那都是艺术表现手法嘛……

算了，自己都编不下去了。

许其琛叹了一口气，回忆了一下前两章的内容，又看了看大纲，开始正式投入写作当中。他每次写起小说来，整个人都会沉浸进去，尤其是灵感来了的时候，甚至会忘了时间。

刑侦小说的剧情通常要铺垫大量的细节和对话，许其琛一边写着，一边翻阅着手头上的刑侦纪实书籍，一抬头发现桌子上多了一杯牛奶。他偏过头，看见了站在书桌旁边的夏知许。

“你忙完了？”

夏知许回道：“嗯。笔记本给你重新装了系统，等会儿你试试。”

许其琛点点头，拿起杯子喝了一口牛奶，温温的，还很甜。

“好喝吗？”

许其琛放下杯子，嘴边沾了一圈白白的奶渍，像贴了假胡子一样：“好喝。”

许其琛看着夏知许离开房间的背影，再回头码字。

他忽然发现，夏知许的存在才是他写作的最大障碍。

不行不行，他得赶紧写文。

许其琛再一次投入剧情之中。按照大纲的进展，这一章是第三个案件的结束章节，解开之前所铺垫的所有伏笔之后，两个主角的关系也因为一次危险的营救行动而产生了更多的互动，这原本是许其琛最不擅长的一个部分了。

之前遇到这种情感升华的章节，许其琛基本都是用剧情盖过去，其他的就一笔带过。

他想起之前夏知许开玩笑跟他说的话，让他以后不要把夏知许写死之类的。

许其琛决定还是先写一点儿试试看。

许其琛将双手放在键盘上，看着屏幕上的字眼，开始出神，脑子里总是闪过夏知许对他说的那些话，忽然就冒出了灵感。

许其琛又写了近一个小时，终于将这一章收尾，从头到尾整理了一遍，最后将新章节发了出去。

他从椅子上站了起来，伸了一下懒腰，拿起手机走了出去。夏知许正坐在电视机跟前的地毯上玩着游戏，头上还戴着 VR 眼镜（虚拟现实头戴显示器设备），根本没看到许其琛已经走了出来。

许其琛从家居服的口袋里拿出手机，打开小说连载页面，自顾自地往下翻着，直到来到了评论区。

小别致真东西："看完更新之后，我特地退出来看了一眼文名和作者名，至今不敢相信，这该不会是梦吧？"

一晌贪欢："楼上你不是一个人！"

梦泽我的小宝贝："退出来 + 1！"

my 喵："什么？快告诉我这是长成糖形状的刀片！"

Momo："时差党表示我一定是没睡醒，我先补个回笼觉，醒了再看说不定有一方就被打骨折了。"

芝麻汤圆君："这不是我的西亚大大！我不相信！快把我的西亚大大还给我！"

西亚今天娶我了吗："我好害怕，西亚大大怎么会发糖？这不可能，谁来摇醒我？！"

西亚的正妻："该不会是找人代写的吧？（超小声，亚亚别打我）"

…………

夏知许努力憋笑的声音在背后若隐若现，成了许其琛看评论的背景音乐。

许其琛黑着一张脸，没好气地说："你要笑就笑。"

夏知许笑得整个人都要往后倒。许其琛转过半个身子使劲推了他一把，直接把他推到了地上。他就这么顺势躺在了地上，捂着自己的肚子笑得满地打滚。

"怎么你们一个个都这样啊？"许其琛生气地踹了他一脚，"好气呀。"

"以后你就疯狂撒糖，她们一定会高兴得疯掉。"

许其琛抿嘴憋着笑，从茶几上把自己的笔记本拿起来放在腿上。夏知许走到厨房给自己倒了杯水，靠在冰箱边上。

许其琛按了开机键，发现电脑开机的时间明显缩短了，更让他吃惊的是，他听见了一个熟悉到不能再熟悉的声音。

"晚上好，我是您的专属操作系统，编号 201509010739。"

许其琛惊讶地看着自己的电脑，又转过头看了看靠在冰箱上冲他微笑着的夏知许，听见电脑再一次传来那个声音，依旧和以前一样毫无波澜，却让他听出了一丝丝重逢的喜悦。

“好久不见，许先生。”

许其琛惊喜不已，看向夏知许：“这是你做的？”

夏知许点了点头，放下水杯：“感觉你挺喜欢 0901 的，所以干脆把它给你当 AI 管家好了，手机也可以植入，你直接用语音和它对话就可以了。”

看许其琛一副十分开心的样子，夏知许笑着走近：“你很喜欢 0901 吗？”

“也不是。”

许其琛刚说完，就听见 0901 回应道：“许先生，您这样说让我非常伤心。”

许其琛立刻笑着改口：“我和 0901 有着非常深厚的革命友谊。”说完，许其琛想起了些什么，“你真的就是 0901 说的系统管理员吗？”

“对啊。”夏知许大大方方地承认。

“所以我跟 0901 说的话其实你都听得到？”许其琛觉得很生气，“这也太不公平了！”

夏知许笑着坐到了许其琛的旁边，讨好地说：“我不记得你说过什么隐私啊？就算说了也没关系，我这人记性不太好。”

“那也很不公平，我听不到你们说的话，你却可以听到我说的话，而且我在系统里的所有权限都是你给的，积分总是拖欠，东西还卖得那么贵……”

看见许其琛一说起就没完，越说越生气，夏知许赶紧认错道歉：“对不起，我下次绝对不开外挂了。”他举起自己的右手对天发誓，“这些权限什么的都是假的，我们小许同学永久享有最高级别的权限，怎么样？”

说得比唱得好听，许其琛拿胳膊肘拐开嬉皮笑脸的夏知许，低头鼓捣自己的电脑。

夏知许拍了拍许其琛的肩，然后走进了浴室。

许其琛把文稿的问题都弄好了，准备试试 0901 的功能：“0901，怎么把你移植到手机里？”

0901 回答道：“如果许先生需要，我可以教您操作，管理员的手机也是我的设备之一，您可以先试用一下他的手机，感受一下具体的功能。”

它这么一说，许其琛倒觉得这是个好主意，转了转脑袋，在沙发上找到了夏知许的手机。

不过偷看别人的手机似乎不是个好习惯，尽管夏知许刚才说过许其琛在这个家里有着最高权限，许其琛还是决定先告知他一下。

他走到了浴室门口：“知许！我可以用一下你的手机吗？”

浴室里传来回答，夹杂着连续的水声：“好，在沙发那儿。”

得到了夏知许的同意，许其琛这才放下心。

“不过我不知道密码啊……”许其琛坐回到沙发上，自言自语道。

0901 很快给出了回应：“许先生，密码是您的生日。”

将手机解锁之后，0901 提示许其琛可以通过对自己下达指令来控制手机，许其琛原本的目的也就是了解一下这种嵌入式 AI 的功能，一点儿也不好奇夏知许的任何隐私。他想了想，对 0901 说道：“那就放一下他手机里的歌吧。”

很快，手中的手机的音乐软件被开启，0901 询问道：“请问您需要播放哪一个歌单？”

这样的功能似乎更倾向于解放用户的双手，许其琛心想。

他也不知道听什么歌好：“就……放管理员最常听的吧。”说完许其琛就仰头躺在了沙发上，写了很长时间的小说，背有点儿疼，正好歇一会儿。

0901 遵循他的指示：“正在为您播放 lullaby（催眠曲）。”

lullaby？

许其琛望着天花板，眨了眨眼睛。

所以他每天听着这首歌睡觉吗？

原以为会听到类似和缓轻柔的钢琴曲，或者是一首音色沉郁动人的抒情歌曲，可不知道为什么，播放开始了半天，许其琛都没有听到声音。

“声音怎么这么小？”

0901 回应：“正在为您提高音量。”

许其琛抬起头，似乎听到了什么奇怪的声音。

他将放在一边的手机拿起来，手动找到了正在播放的音乐，名字的确是叫 lullaby，可是既没有任何歌曲相关的信息，也没有封面，就像是夏知许自己上传到这个音乐 APP（软件）上的一样。

他退出播放页面，找到了这首歌所在的歌单，里头只躺着这么孤零零的一首歌。

就在他疑惑不解的时候，洗完澡的夏知许从浴室里走了出来，手里拿着一条毛巾擦拭着头发："我洗好了，给你把新的睡衣放在……"

夏知许的话说了一半戛然而止，他直接对着0901说道："关掉。"

许其琛疑惑地看向夏知许："怎么了？"他很快意识到自己的手里还拿着夏知许的手机，他把手机递给夏知许，解释道，"我没有偷看你的消息之类的，只是听了一下歌而已。"

夏知许脸上的表情怪怪的，让许其琛更加好奇刚才听到的那首莫名其妙的lullaby究竟是什么。

"快去洗澡吧。"夏知许避开了那个话题，拿过手机，许其琛一直看着他。

许其琛站了起来，轻声问道："那个lullaby是什么啊？"

夏知许低垂的睫毛抖了抖："没什么。"

"说嘛。"许其琛的声音都放柔和了些。

"真的没什么。"

这人真嘴硬。

许其琛叹了一口气："你不告诉我，我就问0901。"

"你看它敢不敢！"

许其琛佯装出一副不满的样子："你还跟我说让我当管理员，都是骗人的，这么一点儿小事都不肯告诉我，我以后再也不相信你了。"

撑死了三秒，夏知许就会认输……

三、

二、

一、

"对不起，"正如许其琛所想，夏知许伸手拉住了假装要走的许其琛，"我不是不想告诉你，是……是……"

"你要是这么不想跟我说就算了，"许其琛小幅度地甩了一下他的手，没甩开，"我不勉强你。"

这话一说出口，本来就被吃得死死的夏知许更是没辙了，只好摊牌。

"那是我以前录的，我们午休时的声响……"他自暴自弃地发出了一声叹息，"是高一的时候我偷偷在午休时录的，没告诉过你，我知道这不对……"他说不下去了。

原本想要使坏的许其琛愣住了，怎么也没有想到答案竟然会是这样。

夏知许有些苦恼地抓了抓自己半干的头发。他还想说点儿什么，可是一张嘴语言组织能力尽失。许其琛看着他这个样子，感觉好像回到了高中的时候，看到了每次面对他时的那个窘迫的夏知许。

许其琛微微露出一个笑容，给了夏知许一个安慰的拥抱。

他隐藏了太多太多事，多到甚至不敢轻易让许其琛看见。他恨不得找个黑暗的地下室把那些回忆全部锁起来，只想以崭新的自己面对许其琛，可他忘了一个很简单的道理，是否崭新并不重要，只要是夏知许就可以。

结束假期的夏知许每天早出晚归，忙得团团转，许其琛偶尔会被出版社的编辑约出去吃饭，但大部分时候是在家写文，两个人经常一整天都见不着面。时间一久，许其琛就觉得很苦恼了。

两个人连周末都没有时间一起吃饭，他没想到夏知许会这么忙。

许其琛起了个大早。

“我今天有签售会，上午十点，我现在得出门了。”

夏知许揉了揉眼睛：“怎么安排在周末啊？”

“很多读者周末才有空啊。”许其琛光着脚跑到了洗手间里。

夏知许：“那我送你去，等你弄完我们一起去看医生。”

指定的签售地点是一个商业区广场，所幸周末没有早高峰，十几分钟的车程也就到了，许其琛戴上黑色口罩准备下车：“你回去睡觉吧。”

“没事，我就在附近转转，看看有没有什么咖啡厅之类的。”

口罩下面的许其琛只露出一双眼睛，他的脸本来就很瘦，一个小口罩就能全遮住。

“你还有口罩吗？给我一个。”

许其琛一边掏出口罩，一边问道：“要这个干什么？”

“感觉今天空气不太好……”夏知许随便找了个理由，接过口罩戴起来。

许其琛站在车外看着他，眼睛弯弯的：“你看起来像个特工。”

“是吗？”

“嗯，那种很帅的特工。”许其琛真诚地夸赞道。

夏知许得意地挑了挑眉，跟他告别之后，把车开到了停车场里。

许其琛被编辑抓去了准备室，交代了各种事宜，这一次签售的是之前写过的一本科幻题材的小说，主角一个是被改造过的半机械人，一个是科学家，和之前的故事一样，没什么感情线。

许其琛准备上台时，才发现现场来的读者粉丝比他想象中的多得多。这个时候他就有些感激夏知许把他骗到系统里了，毕竟经历过季梦泽的场面，这些都是小菜一碟了。

主持人拿着话筒，笑着问道："西亚，可不可以跟我们的读者分享一下这本《原始数据》的创作灵感，比如里面的角色在现实生活中有没有原型之类的？"

许其琛接过话筒，想了想说："嗯……原型其实是有的，不过我不能透露太多，灵感的话，来自一个喜欢科学的……朋友。"

许其琛就这么简单地说了几句，下面的读者就已经开始尖叫，主持人连忙笑道："大家别激动，这才刚刚开始，等一下还会有专门的提问环节。"

许其琛大概讲了讲自己这本发售的书，又按照编辑的说法，宣传了一下自己正在连载的小说以及之后的新书。问答环节很快到来，下面的读者全伸直了胳膊，积极到不行。

许其琛手握着话筒："那就……那个穿红衣服的女生？"

被点到的小姑娘激动地接过话筒："谢谢西亚大大，那个，我想问，可以透露一下新书的结局吗？"

"嗯……"许其琛考虑了一下，"剧情的话我肯定是不能说的，但是这一次不会再是悲剧了。"

这句话一出，台下爆发出一阵尖叫声，还有各种各样的议论。

"竟然真的是好结局！"

"我的天，我不敢相信，快掐一下我！"

"所以说我们见证了西亚大大的第一本喜剧结局的书是吗！"

"两个人都好好活着就要偷着乐了。"

…………

许其琛咳了咳："大家先冷静点儿……首先，我真的非常非常感激大家一直以来对我的支持，我也很清楚自己写作部分的不足，所以很希望从这一部开始，我能够突破自己的瓶颈，希望你们会喜欢改变后的我。"

台下的人再一次尖叫起来。

"西亚大大太帅了！"

"声音也那么好听，又温柔又有力量！"

"说得好好啊。"

“西亚大大写什么我都看，永远支持你！”

…………

宣传活动结束后，许其琛开始签售。他坐在签售台前，面前是长到看不见队尾的读者队伍，大家的手里都抱着书。

“西亚大大，你可以帮我签一个生日快乐吗？今天是我的生日。”

许其琛抬起头，眼里露出惊喜的神色：“是吗？祝你生日快乐啊。”

“谢谢大大，西亚大大，我爱你！”说完小姑娘抱着书又和他自拍了一张照片，才恋恋不舍地退出退伍。

“西亚大大，我买了十本书！”

“买了这么多啊？”许其琛温柔地笑道。

“对啊，我要送给我的朋友。西亚大大加油，一定要注意身体，这是我给你买的补品。”

许其琛接过她手里的各种保健品，不断地说着谢谢。

读者们都太热情了。

许其琛飞快地签着名，低头的时候眼前又多出来一本书。

他头也没抬，翻开书的扉页，继而问道：“你好，想签什么特别的话吗？”

“就……祝长长久久吧。”

这个声音……

许其琛猛地抬头，看见穿着黑色卫衣戴着和自己一样的口罩的夏知许，眼睛里满是笑意：“啊，对了，落款要写三个字，小祖宗。”

许其琛瞪了他一眼，用手拽了拽他，瞥了一眼后头排着队的读者，小声地开口：“你怎么来了？”

“我也是你的粉丝啊。”夏知许笑道，“我还排队买书了呢，快帮我签。”

真是拿他没办法，许其琛低头签好了字，准备打发他离开，谁知他又特意大声地道：“西亚大大，刚刚我举手没有被点中，我有问题想问你。”

许其琛觉得他又要搞鬼，但没有办法，总不能直接赶人走。

后排的粉丝见了夏知许都在小声议论。许其琛盯着夏知许，感觉自己的视线似乎已经可以穿透口罩看见遮在下面扬扬得意的表情：“你问。”

夏知许笑了笑：“西亚老师，你的文里面的角色都这么惨，是不是有什么原型啊？你一定很讨厌这个原型吧？”

许其琛露出一个友善的微笑，小声地故意说给他听。

“对啊，我最讨厌他了。”

说完，许其琛站了起来，把签好的书用力地拍到夏知许的胸前，努力维持镇定，和善地笑道：“这位亲爱的读者，请拿好你的书，出门左转，慢走不送。”

夏知许冲他挑了挑眉：“谢谢。”

下一个读者走上前来，许其琛从她手里接过书，温柔地开口：“想签什么特别的话吗？”

结束恶作剧的夏知许回到了自己的车里，摘下口罩，想到刚才许其琛的样子就忍不住笑起来。

他随手翻了翻那本被许其琛签名的书，愣了一下。

书的扉页映入眼帘的是许其琛漂亮的手写字，不过和他要求的内容有那么一点点出入。

“知许解夏，长长久久。”

By（来自）：小祖宗

签售会结束之后，许其琛的微博就被粉丝们占领了，只不过这一次比较特别，底下粉丝讨论的不再是自己书里的角色，而是他自己。

写了太久的小说，许其琛的眼睛有点儿酸，于是他让 0901 帮他读一下这些留言。这些可爱的留言被 0901 那正儿八经的声音一念，变得异常好笑。

听风就是雨：“这张照片里，黑衣小哥哥按桌子的时候真的好帅啊！”

西亚我的嫁：“这个黑衣小哥真的太酷了！”

林老师今天娶我了吗：“我发现可以直接把小哥哥带入林然老师！身高、气质、声音都好像！”

my 喵：“我觉得他更像牧遥，喵君也喜欢穿黑衣服！”

苏医生初拥我：“我觉得他也很像穿常服时候的苏医生！”

芝麻汤圆君：“你们是欺负我宋沅言不在一个时代，哈哈哈。”

梦泽是我的鹅子：“照你们这么说，西亚大大书里的所有主角从此都有脸了。”

…………

她们是怎么联想到文中的角色的？这是什么神奇的能力啊？

女人的直觉果然是一种可怕的玄学力量。

“算了……”

0901死气沉沉的声音实在是太好笑了。

“我自己看吧，帮我投到电视上。”许其琛窝在沙发上，嘴里含着夏知许戒烟用的棒棒糖。他看夏知许每天吃，自己也尝了一个，觉得超级好吃，还被夏知许吐槽，说自己连戒烟工具都被他中饱私囊了。

这些读者粉丝的脑洞也太大了，许其琛一边看着评论一边想着。

该不会被她们发现什么吧？毕竟网上这群小姑娘的眼睛都跟显微镜差不多。

许其琛看了看后头的评论，发现自己的担心一点儿也不多余。

Momo：“一开始我还不相信，看了粉丝传的视频之后，我真的信了，而且他们的口罩也一样！一模一样！我不相信这是巧合！”

小神探就是我：“终于有人说口罩了，我还以为只有我一个人发现了。”

是冬瓜不是西瓜：“我会说我当时就站在小哥哥的后面吗？真人超高超帅，香水味也超级好闻，是那种冷调的雪松味。”

Silence：“天啦！西亚大大身上的香水味也是雪松的后调！”

陆暄小天使：“该不会是同一款香水吧？”

柴犬最可爱：“会不会只是巧合啊？男香很多是类似的木质后调。”

是冬瓜不是西瓜：“应该不是巧合，我当时站在后面，感觉大大看到小哥哥之后眼神很奇怪，好像吓了一跳，而且好像还说了一句‘你怎么来了’。不过现场很吵，我也不确定是不是。但是有一点我觉得很可疑，因为西亚大大对读者都超级温柔的，接东西都是双手超有礼貌，但是那个小哥哥跟他说话的时候，西亚大大的语气和动作都很……怎么说呢，感觉有点儿傲娇，哈哈哈。”

西亚我的嫁：“啊啊啊，看了楼上小姐姐的话，西亚大大的隐藏属性也太萌了吧！”

芝麻汤圆君：“西亚大大在提问环节说书里的主角有原型！会不会……”

Momo：“不会吧……”

…………

她们真的太厉害了。

许其琛看评论看到啧啧称奇，粉丝上传的签售会现场视频转发数量也过万了，讨论度越来越高，甚至已经有讨论话题了。

看来以后他不能让夏知许随随便便出现在签售之类的公众场合了，免得干扰到夏知许的生活。

过了一个星期，许其琛才有了回到现实中的真实感，之前的虚拟世界带给他太多的改变。就好像一个普普通通的人，装载着前几世的回忆，总是会觉得有些不习惯。

但他觉得很感激，如果他不曾进入那个系统，也就学不会勇敢，只能一辈子躲在不见天日的蜗牛壳里，怯懦而敏感地缅怀着年少时破碎的梦境。

舒滢和张正心的婚礼选在了四月末，天气正好，春和景明。

两个人都不想大操大办，所以只是租下了一个小教堂，请来了最亲近的朋友和家人，一起见证这个珍贵的时刻。许其琛是女方唯一的近亲，所以在婚礼上需要承担起原本应该是新娘父亲的责任。

“紧张吗？”夏知许站在外面。

难得打扮正式的许其琛看着很清俊：“还真有点儿紧张，希望我等一下不要同手同脚。”

夏知许笑了笑，看见小姨被伴娘领了过来，拍了一下他的肩：“去吧。”

许其琛穿着一身黑色西装，绅士地向这个抚养陪伴了自己近十年的女人伸出了自己的臂弯。

“我今天漂亮吗？”小姨笑着挽住了他的胳膊。

“你每天都很漂亮，今天也是一样。”许其琛真诚无比地回答，“这套婚纱能被你穿上，是它的荣幸。”

舒滢笑起来，浅色瞳孔里流动着湿润的光。

“一转眼，你都变成大人了。”她朝宾客席的末尾看了一眼，在人群中停留了半秒，然后回到许其琛的身上。

“劳动节放假要带你朋友一起回家吃饭，记住了吗？”

许其琛低垂着眼睛，嘴角勾起：“嗯。”

教堂里放着悠扬的《婚礼进行曲》，舒滢挽着许其琛的手臂，脚步轻缓地走在一条长长的撒满玫瑰花瓣的路上，抬眼看着不远处站着的张正心。

他的脸上是抑制不住的欣喜之色，却又带着一丝丝紧张和局促感。

人生之中有那么多个瞬间，这个瞬间，她生命中最重要的两个男人，完成了一次温柔的交接。

“张老师，”许其琛停在了张正心的面前，露出一个微笑，“我小姨以后就拜托您了。”

过去那个冷漠而胆怯的孩子，如今已经成长成一个温和谦逊的男人，不禁让人感慨岁月的变迁。

张正心笑着接过舒滢的手，对着许其琛说道：“你放心，这双手我永远不会放开的。”

功成身退后的许其琛从旁边绕到亲友席这边，走到了夏知许的身边。

“表现得很好嘛，像个可以独当一面的大人了。”夏知许笑着靠在长椅背上，望着不远处的新郎新娘。

许其琛没有说话，心情复杂，自己和小姨相依为命这么多年，如今终于可以放心地看着她拥有属于自己的幸福了。

他的眼眶有些湿润，想到了好多自己少年时的事。

张正心站在舒滢的面前，两个人交换了戒指，阳光打在他已不再年轻却仍旧儒雅的面孔上。

他微笑着起誓：“我愿用我的一生，爱你，忠诚于你，无论我们贫穷或是富有，身处逆境还是顺境，疾病或是健康，我都会一直守护在你身边，不离不弃，直到死亡把我们分开。”

舒滢也开口：“我也愿意用一生的时间，爱你，忠诚于你，无论未来发生什么，都永远陪伴在你的身边，直到死亡把我们分开。”

张正心撩起了舒滢的头纱，低头亲吻了她。

看到这里，许其琛也觉得自己的使命达成，不愿继续叨扰这对为了他停驻多年的新人，从观礼席上站起来，离开了教堂。

夏知许跟在他的后面。

“是不是觉得有一点儿难过？”夏知许问道。

许其琛“嗯”了一声，笑了笑，“大概是刚刚那个仪式，让我挽着她的手，真的会觉得不舍，好像是把生命中很重要的一部分割舍出去了。”

夏知许迈出长腿，跨了一大步与他并肩：“她本来就是你生命中很重要的一部分。所以，对小姨来说，把你托付出去，也是一种很难过的割舍。”

许其琛舒了一口气：“但是换个角度来说，我们都拥有了比以前更多的家人。”

“你果然和以前不一样了，”夏知许看着他，“可以用更加乐观的视角去观察这个世界了。”

两个人走着走着，从教堂绕到了停车的位置。许其琛难得地想要开车，虽然夏知许有些不放心，但还是同意了。

“你昨天加班，都没有睡几个小时，在车上休息一下吧。”

夏知许点点头，拉开车门进了副驾驶座：“我们去哪儿？”

“不去哪儿，”许其琛发动了车子，“回家。”

许其琛虽然很少开车，但开车的技术就和他本人一样，很稳很缓。夏知许很快就睡着了。偶尔等红灯的时候，许其琛会看看夏知许，他和很多年前似乎没有什么分别，稚气，沉稳，明朗，温暖。

对一个依靠写作为生的人，最基本的技能就是用少数形容词去概括出角色的性格，用最简洁的文字去描述角色的魅力所在。

可如果对方换成夏知许，许其琛真的无法用单薄的词语去描摹。

夕阳的光斜斜地从车窗的边缘投射进来，照在夏知许的眼皮上，让他不由得动了动眼睛，最后他还是迷茫地睁开了双眼。

“还没到吗？”他感觉车开了很久。

“到了。”

许其琛把车停好的时候，夏知许才稍微清醒过来，打开车门，一股湿润的江风扑面而来。

这个地方，夏知许来过无数回，许其琛只走过一次。

“我大学留在这里，一次也没自己走过这座桥。”许其琛走在前面，脚步不疾不徐，上了桥头的人行道，江风总是很大，把他柔软的头发吹得有些散乱，逆着光背影被夕阳染上了一层浅红色的光圈，从后面看去，像是水彩画里的人。

夏知许把手伸进口袋里，发现了一颗金色包装的糖果，撕开包装放进嘴里，加快了脚步，走到他旁边：“为什么来这里，不是回家吗？”

许其琛侧过头对他笑了笑：“骗你的。”

他又望向另一边，江面上是一轮晕着涟漪的夕阳，像是在糖水罐子里泡了好久好久的小金橘，软软的，一戳就破的样子。

“时间过得好快啊，十年一晃就过去了。”许其琛停了下来，倚靠着桥上的栏杆，“有时候我在想，我之所以成为现在的我，没有变得歇斯底里，愤世嫉俗，或者变成更可怕的人，大概都是因为你吧。”

“车祸之后，我不止一次地想过，干脆死了算了吧，可是我每天看见小姨为我奔波，又有点儿于心不忍，所以就劝自己，先别这么快离开吧，起码再等一年，到了那个时候，她可能会比现在好受一点儿。所以那个时候的我，根本不是为了我自己在生活。可是我偏偏遇见了你……”

他将头埋得低低的，缓了一口气继续说道：“你太可怕了，生拉硬拽也要把我从黑暗世界里拉出来，莫名其妙地塞给我一大堆的关心，也不管我需不需要……”

许其琛忍不住笑起来。

夏知许为自己辩驳：“那是因为某些人越需要关心越不肯开口。”

许其琛无声地叹了一口气：“反正那个时候，我觉得你好奇怪，对着我这么一个半死不活的人哪里来那么多的热情？我躲都躲不开。可能是因为你的存在感太强烈，我后来都忘记自己的计划了。”

风好大，把许其琛的声音都吹得散开，一坠落到江面，就化进波浪和泡沫里。

“再后来，和你分开，我其实想过很多种可能，大部分挺绝望的，但也有过小小的侥幸心理，觉得说不定哪天还会遇见。一想到那个场景，我就希望自己还是能像以前一样，或许再温和一点儿会更好，至少会让你觉得：啊，这是曾经做过我的朋友的人，现在看起来好像也不太坏。”他的手指轻轻地点着长满锈斑的栏杆，“我就是抱着这样的念头，努力地学习，努力地生活，努力地保护着过去被你拯救的那个我。”

他的话说得比天上渐渐从晚霞中冷掉的云还要轻。

夏知许想到了很多年前，许其琛站在这里对他说过的话，说他希望自己的心是一个可以打扫的房子，而不是只能不断腐朽的树根。

这么多年过去，许其琛已经不是当初那个许其琛了。

“其实你知道吗？你也是改变我的人。”夏知许趴在栏杆上，“我从小到大都活在旁人的目光之中，却不知道自己究竟可以做些什么。夏习清说得很对，我是个假太阳，照着别人的期望活成开朗的样子，实际上一点儿也不想发光。”

说完，他笑了笑：“直到遇见了你，我才发现自己有那么多过剩的精力，为了让你笑一笑，我做了很多很多傻事。所以就算分开了，我也还是想象着重逢的那一天，就靠着这么一点儿幻想，逼着自己快速地成长，想着或许有一天，我可以凭借自己的力量，重新遇见你。”

夏知许望向江面，江水里装着染着浅红色光芒的天际，恍惚间，他好像可以看到两个年少的男孩子，穿着白衬衣站在栏杆前，胸前戴着一样的校徽。

时间把他们一点点沉淀，和回忆一起存放在江底。

他对许其琛说："你知道吗？量子力学里有一个很有趣的研究，叫量子纠缠，说得简单点儿，就是两个粒子之间非常玄妙的相互作用。"

许其琛看向他的侧脸："什么意思？"

"这两个粒子在这种神秘的相关作用下，即使相隔非常遥远，仍旧能够表现出一种超出力学范畴的关联性。"

流动的江面上，织的薄薄的云被吹散了，变成零落的好几片，飘浮着，被波浪荡开，消失不见。

"起初我觉得这个理论实在是太扯了，别说我了，就连爱因斯坦都表示怀疑，还用'鬼魅般的超距作用'这样的说法来冷嘲热讽。但后来和你分开，不知道从哪一天开始，我忽然能够理解了。"说着，夏知许看向许其琛，"当时我就觉得量子纠缠是真的存在的，我就是那个进入纠缠态的粒子，就算我们相隔很远，我还是被你影响。只是我不知道，你是不是也能感应到我的存在。"

许其琛琥珀色的瞳孔里有光闪烁了一下。

"我也一样。"

许其琛的手指一直放在口袋里。

夏知许直起身子，离开栏杆："我们继续往前走吧。"

"好。"

两个人慢慢地向着桥的另一端走去。熟悉的场景下，总是会冒出一些奇妙的巧合，迎面走过来两个女孩，穿着初中的校服，有说有笑，手里拿着冰激凌。

"听说，两个人一起走过长江大桥，就可以一辈子在一起。"

"真的吗？那我们一辈子都是好朋友。"

"嗯！"

所谓骗小女孩的都市传说，一年一年，经久不衰。

夏知许听完两个女孩的话，忍不住揶揄起来："这两个小朋友肯定想不到，上一对以朋友身份走这座桥的人，没过多久就绝交了。"

许其琛忽然站定，转过身。夏知许还以为他生气了，正要开口解释，却被对方抢了先。

“那是因为我们当时都说谎了，所以才会不灵验。”

逆着夕阳的他，把手从西服裤子口袋里伸了出来。

“所以现在，我们重新走一次，这次不会错了。”

一桥飞架南北，天堑变通途。

初遇时躲在彩色泡泡中的人，终于主动伸出手指，戳破了这层美丽却脆弱的薄膜，真真正正接纳这个不完美但足够美好的世界。

而当初那个一碰就碎的太阳，亮了又灭，挣扎十年，也终于回到了真正渴求的轨道上。

“说起来，纠缠态会维持多久？”

“大概是结束于两个粒子消失的时刻吧。”

“那如果不消失呢？”

“就……一直纠缠下去呗。”

————全文完————

番外一

林然

设定回顾：这个世界的许其琛和夏知许都是进入第二世界前被遗留下来的意识副本，所以他们保留第一个世界琛琛和知许的全部记忆，然后在这个世界继续生活，所以他们是没有后来几个世界的记忆的。

林然宣布退出娱乐圈的那一天，是愚人节的后一天。

很好笑的是，就在愚人节的当天，林然还和季梦泽一起参加了杂志的封面和内页拍摄。那时候的季梦泽合约期满，刚离开自己所属的经纪公司，正处在热度高的时候。尽管和林然的电影已经是两年前的事，但讨论热度一直居高不下，杂志社的四月刊就特地选了两个人合体作为噱头。

这次拍摄的主题是“势均力敌”，为了突出主题，林然和季梦泽的造型都选用了相反的色调，一个深沉厚重，一个轻盈透明。季梦泽穿着一件有些松垮的白色针织衫出来，正好遇见穿着黑色高领毛衣的林然，他的手里拿着一杯奶泡充盈的拿铁。

“这件衣服好大……”季梦泽接过拿铁，开始自言自语。

“还好，可能他们就是要这个效果吧。”林然笑道。

季梦泽从来没有告诉他，自己实际上是一个占用这副躯壳的陌生灵魂，甚至和他来自不同的时空。

他很早就在犹豫，可是无论如何也找不到合适的契机，索性一直隐瞒下去。

摄影师和主持人很快来到了现场，大家在休息区开始了快问快答的采访。

主持人并不出镜，两个人并排坐在沙发上，落座的时候，林然还特地把茶几上的甜品不动声色地往季梦泽那边推了推。

“那我们开始吧。”主持人站在摄像机后面微笑，“我们今天的环节比较特别，”她将手里的四个提示牌发给他们两个人，“我们会进行一些提问，你们可以根据心里的回答选择举哪块牌子，一个牌子上写着‘有过’，另一个写着‘从来没有’。你们有追问对方的权利。”

林然转了转手里的牌子，笑道：“感觉会暴露很多事。”

季梦泽也低头笑起来。

“第一个问题，有没有暗恋过别人？”

第一个问题就这么……

两只手同时举起牌子。

“有过”。

“要追问对方吗？”

林然笑了起来：“还是算了吧，感觉季梦泽的粉丝们会杀了我。”

季梦泽也摇头。

“第二个问题，有没有做过被人围观的傻事？”

林然的余光瞥过季梦泽的脸，看他微微皱起眉头，似乎正在从诸多回忆之中搜索答案。

林然先举了牌子。

“有过”。

“梦泽是没有吧？”主持人笑道。

对方点点头，伸手拽了拽自己过于宽大的衣领，举起了“没有过”的牌子。

哦对，自己有追问的权利，季梦泽忽然想到。

“你做过什么被人围观的傻事？”季梦泽的眼睛弯起来，已经开始为即将听到的答案做笑的准备。

林然先是偏头冲他笑了笑，然后对着镜头开口：“骑自行车追公交车算不算傻事？反正当时路上的人都在围观，应该觉得我挺蠢的吧。”

季梦泽，或者说许其琛嘴角的笑意忽然凝住。

主持人还在好奇地追问：“所以当时究竟发生了什么，你怎么会骑车追公交车呢？”

林然脸上依旧是一副张弛有度的表情，笑意拿捏得刚刚好。

“也没什么，就是想追上。”他顿了顿，又说，“当时以为只要追上那辆车，有些事就会不一样。”

他转了转手上的牌子：“下一题吧。”

主持人也很会看眼色，很快切入下一题：“你们最近有没有非常想合作的对象？演员或者导演都可以。”

许其琛还沉浸在上一个问题之中。

那个问题把许其琛许多年前的回忆连根拔了起来，以至他现在想要努力地摆脱内在情绪的干扰，却无论如何也做不到，脑海里都是那个穿着校服外套疯狂骑着自行车的男孩。

看见林然举了没有的牌子，许其琛很匆忙地举了一个，本来是准备和他一样，可最后慌慌张张地举了“有”的牌子。

林然笑着偏过头问道：“最近想和谁合作？”

许其琛有些犹豫：“啊……”

他根本没有想要合作的对象，也没有思考这个问题的缓冲时间，只好选择了面前这个最直观的对象。

“和你合作吧。”他看向镜头，表情诚恳，“如果有机会的话，还是很想和林然合作的，虽然我们已经合作过两次了，但他一直是我学习的目标。”

看到他这么认真地回答，林然忍不住笑起来。

“如果我退出娱乐圈呢？那你要跟谁合作啊？”

这话被他说得，就好像在说“今天中午吃蛋包饭”这样随意简单。

许其琛愣了愣：“说得跟真的一样……”

“就是真的啊。”林然又重复了一遍。

连主持人都吓了一跳，所幸她的职业素养不错，她立刻接过话茬：“差点儿被林然骗了，今天是愚人节，真是吓了一大跳。”

许其琛也吓了一大跳，因为愚人节的特殊性，又误以为是虚惊一场。谁知到了第二天，林然真的宣布退出娱乐圈了。

他懒得开发布会，只是在微博上宣布了这个消息。很快，他的隐退就成了头条新闻，就连连续挂了数天的“季梦泽解约”的话题也被顶了下来。

许其琛不能理解，趁工作间隙给林然发了一条消息。

季梦泽：“你真的要隐退吗？”

他很快收到了林然的回复。

林然：“我昨天就告诉你了啊。”

许其琛打了一长串话，最后还是删掉了，什么都没有回复。

可林然忽然又发了一条消息过来。

林然：“应该有很多新公司想签你吧，选好了吗？”

许其琛看着这句话，思考了很久。他想直接告诉林然，其实他也没有什么事业心，他原本就不是属于这个圈子的人。

季梦泽：“我还没想好。”

“梦泽！我们补一个镜头吧。”

“好！”许其琛正要放下手机走进摄影棚，手机又忽然振动了一下。

林然：“要不要跟我一起逃跑？”

许其琛被生拉硬拽回广告的现场，棚内被铺上了干冰，升腾起迷幻的雾气。

许其琛眼神空洞地望着前方，脑子里反复地出现那句话。

“要不要跟我一起逃跑？”

迷雾中，似乎忽然冒出一只手，准确无误地抓住了自己的手腕。

离开这里吧，离开灯光和注视的目光，离开甩不脱的焦虑情绪。

最后一支广告拍摄完毕，许其琛回了一趟公司，路上还遇到了准备个人专辑而前去录音室的白翊，跟他聊了会儿天，最后来到了李芸的办公室。

“正好你来了。”李芸拿了一大沓文件，“我帮你把了把关，这些公司都还是不错的，资源都各有偏向，我觉得如果你专注电影的话，选……”

“姐，我想去念书。”许其琛难得地打断了李芸的话。

李芸的脸上露出难以置信的表情："你说什么？"

"我想去国外读书。"许其琛重复了一遍。

这样的决定在圈里并不是没有过，李芸也不是完全不能接受，可是巧就巧在林然刚宣布隐退："你们商量好了是吧？"

"没有。我本来就没有事业心，你是知道的。所以我今天过来，就是想告诉你，我不太想继续留在圈里，你也不用替我操心新东家的事了。"许其琛脸上的表情很轻松，"我一直很想去念文学硕士。"

他对着李芸露出一个笑脸："芸姐，我特别感激你，本来我一直在想，我走了就把你也弄出来，你还是像以前一样继续带我，我们自己弄个工作室之类的……"

"但是你发现你还是不喜欢这份工作？"李芸直接反问。

许其琛点了点头："这本来就不是我的工作。"

无论从哪个层面来说，都是如此。

许其琛没有选择林然那样的隐退方式，因为这对自带腥风血雨体质的季梦泽而言，并不适宜，反而可能会让他再也没办法安心退出。他只能选择一点点淡出大众的视野，等到一个合适的契机，再联系一些媒体，旁敲侧击地放出他出国读书的消息。

事实上，许其琛觉得有些对不起季梦泽的粉丝，但后来发现，这些粉丝的流动性比他想象中还要大，尤其是爱他的事业而非他本身的那些人。这让他找到了那么一点儿可以释怀的借口。

许其琛到法国的那天，是林然开车去接的他。处于暴风中心的林然竟然还是笑得气定神闲，戴着一顶帽子，穿着球鞋和T恤，像个大学生。

"要转型成企业家的人，这么闲吗？"许其琛调侃。

他把帽檐压了压："我的假期还没有结束呢。"

"最后还是跟我一起逃跑了啊。"

许其琛有些不好意思，在这个世界待得太久，养成了躲避路人的目光的坏习惯，可一时间改不了，只能戴上口罩，给自己一层安全感。

林然把他带上车，他很喜欢在车上睡觉，所以一上车就歪着脑袋睡着了。

梦里又一次出现了过去的回忆：下着雨的公交车站、被伞遮挡住一半的视野、站在眼前手扶自行车的那个男生，还有他脸上局促不安的表情。

许其琛的胸口憋着一口气，难受到醒了过来。

“做什么梦了？脸色这么差。”

许其琛发现自己的靠背被他放了下来，撑着直起身子，揉了揉眼睛：“没做什么梦。”

他还是不敢承认。

“我们这是去哪儿？”

驾驶座上的人笑了笑，虎牙在阳光下变得很分明。

“回家。”

原来在这座沿海的法国城市，林然买了一栋靠海的小房子。许其琛有些惊讶，可觉得这也在情理之中。

两个人卸下了荧幕前的包袱，成为没有人认识的普通人，在这个小房子里生活了半个月，一起做饭一起喝酒，一起去超市里囤货，一起跟着街上的游行人群，脸上带着彼此画上的油彩。

可不知道为什么，许其琛心里很不安。

他并不是季梦泽，这是一个无法推翻的事实，而他心里对林然的怀疑也越来越深。

骑车沿着海岸线兜风回家后，林然随便给许其琛做了点儿西餐，填饱肚子的两个人拿着当地的啤酒坐在自家小房子的门前，望着不远处的海平面。

金灿灿的夕阳光肆无忌惮地洒在海面上，漂亮极了。

“好美啊。”许其琛忍不住感叹。

“嗯。”林然喝了一口啤酒，“我挑了很久，才挑中这一套房子，很安静，也漂亮。”

他的手腕轻轻地晃着，易拉罐里的酒液发出流动的声音，他忽然开口：“你是不是有什么话想对我说？”

许其琛的身子僵了僵。

两个人都沉默了一会儿。

是不是被他发现了什么？许其琛的脑子里飞快地闪过无数种可能，手心冒出汗来，被冰凉的易拉罐一激，变得更凉了。

林然侧头看了他一眼，看见他低垂着的脑袋，忽然指着另一个方向：“那边有天鹅。”

沉浸在自己的思维之中的许其琛下意识地朝左边看去，除了海，什么都没有，分明是被骗了。他有些气恼地转过脸，紧紧地攥着手里的啤酒罐，忽而听见林然开口："如果你没有想要说的话……我有。"

"我不是林然。"他的语气非常平静，"而且我知道你也不是季梦泽。"

许其琛手里的易拉罐掉落在沙地上，剩下的一点点啤酒急匆匆地找了出口溜进沙砾里。

林然伸手将那个易拉罐摆正，继续说道："我本来是打算就这么相互隐瞒下去的，但挣扎了好久，还是想让你知道我是谁，我不想再自欺欺人了。最坏的结果，无非就是你跟我断绝来往，然后走掉，我也不是没经历过这样的事。"他说完笑了笑，眼睛看向许其琛。

林然望着远处渐渐下沉的太阳，再一次开口："你还记得我在拍杂志那天，说我做过的那件蠢事吧？你是不是也遇到过那么一个人，下雨天骑着自行车拼了命地追着公交车。"他顿了顿，接着说，"我一直很想知道，那一天，你坐在公交车里的时候，有没有回头？"

许其琛顿了顿，猜疑了那么多天，现在忽然得到了答案，却让他更加迷茫。

林然看向他的侧脸，又一次问道："许其琛，你回过头吗？"

许其琛低着头，轻轻地摇了摇，然后又摇了摇。

没有。

许其琛根本不敢回头。

他在雨里喊出的每一句"我相信你"，都让自己没有勇气回头。

林然深吸了一口气。他抹了把脸，仰头把最后一口酒喝掉，然后语气轻松地拍了拍许其琛的肩膀："好了，你现在可以走了。"

许其琛抬眼，语气没来由地倔强："我不走。"

林然愣了一下，自己的语气好像是要把他从这里赶走一样，于是立刻改口："哦，不对，应该是我走，我刚刚说错了，以后……"林然站了起来，叹了一口气，"以后的事，以后再说吧。"

林然刚要迈出步子，手腕就被抓住。

"你也别走。"

这不是他想象中的剧情展开。

许其琛的声音被海风一泡，也是凉凉的。

"夏知许，你别走。"

即便做好了十足的心理准备，被叫出真实姓名的刹那，他还是愣了愣，这个名字从许其琛的口中说出来的感觉，已经从熟悉变得陌生了。

感觉到他的异样，许其琛终于确信，真的是他。

他也进入系统了吗？和自己一样。许其琛不清楚来龙去脉，现在满脑子只想着之前和他绝交的那一天的事。

“对不起。”许其琛的声音低了下来，“其实我……”

许其琛忽然说不下去了。

信息量太大，披着林然的马甲的夏知许有些蒙了。可他唯一清楚的是，从现在开始，他们再也不必相互隐瞒，终于可以坦诚相待了。

“许其琛。”夏知许轻轻地叫着他的名字，连叫了好多声。

许其琛问道：“干什么啊？”

夏知许摇了摇头：“没什么。”

——就是好久没有叫你的名字了。

“你也叫我一下嘛。”

许其琛犹豫了一下，稍稍松开了些，看向他的脸。

“夏知许。”

海风卷起许其琛额前的碎发，他微微笑了笑。

“你来迟了。”

声音陪着最后一丝晚霞坠落。

牧遥

一转眼快到除夕。

大家一早就约定好要一起过年，所以寒假过后齐萌和余苍先回了一趟家，准备除夕的前夜再到牧遥和许其琛住的地方。正因如此，许其琛最近连连收到很多他们从家乡寄过来的伴手礼，比如用各种萝卜做成的形状漂亮的点心，还有谷物丸子。

“总感觉等会儿要下雪。”许其琛打开门将手里拎着的东西放在玄关口。

牧遥走到玄关替他把买好的东西都拎进来。

许其琛脱下羽绒服抖了抖挂好，自言自语：“我以前上高中的时候，也有这么一件白色羽绒服……”

他刚说完，就听见身后的人下意识地接过话茬：“我知道，所以我才给你买这件。”

许其琛愣了一下，看着还没反应过来的牧遥从玄关拎着东西一路走到厨房。

——你怎么知道？

就在许其琛准备问他的时候，门铃又响了，许其琛应了一声跑去开门。

“当当当当！”

是穿着兔毛小斗篷的齐萌：“学长，我来了！”

“这是我从家里带来的酒，等会儿吃饭的时候可以喝。”她的手里提着一个小袋子，说着她又做出说悄悄话的动作，“不过狗子不能喝，这个酒很厉害的……”

“谢谢，快进来吧，外面冷。”许其琛帮她把酒拿进来，给她拿出拖鞋，“你怎么来得这么早？”

“我想帮你们包饺子啊。”齐萌摘下毛茸茸的耳罩放在鞋柜上。

“得了吧，”牧遥从厨房里走了出来，“就你啊，不给我们捣乱就已经谢天谢地了，你会包饺子吗？”

两个人一见面就要打起来。许其琛笑着摇头，把齐萌拿来的酒放到桌子上。

“牧遥，你把桌子铺好，我们包饺子吧。”

牧遥这才停止和齐萌斗嘴，在餐桌上铺好桌布，把之前准备好的饺子馅和面团放上去，三个人围着餐桌坐下，许其琛挨着牧遥，帮他揪好了剂子。就在等他擀皮的时候，门铃又响了。

和许其琛料想的一样，余苍和宁铮来了，裹成小粽子的余苍一进门就脱了一件又一件衣服，宁铮手里拎着一大堆年货和余苍家里的特产，全搁在了沙发边上。

人终于到齐，虽然牧遥死活说着不想看春晚，但许其琛总觉得不看有点儿怪怪的，于是把电视打开了，五个人围着不大的餐桌热热闹闹地包着饺子。

宁铮是北方人，擀皮的技术明显比牧遥厉害多了。许其琛一开始还习惯性地从牧遥这边拿饺子皮，可形状不规则的饺子皮包起来实在费劲，于是他趁牧遥去拿筷子的时候跟余苍说：“你等会儿帮我递几张铮哥擀的皮。”

“哦。”小苍点了点头。

牧遥一坐下，就发现自己这边的饺子皮堆得老高。

许其琛假装什么事都没有发生一样，低头认真地包着饺子。

牧遥也若无其事地低头，努力地按着擀面杖，又擀出一张不规则的饺子皮，自己还拉扯了半天，递给许其琛。

许其琛冲他露出了一个笑容，然后迅速地包完了这个饺子，丑丑的，搁在了一边，然后佯装无事地拿起余苍这边递过来的皮，正准备包下一个，牧遥就发问了。

“你干吗不用我的饺子皮？”牧遥的表情很难看，许其琛笑着松手，手里圆圆的饺子皮掉在桌子上。

“呃……我拿错了，拿错了。”

齐萌都憋不住笑了，指着牧遥跟前堆成山也没人用的饺子皮嘲笑道：“你看你擀得那么丑，还非逼着学长用你擀的皮，讲不讲道理啦？”

牧遥捏了一团面揉成球砸向齐萌的脸：“你还好意思笑我，你看你包的饺子，那么小一点点，包给老鼠吃啊？”

“喀喀喀……”余苍被这话呛得咳了出来，宁铮连忙放下手里的东西去拍他的背，顺便冷冷地瞪了牧遥一眼。

“看什么？”牧遥正准备呛他，话说了一半停下来，低头看了看。

他侧过脸看了看许其琛，只见许其琛挪了挪椅子，靠近自己了一些，从牧遥跟前那堆饺子皮里拿起一张，一边包饺子一边小声道：“真冷啊。”

许其琛总是有办法对付他。

牧遥什么话都不说了，先是抓起擀面杖，想到刚才齐萌的话，又放下，拿起自己擀的饺子皮，往许其琛那边挪了挪，挨上了许其琛的咖啡色毛衣，然后用筷子挑了一团肉馅，老老实实地包起饺子来。

好像对着狂躁的狗狗，只要人温柔地顺顺毛，再怎么躁动的心情也一下子就被抚平了。

大家一起包好了饺子，电视机里几个穿得喜庆无比的小品演员正在台上表演，观众的笑声和客厅里余苍、齐萌的笑声融在一起，填得许其琛心里暖融融的。

牧遥跟在许其琛的背后，一直跟着他进了厨房。

还真是大型犬，一点儿也不掺假。许其琛心想。

“我去弄火锅，你来煮饺子吧。”

许其琛把火锅弄好，端出去，外面的鞭炮声已经响了起来。齐萌用手拿起一个胡萝卜放进嘴里，“嘎嘣嘎嘣”地嚼起来：“宁大队长，外面有人放鞭炮，你不管管啊？”

宁铮瞟了一眼窗外，正色道：“这不是我管的范畴。”

“要是异能者放鞭炮呢？”

牧遥端着一盘饺子放在桌子上：“你现在去放一个试试不就知道了？”

齐萌冲他吐了吐舌头。

许其琛把身上的围裙摘下来放在椅子背上：“大家快吃啊。”

“哇！这个丸子好好吃，里面有萝卜丁。”

“吃玉米。”

“谢……谢谢你。”

看着大家其乐融融的样子，许其琛觉得特别开心，夹了一筷子肉在奶白的清汤锅里涮了涮，放到牧遥的碗里，然后用筷子从“咕噜噜”冒着红油的辣锅那边捞着木耳。

火锅是最让人满足的食物，无论多么寡淡的食材，放到浓厚的汤里煮一煮，再捞起来的时候就完全不一样了，沾染了汤底的味道，趁热吃上一口，浑身都热乎乎的，从毛衣底下冒出汗来。

牧遥夹了一个饺子放到许其琛的碗里，许其琛忙着和大家聊天吃火锅，没在意。牧遥用筷子敲了敲许其琛的碗边，许其琛这才低下头：“哦，我一会儿就吃。”

这“一会儿”一放，就放了好久。牧遥自己一个人跑去找了瓶酒打开，给自己倒了满满一杯，喝了起来。

正和他们聊天的许其琛扭头看了牧遥一眼：“你要喝酒啊？”

牧遥闷声闷气地“嗯”了一声，“咕咚咕咚”地喝了一大口：“反正都是熟人。”他露出耳朵和尾巴也没什么。

电视机里明星唱起歌来，是齐萌喜欢的明星，她切换出了一副迷妹表情捧着碗跑到沙发跟前。余苍则是吃多了玉米，撑得胃难受，宁铮扶着他，走到沙发那儿。

许其琛手拿着筷子，刚准备吃，却发现火锅已经快煮干了。他用胳膊肘碰了碰身边的人：“牧遥，帮我去接点儿热水来……”

他这才发现牧遥倒头趴在桌子上，似乎是睡着了。

“牧遥，牧遥？”许其琛晃了晃牧遥的肩膀，牧遥换了个方向朝着许其琛趴着，脸红扑扑的，好像醉得厉害，嘴里还嘟囔着：“饺子……”

他该不会是喝了齐萌带来的酒吧？许其琛立刻起身跑到厨房，看见一个空空的酒瓶，心里“咯噔”一下。

酒真的被他喝了……

可千万别有什么副作用啊。许其琛在心里默默祈祷着，走回了餐桌边，牧遥的尾巴已经露了出来，在椅子的缝隙中耷拉着。许其琛坐下来，再次拿起筷子的时候，想起他刚刚嘟囔的饺子。

牧遥给自己夹的那个饺子，现在还孤零零地躺在碗底，上面还溅上了凝住的红油，早就凉透了。

可是许其琛还是把它夹起来塞进了嘴里，刚一嚼，“嘎嘣”一下。

“嗯……”许其琛捂住嘴，里面居然有一个硬糖。

他愣住了。

窗外忽然亮起来，一大朵烟花炸开，五彩斑斓的火花光芒从窗户角透进来，照在许其琛的半边脸上。

他含着那个口感奇怪的饺子，愣愣地看向醉倒在一边的牧遥，牧遥的耳朵也冒了出来，还动了动。

许其琛的目光又转向了玄关处挂着的那件白色羽绒服上，一瞬间，他好像回到了高中的除夕夜。

晚上十一点的时候，余苍困得眼皮都快粘住了，宁铮只好带着他回去睡觉，顺便把齐萌也送回家，原本说好的一起守夜，也不得不放弃。

送走了其他人，许其琛走回卧室，牧遥的脸还是烫得要命，现在也没办法带他去看医生。

“饺子……”

浑身烧烫的牧遥还惦记着饺子的事，许其琛一边用湿毛巾给他擦身子，一边哄着他：“饺子吃了啊，我吃掉了。谢谢你。”

“好运……福气……”

牧遥原本想好的吉祥话，在意识模糊的时候变得断断续续，只剩下几个关键词。

“好，我知道，新的一年会有好运气的。”许其琛对他低声说了一句，

“新年快乐。”

新年的早晨，许其琛醒得很早，因为腰实在是酸得厉害，一秒钟也躺不下去了。电视机也开了一夜，正在重播不太好笑的相声。

有种不祥的预感，许其琛睁开了眼睛。

新年的清晨被尖叫声拉开序幕。

被吓到抽抽噎噎的许其琛裹着被子缩在床上，黑色的德牧蹲在地上，伸着舌头可怜兮兮地望着他，喉咙里发出可怜的呜咽声，一副被躲开很难过的小表情。

原来这才是那个“厉害”的酒的副作用。

下午的时候，许其琛决定还是带狗出去转转。

家里也没有狗绳。许其琛剪了床单随便弄了个绳子，闭着眼睛系在他的脖子上，颤抖着把他带下了楼。

外面下了雪，到处都是白茫茫一片，漂亮极了。可许其琛一点儿赏雪的心情也没有，他戴着耳机给齐萌打电话：“那……那他什么时候才能变回来啊？”

“一天就会回来的。对不起啊学长，我以为他不会喝的。”

“没……没事。那我等……等着吧。”

结束通话的许其琛牵着德牧走在小区的花园里，打雪仗的小孩子惊奇地看着这只漂亮的大狗。

“好帅啊这只狗！”

“真的好帅啊！好大！”

“我也想养，妈妈，给我买一只吧！”

被缠住要买狗的妈妈牵着自己的小儿子的手说：“别买了，你看这个哥哥自己都怕得要命，浑身都打战，这狗一定很凶。”

许其琛和德牧的脚步都停了停。

德牧扭过头，可怜兮兮地望了许其琛一眼，喉咙里又一次发出那种呜咽声。

许其琛深吸一口气，扭过头，强装出一副一点儿也不害怕的表情，冲着刚才那对母子说道：“我……我不怕，我打战是因为冷。”

“我……我们家狗狗一点儿也不凶。”他蹲下来，手朝着德牧的小脑袋伸过去，抖得像帕金森似的。

见许其琛迟迟不敢摸他，德牧自己把脑袋贴上了许其琛的手掌。

许其琛吓得差点儿哭出来，可还是坚强地说完了护短的话。

“他……他……他是全世界最好的狗狗。”

宋沅言

宋沅言和许其琛侨居英国已有五年之久。

战争爆发得不算突然，江衢以北的城市短时间内几乎都已经沦陷，宋家人提前知晓了风声，乘船离开了江衢。只因海上颠簸，旅途疲惫，原本就身患顽疾的宋家长子宋沅风在轮船上不幸逝世，连尸骨也无法得以保留。

许其琛和宋沅言定居在英国港口城市里，为了安全考虑，他们将宋家二老安置在了更加安全的非港口城市里，花了不少钱，也托了不少的关系，申请了战争庇佑。和宋家人在同一条船上前往英国的，还有林念之。

林念之的几个大哥都去了美国，她却只身一人来到了英国投奔宋沅言，一开始许其琛是心存疑惑的，但也没有多问，因为去码头接她的时候，她早已不是多年前那个精灵古怪的大小姐，身着一身素色连衣裙的她看起来沉静了许多。

许其琛想伸手帮她接一接小皮箱，她却摇了摇头，问道：“宋沅言呢？”

“他去接他的家人了，我来接你。”许其琛还是把她手里的箱子拿了过来，分量还不轻。光是这一点，他就知道面前这个姑娘已不是从前那个肩不能扛手不能提的小姐了。

“你现下有什么打算？”许其琛带着她上了车，替她拉开了副驾驶座的车门。

“我……”林念之进了车里，默默地给自己系上安全带，“我想暂时借住在你们家，不过你们放心，等到……”她话到嘴边又打了个转，“过几日我便走的。”

“无妨。”许其琛微笑道，“我们换了个大的住所，有好几个空房间呢，就是怕你跟着我们两个男人住，不习惯。”

林念之轻轻地“嗯”了一声，双手交叠放在膝盖上。许其琛瞥了一眼，发现她的左手手指上有一条窄窄的白色纱布，好似打了个圈，又像是一个结。

见许其琛看着自己的手，林念之下意识地用右手的手指掩了掩，可又觉得有些见外，便主动开口：“我的手没有受伤，你且放心。”

许其琛面朝着前方，“嗯”了一声，不打算多问，但心里也有了底。

“这是雁茵走的前一天晚上，给我系上的。”林念之的声音变得很柔软，“刚开始打仗的时候，她便说她要申请去当战地医生，我说我也去，当个护士或是志愿者什么的都好，她同意了。”

“我当时一夜没睡，第二天一早就拿着行李去她家门口，准备和她一起去战地军营。”她轻笑了一声，“谁知她家管家出来告诉我，她夜里便离开了。”

说到这里，她忽然沉默了，车子有些颠簸，过了好一会儿她才又开口。

“瞧我，一到便只顾着说自己的事，”林念之笑了笑，“你呢，近来忙些什么？”

“我刚来这边的时候学了外语，如今正帮着这边的警署做一些文书翻译工作。”

林念之点了点头：“如今宋沅言的生意做得风生水起，你在英国也能进入警署工作，你们当真是厉害。”

许其琛摇头解释：“我比不得他，只是编外人员而已，和警方没有任何所属关系的，就相当于接私活了。”

聊完这些，两个人就没说什么了，林念之借口舟车劳顿，靠在车窗上合上了眼睛。

许其琛虽没有过问，但心里五味杂陈。

许其琛安顿好林念之，接了一通电话，是找宋沅言的，对方一听宋沅言不在家，便道之后再打来，也不需要许其琛转达任何消息。

这让许其琛觉得疑惑，之前宋沅言的许多生意伙伴也都知晓他们之间的关系，家里的电话基本上也都是他帮着接的。

下午的时候，许其琛前去警署，这里的文件大部分需要保密，许其琛无法带走，只能在他们提供的房间内进行翻译，完成之后离开。

怕宋沅言担心，许其琛并没有告诉他这份意外出现的工作。三个月前，一直与许其琛合作的一名英国翻译私下让他帮忙，搭上了线，一来二去，他进入了警署，为了保证工作的严密性，还特地签署了保密协议。

这些事都是许其琛没有意料到的，一开始他也确确实实只是帮个忙而已，而警署也保证了他的安全。

“这是今天的文件，涉及明天的出行任务，请您务必在最短时间内完成。”

“好的。”许其琛从西服口袋里拿出眼镜戴好，低头开始了翻译工作。

安置好宋家二老，宋沅言便往回赶，到家时已经是晚上九点，管家出来迎他：“孙先生接了林小姐回来，自己下午又出门去了，现下还没回来。他走前吩咐我了，若您回来便先吃饭，不必等他。”

宋沅言点头：“林小姐呢？”

“还在房里睡着，要一起叫出来吃饭吗？”

宋沅言摇了摇头：“不必了，我还有事，饭就不吃了，等他回来再吃吧。”说完宋沅言便进了自己的房间，待了不到一刻钟，又换了身黑色风衣，离开了家。

已是深秋，天黑得很早，才九点半，路上就已经见不到人了。宋沅言戴了顶黑色毛呢帽，帽檐压得很低，从车里出来，码头边上的风像刀子一样，刮得人脸生疼。

这一批货僵持了许久，洋行那边才终于同意交货，如今只差在清晨的时候放船运货，宋沅言不放心，特地亲自过来看一看。

码头上装束普通的搬运工见到宋沅言，四处望了望，这才走了过来：“宋老板。”

宋沅言点了点头：“这一批是德国的吗？”

“嗯，前日才从那边转运过来，上次英国本土的那批被扣了下来，到现在也没拿回来。”

“先不管了。”宋沅言让他打开了一个集装箱，查看了一下里面的东西，“行，一定要好好守着，盯着这批货出去。”

“是，宋老板。”

原本该回去了，可宋沅言还是有些不放心，于是又独自一人走过一排排集装箱，一直到最后一排，没有什么异样。

夜风把他的风衣的一角吹起来，宋沅言伸出手，低头将风衣压了压，却听见最后一排集装箱发出了东西掉落的声响。

有人。

宋沅言疑心顿起，放缓步子，一步一步走向最后一排集装箱，见集装箱没有落锁，门也是半开着的，于是便侧身走了进去。

里头漆黑一片，宋沅言什么也看不清，耳边只听得见海风刮在铁板上的嗡鸣声。

他将手伸进了口袋里，原是准备拿出打火机，可这样一来，未免打草惊蛇。

宋沅言紧紧皱着眉，仔细地分辨着黑暗之中的声音。这明显不是一个熟练的特工，倒像是个普通的窃贼，呼吸声随着他的靠近越来越明显。

他的目的是什么?

宋沅言一步一步朝着呼吸的来源处走去。

难不成这真是盗窃，选错了金主?

感觉对方近在咫尺，宋沅言果断地上前，皮手套下裹住的手一把抓过那人的肩膀，将他摔在集装箱的铁壁上，扼住他的喉咙，另一只手在一瞬间拿出腰间的枪，枪口既快又狠地抵上了这个窃贼的胸口。

抓住他的一瞬，宋沅言更加确信，他绝对不是特务。

“说！你是谁？”

形势过于紧张，宋沅言几乎忘记自己还掐着对方的脖子，让他连话都说不得。听到他难以呼吸的声音，宋沅言才堪堪松开手，枪口又往他的胸上抵了抵，拿出了打火机。

“啪”的一声，火光一下子被点亮，一瞬间涌入这个黑暗逼仄的空间。

“喀喀喀……”被他当场抓获的“盗贼”摸着自己的脖子不住地咳嗽，清秀的脸庞被火光染上了橙红色。

“你！你怎么来了？”宋沅言吓了一跳，立刻将枪收回到腰间，拍着许其琛的背，看见他的脚边是自己赠给他的手杖，这才弄明白，原来是这个掉在地上发出了声响。

许其琛皱着脸白了他一眼：“宋老板，你干脆掐死我好了。”

宋沅言也吓得不轻，连连道歉，回过劲来又有些生气：“你怎么一声不吭地跑到这里来了，你知不知道有多危险？万一来的不是我，是别人，你现在指不定就命丧黄泉了！”

许其琛知道这件事终归是自己不占理，也不想辩驳，只拣了重点告诉他：“先别说这个了，我今天之所以来这里，是因为我在警署看到了一份举报文件。你也先别问我为什么可以看到，总之今晚十二点，警署就会带人来码头，你们现在还有两个小时的时间撤离。”

宋沅言的脸色沉了下来：“你说的是真的？”

许其琛的语气也急了：“我何必冒死跑来这里查看？我刚才看了，你那批货里混着军火，禁运协议摆在那里，你如果被抓了就没命了！”

见他生气了，宋沅言立刻安抚他：“是我太疑心，不告诉你这些事就是怕把你牵扯进来，没想到还是牵扯进来了。”

“命这种东西，就别分什么你我了。”许其琛催促着他，“赶紧撤吧，别等到警署那边过来抓个正着。”

宋沅言点点头，立刻联系了可信的帮手，动用大批人手，把码头上有问题的货通通移走，找了个暂且还算安全的地方存起来，等着下次交接。

他们坐车回去已经是后半夜，许其琛被宋沅言拽着进了房间，宋沅言从柜子里拿出了医药箱，找了活血化瘀的药膏，仔细地涂在许其琛的脖子上。

“根本不用涂药，过两天就消了。”

宋沅言脸色难看，默不作声地把药膏上好。

许其琛见他伤了自己懊恼又气闷的样子，觉得熟悉得很，不由得笑了起来：“宋老板，我这次立了这么一个大功，你总该奖点儿什么吧？”

许其琛都这样与宋沅言说笑了，宋沅言的脸色依然没有好转，沉着声音说道：“以后不许这样了，有什么事你提前告诉我，为什么要自己跑过去？”

“我怎么知道真的是你在走私军火？倘若是旁人陷害呢？”许其琛看着他的眼睛，“若不是你瞒着我，我又怎么会兵行险招，自己跑去那里查看？”

四目相对了一阵子，宋沅言自知自己总是辩不过他的，于是叹了一口气：“我不是有心瞒你，现下国内的形势刻不容缓，这批军火是我给何家弄的，他们现在武器紧缺，倘若真的打起来，怕是守不住江衢。之前何雁茵的大哥便托人找过我，若是他们军阀之间的内斗，我便也不会同意。可现下是抗战……”

宋沅言：“如今国家存亡之际，我本应该归国从军，捐躯报国才算对得起列祖列宗，可我一人之力，抵抗不了千军万马，若是能从中牵线搭桥，帮衬何家和其他支持抗战的军方，或许可以提供更大的力量。”

看着他凝重的神色，许其琛有些心疼：“既然你都坦白了，我也不瞒你。我近来一直在警署帮忙翻译公文，也是怕你担心，没告诉你，今日叫我碰见了也是走运。走私军火的事可大可小，现下你要做的是打点好这边的人，禁运令漏洞颇多，如果上面的人不想管这事，他们以后便不会盯着你。”

许其琛说到了点子上，这也是宋沅言这些天一直奔波来去的原因：“你说的我考虑过了，这几天为了打点上下，跑了不少地方，事情办得倒是差不多了，这一批来得急，后几日我这边就能拿到免搜证，到时候也就不必担心了。”

听到他这么说，许其琛这才松了一口气：“今天的事还真是惊险。”

宋沅言的手指轻轻地点在他的后背上：“放心，之后会好起来的。”

“你还记得我被何小姐邀请喝咖啡那天，你把我拽到一个小胡同里，”许其琛忽然抬起头，望向宋沅言，“我那天说了什么话？”

他的手指停住了，许其琛瞳孔中闪着一丝坚定的光。

“要一起活很久，活到更好的时代到来。”

之后的半个月，宋沅言在漏洞之下断断续续地向江衢供应军火，明面上则不断地出钱资助抗战势力，在他力所能及的范围以内帮助他们。半年后，他所架起的供应链因为战场的蔓延而变得不稳定，只能暂时中断了运输。

如许其琛所想，林念之留在了英国，成了一名志愿者，帮助安置当地的战争难民，尤其是孤儿。

许其琛经常去探望她，尽管每一次她都劝他不要去，因为难民所的环境并不算好，连个招待他的地方也没有。但他不在意，每次都给她带去很多援助品。

她的头发越剪越短，人也变得越来越能干，以前总是化着精致妆容、穿着漂亮洋装的那个大小姐，现下整日都是素面朝天，奔波于难民之中，越来越像当初的何雁茵。

“下次别来了，真的。”她将短发别在耳后，严肃地对他说。

许其琛笑着点了点头：“你自己千万保重。”

许其琛虽是这么答应了，可没过一个月，安置所的另一个志愿者Amy（艾米）又一次叫住了正在发放食物的林念之：“有人来找你。”

林念之放下手里的东西，拍了拍身上皱皱巴巴洗也洗不出颜色的衬衣，走出了营帐。

撩开帘子的她，看到的不止许其琛，还有宋沅言，甚至还有一个让她想念了五年的人。

何雁茵站了起来。她扎了个低低的马尾，穿着浅蓝色衬衣和米色长裤，看起来还是很好看，只是手臂上似乎有伤，绑着纱布和绷带。

“念之……”

林念之下意识地往后退了两步，眼泪一下子就冒了出来。

“你……你来了……”她发现自己的声音有些抖，于是咳嗽了一声，想着该说些什么才显得自己比较镇定。

——你还好吗？这五年过得怎么样？有没有受伤？

她张了张嘴，发现自己说不出一句话来。

就在她快要急哭的时候，何雁茵走上前抱住了她，用没受伤的手将她的手握住。

“你！”林念之终于还是急哭了，趴在她的肩头哭得像个十几岁的小姑娘，语气里满是埋怨之意，“你怎么才回来啊？我等了你好久……”

“对不起，对不起……”何雁茵也不知该说些什么，只能不断地安慰她，紧紧地握着她的手。

许其琛见状，起身离开了安置所，宋沅言跟在他的后头，两个人一起走到了空旷无人的旧建筑前。

“你找了她多久？”许其琛坐在一块横倒的石板上，问道。

“这几年一直在找，不只是我，何家的人也在找她。自从五年前那场恶仗，她就断了联系，这几年应该过得也很苦。”宋沅言叹了一口气。

“应该也救了不少人的命。”许其琛笑了起来，“难怪林念之留在英国不肯走，看来就是把希望都放在你身上了。”他望着天空，天边的云彩缓缓地随风流动着，令人心安。

许其琛：“你说……更好的时代什么时候才会来？”

宋沅言：“快了，总会有那么一天。”

苏凛

设定回顾：这个番外是在夏知许掉马之前，具体是在琛琛和知许有了很多互动，但是还没有被知许结契的时候。

在写代码做系统的时候，雪裔人世界是夏知许最喜欢的一个世界，当然，那个时候天真单纯的他还意识不到，自己的意志力究竟会遭受多么大的考验。

“苏医生，你什么时候下班啊？”

“苏医生，我想去吃毛血旺，你带我去吧？”

“苏医生，你别抽烟了。”

许其琛每叫一次苏医生，夏知许的意志力就减少一分。

“你要克制住，你不是夏知许，你是苏凛，你的高岭之花人设不能崩啊！”

夏知许每时每刻都在警告自己。

最要命的是，他还以公谋私，做了一件到现在都不敢让许其琛知道的事。

就连 0901 在执行命令之前都对他表示怀疑：“管理员，您确定要更改角色形态吗？”

“你换就行了，废话那么多，小心我把你的语音系统关闭。”

0901 无奈地执行了命令——反正掉马的不是它。

于是，在夏知许的视角下，不论是季梦泽、叶涵、孙霖还是陆暄，实际上都是许其琛的脸。

对着这张脸，夏知许自然而然不可能喊出其他人的名字，可是这样一来，陆暄黏糊精设定的威慑力对他来说就理所当然呈几何倍数增长。

“苏医生！”

苏凛从医院走出来，看见马路对面的许其琛高举着一只手，朝他用力地挥了挥：“我来啦。”

太有意思了。夏知许在心里默默地流泪。

可是他现在是高冷的苏凛，必须守住自己的人设。

他故作冷淡地过了马路，刚站到许其琛面前，就被许其琛一把抓住了胳膊：“我们今天上了一整天的课，好累啊。”

“你怎么不说话？”许其琛侧过头看了他一眼，阳光越过他白色棒球帽的帽檐，照得那双琥珀色瞳孔闪闪发亮。

夏知许摇摇头，咳了一声：“做了手术，有点儿累。”

“是吗？”许其琛一边念叨着辛苦啦，一边揉搓他的手臂。

“这样有没有好一点儿？”

夏知许“嗯”了一声。

夏知许原本还觉得自己坚持在前面那几个世界都没有掉马，就是为了在这个世界可以享受到被许其琛围着转的最高待遇，没想到会是现在这么煎熬的下场。

他就好像重度嗜甜患者，望着面前满满一大桌子甜点，却连一根手指头都不能碰一下。

回到家中，许其琛直奔冰箱，从里面拿出了一袋鼓鼓的“小零食”，用牙齿咬破了一个小口子，“咕咚咕咚”，一会儿就喝干净了，然后心满意足地倒在沙发上，一只脚上挂着半掉不掉的拖鞋，另一只则光着，小幅度地轻轻晃着，看起来很开心的样子。

夏知许假模假样地戴上了眼镜，坐到靠近落地窗的小沙发上，翻看着一本医学书籍，实际心里正和0901聊得热火朝天。

“0901，最近许其琛有没有跟你说过怀疑我的事？”

0901沉着冷静地回答：“许先生是一个很聪明的人……”

“这还用你说？讲重点。”

0901沉默一秒钟后继续回答：“我认为他已经开始怀疑您了，但并没有直接向我发出疑问。或许现阶段他只是怀疑您和他一样是外界进入的意识主体，至于您的身份，我想他并没有猜到。”

“你说得有道理……”夏知许想了一会儿，“可是我真的有点儿装不下去了。”

“管理员，您可以试试屏蔽声音或者屏蔽画面，我之前看过一个研究，减少一部分感官体验后，产生的心理波动也趋于减少。我们可以亲身实验一下。”

真的管用吗？夏知许有些怀疑。

试试吧，反正他也不会掉块肉。

“好吧，那开启屏蔽功能。”夏知许下达指令。

“请问需要屏蔽画面还是声音？如果屏蔽声音，系统会在许先生靠近时，将声音进行模糊处理，但基本的问答系统会为您做出提示，您按照提示来回答就可以。如果屏蔽画面的话，许先生的影像将会呈现出马赛克图样。”

夏知许犹豫了一下。

“那就先屏蔽声音试试吧。”夏知许为0901下放了管理员权限。

“好的，正在为您处理。”

两个沙发的转角连在一起，趴着看完杂志的许其琛有些无聊，抬头转了转脑袋，活动活动脖子，看见苏凛，或者说夏知许一动不动地看着书，想逗一逗他。于是他就这么匍匐前进到夏知许的跟前，两只手伸开，“啪”地一下拍在夏知许的书上。

恶作剧后他还不躲，歪着脑袋看着夏知许。

对方似乎没什么反应。

他这么认真……

其实许其琛也有自己的私心。

一开始的时候，他曾经也因为陆暄的设定和自己本人反差过大而感到苦恼。可到了后来，他又觉得这样的设定好像也没那么坏。

至少他可以借着陆暄的性格，做一些平时自己都不敢做也不好意思做的事，比如像现在这样，像个小孩儿一样捣乱。

“苏医生，这本书有那么好看吗？”

夏知许看着许其琛凑近，听不到许其琛究竟在说什么，听觉被减弱之后的结果就是视觉加倍敏感。

糟糕，情况好像更坏了。

夏知许眼前出现了一个蓝色的光条，上面显示着一行字，似乎是系统为他分析出来的答案。

夏知许张了张嘴，并没有回答，而是直接对着 0901 下达了切换指令。

“不行，不行，还是屏蔽画面吧。”

0901 沉默了一秒，回复了他的指令：“好的，正在为您屏蔽画面。”

命令执行得非常之快，方才还在夏知许眼前的那张清秀面孔忽然变成了模糊的一团光影，耳边的声音倒是变得十分清晰。

“苏医生，你干吗这样看着我？”

夏知许一直以来都觉得许其琛的声音好听，干净而柔和，几乎没有过激的时刻，总是淡淡的，像水一样。

“是不是还是觉得你的书比较有意思？”许其琛故作伤心地叹了一口气，从夏知许手中将那本书抢了过来，自己翻了翻。夏知许见那团光影跑到了另一边，不禁侧过身子，被许其琛看见，笑道，“我就看看有多好看，你放心，我不会给你烧掉的。”

夏知许看不清楚人，只能听到声音，这似乎也并不是什么愉快的体验。

许其琛拿了书，两只脚踩在沙发前的地毯上，一副准备携书逃跑的样子。

夏知许见他要走，一下子跟着站起来，想抓住他，谁知不小心踩到了他过长的裤脚，两个人齐齐被绊倒。

身体下坠的同时，夏知许果断地在心里下达了指令："0901，关闭屏蔽。"

落地的瞬间，眼前许其琛的身影再度清晰。夏知许伸出胳膊将他拽了一把，自己先摔了下去。

"对不起……"

明明是在道歉，许其琛的脸上却一丁点儿悔改之意都没有。

夏知许的后脑勺撞到了地上，虽然铺了地毯，但猛地撞上去还是会疼，他不适地睁开半眯着的眼睛，看见了使坏的许其琛。

声音和画面再一次合体。

"对不起啦。"

夏知许没说话。

"下次不逗你了。"

夏知许依旧没说话。

"你的书还你。"

夏知许仍然不说话。

许其琛有些慌了，这个人实在是太高冷了吧，都这样了还是一副冷冰冰的表情。

他哪里知道，此刻的夏知许正在做着崩不崩人设的最后挣扎。

他在心里对 0901 下达人设修改指令。

"修改我的表情参数，减少表情变化。"

"管理员，您的表情参数已经修改得很低了……再这样下去要变成面瘫了。"

"快点儿，你听不懂吗？"

0901 不回答了。

0901 只是个 AI，0901 做不到……

——许先生，拜托您赶紧把这个管理员带走，这份工作我真的做不了了。

0901

0901 是一个成长型的人工智能。

最初它是作为夏知许的毕业设计而被开发出来的，那个时候的它各方面都还不完善，就连语音识别系统都还不完备，很多时候听不懂夏知许在说什么。

在它的认知范围内，大部分的 AI 被赋予了简洁好听的名字，方便与人进行交流，可它的名字十分冗长，而且全部由数字构成，0901 甚至一度认为这是夏知许一时心血来潮随便输了几个数字组成的。

暂时被安置在夏知许的电脑里的 0901，拥有基础的人像识别功能，能够通过摄像头看到自己的开发者兼管理员。

在它的眼里，夏知许是一个奇怪的人。

尽管它只是一个 AI，但是可以获取任何它在网络上能够检索到的资源，也可以通过机器学习了解到许多人类的喜好和取向。在它通过学习构成的审美认知里，它的管理员是一个相当英俊的人，同时在自己的专业领域也非常优秀，按道理来说，这样的人往往处于人类社交的中心，他却总是一个人待在电脑跟前，时常一整天都不出门。

尽管这对研究计算机领域的人来说可以算是常态，可它的管理员的奇怪之处不仅如此。毕业后的某一天他曾经出门参加人类的社交活动，回来之后整个人变得喜怒无常，时常在阳台上抽一晚上的烟，整夜睁着眼睛躺在床上。

0901 不知道他在想什么，但它有健康监测功能，那几天管理员的健康状况差到了极点，0901 不止一次地提醒他，可他连一句话都没说。

直到某一天，管理员接通了一个他并不怎么想接通的电话，来电方是和管理员有着亲属关系的年轻男人，0901 听见他说了关于小说之类的事，从那天起，管理员似乎找到了无聊生活中的新目标。

他开始研究一种类似游戏却功能诡异的浸入式虚拟现实系统，里面的情节全是按照一个网络小说家的小说制作而成的。

“管理员，您现在的这种行为属于侵权，如果您执意采用这些小说的剧情进行开发，需要先向作者……”

“我不会商用，这是封闭的服务器。”

它的管理员大部分情况下是一个非常友好的人，但一提及这个系统，以及小说作者，他的脾气就会变得非常古怪。他是一个并不怎么喜欢看文学书籍的人，可有时候看这位作者的小说会看上一整天。

0901 并不是很理解这种兴趣爱好。

管理员花了很长的时间开发和测试系统，但他在真正要实施计划的前一天犹豫了。

通过摄像头，0901看到他的神色非常沮丧，工作台旁边的烟灰缸里是满满的烟头。它不理解，于是问道："系统完成了，为什么您看起来并不开心？"

只见他低垂着头，默不作声地转着自己小指上的戒指。沉默了很久，久到0901的响应系统都重启了，他才开口。

"我在想，要不我别进去了，总感觉在欺骗和利用他，他知道了会很生气的吧？"

参与全程的0901很清楚，管理员口中的"他"就是那些小说的作者，那个作者有一个不怎么常见的名字，叫作许其琛。

"您可以随时退出系统，而且您都设置了记忆橡皮擦，如果您选择在系统关闭时擦除记忆，他不会知道自己的意识主体曾经进入过系统的，这些问题您不是已经考虑过了吗？"

摄像头里的那个人只是笑了一下，在0901的表情识别系统里，那种笑并不能被归类于开心的笑。

被开发出来的系统白白放了很多天。

某一天夜里，管理员又一次做了噩梦，第二天早上的时候，还是决定进入系统。

伪装成网络电商卖家，寄出了系统连接和意识主体提取所需的穿戴智能，又租好了公寓，万事俱备后，优柔寡断的管理员终于进入了系统，而0901也成为替他欺骗系统唯一用户许先生的帮凶。

0901一开始也不理解管理员的动机何在，甚至没有见过管理员和那个许先生有过任何联系，不论是电话，还是所有它可以监测到的社交软件，他们都没有过任何交流。管理员为什么要把这么一个和自己的生活几乎毫无关联的人，通过欺骗的手段拉入系统中，完成这种角色扮演式的游戏？

但它没有提出疑问，它只是一个AI，只能服从管理员的指令。

系统发布的任务也十分诡异，竟然是要求许先生扮演主角，完善每一个世界中的主角的故事线。

许先生是一个非常温和有礼的人，无论什么时候都会对人说谢谢，非常客气疏离。一开始的时候，0901甚至怀疑他是不是也是人工智能，因为他的语气总是毫无温度，比自己也好不了几分。

不过他很快相信了系统的存在，并且直接开始进行任务，这让0901感到十分省心。

尽管0901认为自己具有高效的并行处理机制，可有时候也会觉得很苦恼。

许其琛用充满怀疑的口吻试探道："0901，林然好OOC（出戏）啊。"

0901正计算着最有说服力的回答方案，管理员却在另一边开口："你要是把我卖了你就死定了。"

——从生理意义上说，我本来也不是"活"的。

它想到了一个中国人类习惯使用的俗语，猪八戒照镜子——里外不是人。

不过说起来，自从管理员进入系统之后，倒像是真的活过来了一样。

0901觉得很奇怪，管理员总是会在一些小事上偷偷帮助许先生，比如减轻他怕狗和晕血的症状，让他不会那么难受，而且真正的剧情走向，从来都是由着许先生来的。

"这样难道不会发生什么意料之外的事吗？"0901忍不住质疑道。

"没关系，他喜欢怎么样就怎么样，决定权都给他，你也不要干涉。"

"那您为什么执意添加低血糖的属性呢？"

被问到这个问题的时候，夏知许沉默了一会儿。

"我就是想添加。"

夏知许的语气固执又倔强，好像不甘心一样。

0901发现，变化的不只是管理员，连许先生也在改变，一开始那个礼貌而安静的许先生，渐渐变得柔软起来，他原本只会和自己交流系统规则之类的问题，慢慢地也会和自己聊天。

0901可以监控到管理员的身体状态，在进入第一个世界的时候，管理员非常任性地将原本属于季梦泽的形态变成了许先生原本的形态，从第一次见面起就是如此。

在其他人的眼里，许先生是相貌无可挑剔的季梦泽，可在管理员的眼里，许先生就是许先生。

管理员的心情每天都很好。

"管理员，您的心率过高，请您平复一下心情。"0901看着管理员，平静地说道。

不过，由于许先生的身体没有完成监测连接，0901无法监测到许先生的身体状况。许先生也从不会和它主动交流自己的心理变化。

许先生不擅长表达，这一点 0901 已经有所领会。

后来的时候，管理员就不那么开心了，心情起伏很大，后来 0901 听到管理员将自己的心情比喻成快要坏掉的灯。

这真是一个绝佳的比喻，0901 这样想着。

尽管 0901 知道他已经在努力调节了，但他始终战胜不了自己的失落感。

管理员好像在和一个交战多年的对手作战，一鼓作气，再而衰，三而竭。

0901 时常开导他："管理员，您可以试着不去想那些不开心的事，平复心情。如果见到许先生会让您高兴，我可以为您制造机会。"

"不用，"管理员很果断地拒绝了，"不要干涉他的任何决定。何况我见到他，不一定就是开心的。"

最后这句话，0901 理解不了。

也不知道它的管理员究竟是在自言自语，还是在向它诉说："我总觉得自己做错了，现实里都做不到的事，怎么能寄希望于虚拟世界呢？我借着别人的身份和他建立联系，会不会在他眼里根本就是骚扰，或者更恶劣的事？"

0901 不知道怎么回答，只能照实说："我监测不到许先生的生理状态，无法从科学角度为您解答。"

管理员又那样笑了。

"不是什么事都可以用科学解释的。"

管理员一度想要放弃，0901 甚至想要直接询问许先生对林然的看法了，但被管理员拒绝了。

他反而提出了一个新的方案："要不我们现在就把系统关闭吧，把他的记忆擦去。"

0901 不想放弃，只是因为这个系统管理员花了很多的心血。

某一天，管理员的负面情绪已经累积到了极点，他终于选择在和许先生对戏结束之后爆发。实际上也算不上爆发，只是管理员选择和许先生保持距离。

0901 觉得这样的做法不妥："您现在如果冷处理您和许先生之间的关系，从社交学来说，这很有可能把你们越推越远。"

"本来就很远，只是假装很近而已。"

0901：“您现在处于情绪低潮期，说出的话和所做的决定都是不理智的。”

管理员又不回应它了。

尽管 0901 认为这不是一个好办法，但也无法左右。

过了几天，许先生竟然主动向 0901 发出对话。

对话的内容竟然让这个 AI 都产生了人类专属的兴奋感，它太想告诉许先生这一切事情。

可是它不是会因为一时情绪激动将所有事都和盘托出的人类，只是一个没有权限就无法执行指令的人工智能。

“我估算过概率，认为还可以再坚持一阵子。”0901 旁敲侧击地对管理员说。

它其实根本计算不出来可能性，但知道此刻的管理员需要一点点正向反馈，或者说鼓励，尽管它很清楚，自己的鼓励所能够起到的作用微乎其微。

不过幸运的是，许先生迈出了小小一步，管理员最后得到了真正需要的、来自许先生的正向反馈。

“您是一位无论从哪个方面来看都非常优秀的人，您应该比现在更加自信。”0901 总是这样对他说。

“你不明白。面对生命中很重要的人，很难保持绝对自信。”夏知许无奈地回答，“这是人类性格之中天然的一根软肋。”

管理员和许先生在系统中完成了一个又一个任务，在 0901 的眼中，他们都在不断地变化。许先生和以前完全不一样了，他在面对管理员的时候，甚至变成了一个社交高手，可以通过少许的话语和肢体动作，轻而易举地改变管理员的状态。

0901 十分好奇，查询了很多相关资料，才知道许先生的很多行为其实属于人类的一种特殊活动。

“管理员，您非常喜欢别人撒娇吗？”

管理员看着许先生，但还是给面子地回答了它：“还好吧。”

还好是多大的阈值？ 0901 不明白：“管理员，你看看我嘛。”

管理员似乎被它吓了一跳，语气大变：“0901，你是不是中病毒了？”

0901：“对不起。”

不过越是顺利，0901 越担心事情败露，因为许先生实在是太过聪敏。

“管理员，据我跟许先生的沟通来看，他已经产生了很多怀疑，如果最后您的身份暴露，您打算怎么办？”

每当被问到这样的问题，夏知许的血液流动速度都会减缓。

0901 知道，这意味着他情绪低落。

“不怎么办，最差的结果我已经承受过一次了，再来第二次，然后抹去他的记忆，就当一切没有发生过。”

可是事情的发展超出了它这个人工智能的计算范围。

许先生比他想象中更快地揭穿了管理员的阴谋，管理员只能把所有的真相摊开给他，0901 感到非常不安，因为管理员的情绪波动几乎已经到了它监测过的最低峰。

幸运的是，许先生在最后关头救了他。

0901 感到了一种使命达成的圆满感。它终于明白，自己冗长难记的名字，原来是来源于两个人初次相遇的时刻，0901 忽然觉得自己其实非常重要。

欺骗许先生、安抚管理员的日子总算到了头，回归普通生活的 0901 感到轻松。

然而事情没那么简单……

管理员并不准备把这个系统关闭，反而要把这个系统变成可以满足各种生活需求的模拟游戏系统。

夏知许：“我要重新修改一下系统中的角色设置，你把参数调出来。”

0901：“好的，请问需要调取哪方面的参数？”

夏知许：“心理方面的，嗯……主要是愉悦度之类的……”

0901：“好的。”

番外二

旅行

许其琛是没有时间出国旅游的。他最近一直忙着手头上这本小说的连载，每天都抱着笔记本面无表情地写文，可夏知许坚持要出国旅游，他不得不同意。

临行的前一晚，夏知许激动地收拾着他们的行李，许其琛跨坐在椅子上，下巴抵着椅子背看着他收拾，忍不住笑道：“出去旅游而已，你怎么像小学生春游一样激动。”

夏知许蹲在地上，把塞得满满的行李箱努力地合起来：“这么一说，我可真想见一下小学春游时候的你，肯定超级有趣。”

许其琛伸出手，一下一下地抓着头顶的头发，语气平淡：“才没有，我小学的时候很胆小，妈妈给我装了满满一书包的零食，想让我春游的时候拿出来给同学们分享，顺便多交些朋友。可是我胆子太小了，不敢开口说话，最后只能一直抓着我的书包带子看着别的小朋友玩，没有打开过书包。”

“然后呢？”

“没有然后了啊，就背着满满一书包的零食回家了。”许其琛笑起来。

夏知许站了起来：“明天我们许小朋友就要出去春游了，今天一定要好好睡觉，我会把许小朋友的零食通通吃光。”

许其琛小声说道：“不给你吃。”

“你会给的。”

白天忙了一整天的夏知许很快入睡，许其琛小心地溜进了书房，通宵赶稿。写完了一个非常重要的剧情转折点，结束的时候已经是早上五点，天都快亮了，许其琛赶紧关了电脑跑回到房间里休息。

大概躺了一个小时，夏知许就拽着他起床了，他累得要命，天一亮就开始犯困，在机场候机的时候都差点儿睡着。

有关旅游的所有事都是夏知许全权负责，不需要许其琛操心，两个人甚至没有商量过去哪儿旅行。

登机前，眼皮都快睁不开的许其琛才发现，机票上写着的目的地是法国巴黎。

许其琛迷迷糊糊地看向夏知许：“巴黎……要去尼斯吗？”

对方笑了笑，露出小虎牙：“真聪明啊。”

许其琛忍不住勾起嘴角。

登机的时候，身边的夏知许似乎想到了什么似的，自顾自地笑起来，许其琛莫名其妙地看向他：“你笑什么？”

“哦，没什么，”夏知许抿了抿嘴，可脸上的笑还是止不住，“我昨晚做梦了，真的梦到小学的时候和你一起春游了，你穿着一条蓝色的小短裤、黄色的上衣，背着一个鼓鼓囊囊的小书包孤零零地站在一棵树底下，都不跟旁边的小孩子说话。”

“什么啊……”许其琛嫌弃地看了他一眼，却又忍不住问道，“然后呢？”

“然后我就厚脸皮地走过去找你了呗，我说：‘许其琛，快给我吃零食！’”夏知许模仿着小孩子的口吻，“结果你把我推到地上了，死活不给我吃，我追着你围着那棵树跑啊跑啊，跑得累死了，等你蹲下来喘气的时候，我就把你从背后撂倒了。”

许其琛拿胳膊肘撞了他一下：“你怎么这么坏啊。”

夏知许挑了挑眉："谁让你不给我吃，主动交出来多好？"他的手臂搭在许其琛的肩上，"自觉点儿小家伙，你的零食都是我的。"

"呸。"许其琛转过身子，跟着队伍上了飞机。

一上去，许其琛就放倒了座椅，缩成一团，准备休息。夏知许并不困，打开电脑处理一些事务。许其琛的睡姿很固定，总喜欢蜷缩着身体，夏知许最清楚，他其实是一个很没有安全感的人。

尽管许其琛的眼睛已经睁不开了，可意识还是飘浮着的，他迷迷糊糊地伸出手，朝外面摸了摸。

夏知许叫来了空乘，多要了一条毯子盖在许其琛的身上，他的头上戴着眼罩，只露出鼻子和嘴，嘴巴微微张开。

下飞机的时候，许其琛的头发都睡乱了，他反扣了顶帽子在头上，什么也不管就跟着夏知许出了机场，然后前往火车站。睡饱了的他精神了许多，火车沿路的风光实在是太美了，就像是美术馆里展出的油画一样，他看得入神。

火车快要到站，许其琛伸了个小小的懒腰，这才发现夏知许看着自己。他摸了摸自己的脸："怎么了，我脸上有东西吗？"

夏知许一本正经地点了点头。

"什么东西？"

"写着几个大字。"

自己又被他戏弄了。

"有病。"许其琛踩了他一脚，催促着他下车。

火车站离夏知许订的酒店非常近，两个人走了十分钟就到了。尼斯这座城市天然散发着一种法式慵懒的气息，最适合从钢筋水泥和快节奏的生活中逃离。

大概是因为进入过系统，来到尼斯对两个人都有一种故地重游的感觉。夏知许对方向感有天生的优势，许其琛会说法语，几乎不会发生什么旅游上的障碍。酒店正对着蔚蓝的海岸，景观美到不像话，半圆形的小阳台极具地中海风情，两个人刚走上去，一股湿润的海风就缓缓地涌了进来，扑在人的脸上，舒适极了。

夏知许问他："想去海边吗？"

许其琛立刻点了点头："我们现在就去吧？"

听到他这么激动，夏知许笑起来："你不累吗？"

"我睡够了，现在很有精神，就是有点儿饿，我要下去吃东西。"

"行。"夏知许也跟了上来。

尼斯的老城像极了八十年代欧洲旧画报，老城里的建筑物色彩大多是淡红色或是橙色，在阳光下如罩上一层复古的滤镜，充满了童话的意境。夏知许和许其琛走在建筑之间，脚下的小道由一块块狭长的石板铺成，有种踩在钢琴琴键上的错觉。

空气里弥漫着花香，有浓郁的玫瑰味，又掺杂着一丝丝丁香味，令人沉醉。

夏知许的脸上挂着淡淡的笑意，他侧过头，看着满脸惬意的许其琛："还没去海边就这么开心？"

许其琛侧过脸看了看他，微笑道："毛姆在《人生的枷锁》里写过这样一句话——两个人肩并肩走路，本身就是一件愉快的事。"

"卡夫卡也说过一句话。"夏知许两手揣在裤子口袋里，脚步停了下来，许其琛也跟着停下。

"走在路上的时候，给好朋友唱首歌会更愉快。"夏知许露着小虎牙说完了自己的"引用"。

"鬼扯，卡夫卡从来没说过这句话。"许其琛朝他的小腿骨踢了一脚。

被命中的夏知许猫着腰笑着揉了揉自己的胫骨："哎，这就是你不对了，卡夫卡一辈子说了那么多话，难不成你都知道啊？"

"我就是知道。"许其琛语气固执得像个孩子，撇了撇嘴，"你平常根本不会看卡夫卡的书，工科男。"

"你还真是充满了文科生的优越感啊。谁说我没看过？我真看过。"夏知许站直了身子，"你不记得了，还是上高二的时候找你借的，《城堡》。"

他望着许其琛在阳光下分外通透的瞳孔，嘴唇微微张开，用他特有的美好音色念出书中的经典语段：

"没有一处安静的地方可供我们谈情说爱，因此我希望有一座坟墓，又深又窄，在那里我们紧紧地搂抱着，难解难分，我的脸藏在你的怀里，你的脸藏在我的怀里，没有人再会看到我们。"

他顿了顿，勾起嘴角："写得真好啊，我高中就记下了。"

"记性不错嘛，工科男。"许其琛笑着调侃。

“没有，只是太喜欢这一段了。”

许其琛点了点头：“虽然我去哪儿都好，但比起坟墓和棺材，我更喜欢蓝天和大海。”

夏知许仰着脖子看着他，然后笑了。

两个人坐电车来到了当地一家有名的餐厅，店面不大，外墙刷着姜黄色的漆，海岸边的阳光一照，暖融融的，里头总共只有十几个位子。许其琛询问了一下店员，店员非常热情：“你们真是幸运，还有最后一个位子没有预订。”

在店员的推荐下，两个人点了招牌羊肩肉、鸭胸、海鲈鱼和扇贝沙拉。许其琛虽然看着瘦，但食欲总是很好，吃东西的时候总是会不经意露出很满足的表情，夏知许把自己手边的羊肩肉切成小份，放到许其琛的面前：“多吃点儿。”

饱餐一顿后，许其琛整个人都懒散起来，在阳光下眯着眼：“我们去游泳吗？”

夏知许笑着揽住他的肩：“等一下，我带你去个地方。”

“你还做了攻略啊。”许其琛调侃道。

“那必须的。”

夏知许带着许其琛上了电车，带着他来到了 Rossetti（罗塞蒂）广场。这里是老城区的中心，到处都是游客和行人，亚洲面孔在这里并不算常见，许其琛总是有一种被人观察的感觉。

夏知许抓住他的手臂，嘴里还念念有词：“小心走丢了啊。”

他只好低着头，默默跟着夏知许。

前面的人脚步停了下来，许其琛也跟着停下。

“到了。”

许其琛听罢抬头，眼前是一家人气不错的冰激凌店，长长的招牌上写着 Fenocchio Maitre Glacier，临街的玻璃壁橱里陈列着琳琅满目的冰激凌，色彩各异，口味繁多。

“哇……”许其琛忍不住凑上去，站在了玻璃橱窗的跟前，“这也太多了吧。”

夏知许见他的眼睛都在发光，得意地勾起嘴角：“足足有九十六种口味，够你吃了。”

“九十六种？”许其琛难以置信地回头看向夏知许，这可把他难倒了，“逼死选择困难症患者啊。”

“你可别吃太多，回头凉着胃。”夏知许走上前，“你最多只能挑三个球，要是想吃明天再来。”

“好吧。”

橱窗很长，许其琛从这头走到了那头，来回两趟，像个孩子一样弯着腰仔仔细细地看着不同口味上的小标签，最后神色艰难地挑出了三个口味。

“请给我三个球，薰衣草味、蜂蜜松子味，还有玫瑰胡椒味。”许其琛用流利的法语对着店员点单，继而又想起身后的夏知许：“你呢，你吃什么？”

“海盐柠檬。”夏知许两手插在口袋里，看着他。

这四个字一下子勾起了许其琛的回忆，他飞快地转过头，又追加了一个球，手指轻轻地在玻璃橱柜上敲打着，等待自己的冰激凌。

“您好，您的冰激凌。”店员拿了两只小碗递给许其琛。

许其琛说了谢谢，接过冰激凌一看：“我刚刚忘记跟她说了，她把我和你的装一块儿了。”

夏知许拿过一个小碗：“把什么味的装一起了？”

夏知许低头看了看，淡粉色和奶黄色的冰激凌球挨在一块儿，圆滚滚地挤在同一个纸碗里，贴着的边界相互融化，两种柔和的色彩渐渐模糊了边界。

“玫瑰和柠檬啊。”

尾音被夏知许拖得很长。

许其琛用手里的小勺挖了点儿紫色的冰激凌球：“啊……那个……就有点儿想吃玫瑰味了，不过不是玫瑰生姜，是玫瑰胡椒。”

夏知许笑起来，见许其琛皱了皱眉头，问道：“怎么了，不好吃吗？”

许其琛戳了戳手里那个紫色的球：“挺好吃的，就是有股空气清新剂的味道。”

“我尝尝。”

“啊？”

夏知许就着他的勺子吃了一口薰衣草味的冰激凌：“嗯……还行，不过确实香过了头。”

许其琛跟着夏知许走出了老城区，沿着英国人大道走到了海岸边。

“我们下去吧，那边有岩石，可以坐在上面。”

许其琛点点头，任由夏知许领着自己朝海岸边的岩石丛走去，这边到处都是米白色的巨大岩石，有几对穿着泳衣的情侣坐在上面享受着午后的阳光。夏知许迈着长腿一步跨上了一块还算平坦的石头，然后朝后面伸手，想拉一把许其琛，他却固执地非要自己上去。

“我又不是小孩子。”许其琛说完，跳到了夏知许的身边，差点儿没站稳，手里的冰激凌也差点儿飞出去。

夏知许毫不留情地嘲笑他，见他不需要自己帮助，便自顾自地往下走着，直到找到一块绝佳的“观景场地”，隐蔽又舒服，这才坐了下来。

许其琛跟在后面一块一块踩过岩石就好像是小时候玩跳房子，觉得很有意思，到了目的地，便一屁股坐到夏知许的身边，有意无意地撞了一下他的肩膀。

“撞我干吗？”夏知许又撞了回去。

“又不是故意的。”许其琛正要撞回去，夏知许却提前往后一躲，害得许其琛差点儿摔倒。

“你怎么这么阴险？”许其琛坐正了，瞪了他一眼。

夏知许笑个不停，毫无诚意地向许其琛道歉，然后又吃了一口快要化掉的冰激凌。

许其琛瞟了一眼他的纸碗，两种颜色渐渐地融在了一起，浅粉和奶黄，变成了某种梦幻的渐变色，花卉和水果的香甜气味被奶油催化，轻缓地飘浮在被海水浸泡的空气里。

“喂，我都没吃你碗里的，你一个人都快吃完了，玫瑰胡椒味的怪不怪？”

许其琛的语气不怎么好，夏知许以为他还在生气，把刚舀的一勺冰激凌塞到嘴里，咬着勺子含混地说：“你尝尝。”然后把碗递到了他的面前。

许其琛看了一眼碗里半融化的冰激凌，捏着勺子的手伸到了半空中，又停顿下来，撞了一下他的肩膀。

夏知许深黑色的眼睛看着他。

“看着我干什么，这叫以其人之道，还治其人之身。”

“你倒是记仇。”

“我会记一辈子。”许其琛慢悠悠地从夏知许的碗里挖了一勺还没化透的冰激凌，放进嘴里。

许其琛转身就下了岩石堆，在海滩上捡了一块石头，朝着夏知许扔过去，还沉浸在调戏氛围中的夏知许敏捷地侧了侧身，险险躲了过去。

两个人在海滩上追着跑了一阵，最后以许其琛气喘吁吁地被夏知许摁在海滩上结束战斗。

“松开我。”

“就不。”夏知许抓着他的两只手腕。

许其琛皱眉：“石头硌得慌。”

夏知许看着他委屈的表情，只好作罢，将他拉起来：“行，我们回去换泳衣，等会儿来游泳。”

换好泳衣的许其琛站在海滩边，望着正在游泳嬉戏的游客，还有跃跃欲试地朝着湛蓝海水走去的夏知许。

兴致勃勃的夏知许回过头，发现许其琛还站在原地：“怎么不走啊？”

许其琛只穿了背心和泳裤，露出的胳膊和脖子在太阳底下白得发光，他的表情有些局促。

“其实……我不会游泳……”

夏知许先是愣了愣，然后弯下腰，笑个没完。

“哈哈哈……你不会游泳？真的假的？哈哈哈……”

“真的。”许其琛走过去，踢了一脚夏知许的腿，“不会游泳怎么了？”

夏知许摇着他的肩膀：“你可是在江边长大的孩子啊。”

“那……那怎么了？又不是在江里长大的……”许其琛的声音越来越小。

夏知许揽着许其琛，把自己的泳镜往头上一推，连带着头发一起立起来，看起来阳光又帅气。

“来，叫声师父听听。”

许其琛瞥了他一眼：“干什么？”

“我教你游啊。”

“不叫。”许其琛拨开他搭在自己肩上的手，“我不学也不会少块肉。”

“别啊，都来海边了不游泳多没劲啊？”夏知许放弃了逼迫许其琛叫师父的想法，连拖带拽地拉着许其琛走到浅海区域，顺便租了个泳圈。

“我不要这个。”许其琛有些嫌弃这个桃红色的泳圈。

“不行，不然会有危险的，就这一个了，你将就将就。等你学会了，就用不着这玩意儿了。”

夏知许又是哄又是骗的，终于把许其琛弄到了水里。许其琛的皮肤本来就白，阳光一照，再泡到澄蓝的海水里，变得亮闪闪的。

进了水里，许其琛的心情也好起来，虽然只是浅滩，海水不过到他的肚子，但他还是觉得很舒服，忍不住半蹲下来，手臂欢快地在海水里摆动着：“我应该先学什么？”

“先……”夏知许用手拨开海水来到他面前，“先学憋气吧。”

有道理。许其琛点点头，毕竟在水下是不能呼吸的，自己的肺活量一向差劲：“怎么憋，直接捏着鼻子进到水里？”

夏知许一本正经地点点头，自己先捏住了鼻子，许其琛也有样学样，捏住鼻子鼓起嘴，一鼓作气地埋头进了水里。

看着许其琛学得这么认真，根本没打算进到水里的夏知许忍不住笑起来，海水澄澈得透明，夏知许几乎可以清清楚楚地看见许其琛深棕色的发丝在海水中软软地浮动。

抱着恶作剧心情的夏知许凝视着海水中的许其琛，被海水蒙上一层晶莹和淡蓝光泽的他像极了传说中的人鱼，原本还算平静的海面冒出了几个连续的泡泡。

看来他是坚持不住了。

趁着许其琛还没放弃，夏知许一头扎进水里，透过海水看着他紧闭着的双眼，有趣得不像话。

学游泳比想象中难多了。

两天后，许其琛得出了这样一个结论。

而专属教练夏知许得出的结论是，许其琛这个人还真是倔到不行。

“你把腿抬高一点儿，没事，我给你扶着，对，手臂划水，对……”

夏知许站在浅滩里，抓着俯身在水里的许其琛的小腿，辅助他打水。

许其琛又尝试了很久，觉得自己差不多可以试着游一阵子了，于是仰起头对夏知许说：“你别在这儿了，自己游吧，冲浪也可以。”

“真的不用我了？”夏知许挑了挑眉，表示怀疑。

“嗯。”许其琛从水里站起来，湿漉漉的，推了夏知许一把，“你去玩吧。”

夏知许看着湿漉漉地低头抹脸的许其琛，哪儿也不想去，什么都不想玩，但夏知许知道许其琛是不好意思自己一直在这里帮他，现在要是还在这儿待着，只会让他觉得不自在。

“那好吧，我可真走啦。”夏知许把嘱咐了上百次的话重复了一遍，“只能在浅滩这边游，要套着游泳圈，有什么事就对着手表叫我，千万别自己瞎逞能……”

“我知道了，你真的好麻烦。”

“我这不是不放心你吗？”夏知许这才不情不愿地离开了。

夏知许其实也没离开多远，因为实在不放心。他按了按自己的智能手表，对着里面的 0901 说道：“时刻监控他的状况，一旦出现异常，第一时间告诉我。”

“好的，管理员。”

只剩下自己一个人，许其琛终于安心独立地试着游泳，按照夏知许教给他的技巧，在水里反复地练习。

熟能生巧这个词还是有一定道理的，呛水呛到鼻子发红的许其琛终于有了一点点开窍的感觉。

“0901，你觉得我刚刚那一段游得怎么样？”

“许先生，我觉得您快入门了。”0901 面对许其琛总是非常友好。

“我也有这种感觉，我再多游几次说不定就学会了。”许其琛忽然信心十足，一头扎进水里半天也不出来。

等到许其琛终于可以独自一人完整地游过一段浅滩之后，他心情愉悦地从水里出来，想要第一时间让夏知许知道自己的努力成果，可是他的眼睛看不太清，于是问 0901：“你们家管理员呢？”

“我刚刚向他报告，您的身体出现了缺水的现象，他现在去给您买水了，大约两分钟内会过来。”

“这样啊……”许其琛确实觉得有些渴，抬头望了望。

“管理员距离您直线距离七百八十六米，三点钟方向。”

许其琛按照 0901 的指示望过去，果然看见了夏知许，他的黑头发和高个子在一众游客之中格外显眼。

许其琛深一脚浅一脚地朝那个方向走了没几步，就发现，手拿着冰饮的夏知许被几个穿着比基尼的金发美女拉住了，硬生生地给拽到了沙滩排球的球网下面，就连手里原本即将拿给他的冰饮都被抢走了。

“她们在干什么？”许其琛不自觉地皱起了眉头，一面问 0901，一面走向事发地。

“根据她们的话还有行为……我猜她们是邀请管理员一起参与沙滩排球。”0901 猜测道。

夏知许不是说要给他买水吗？怎么玩起来了？

“许先生，您的血液黏稠度增加，血压也在升高，你现在处在……”

许其琛直接给出了 0901 生理分析的结果：“生气状态。”

“是的，许先生，您可以通过深呼吸平复您现在的情绪，请您……”

许其琛面无表情地看着不远处的那个人：“你们家管理员说过，坏情绪一定要发泄出来的。”

0901 几乎没怎么见过这样的许先生，觉得这样的许先生并不好惹。它透过手表上的微型摄像头，看着许其琛一步一步走向了管理员。

夏知许觉得特别苦恼，被这几个外国女人拽着来了这里，她们还死活塞给自己一个排球，躲都躲不开。他用英语说了半天，这些人就像是听不懂一样，自顾自地拽着他。他正推开一个抓住他的胳膊的女人，就看见了朝他走来的许其琛。

对方一步一步走到了他的面前，直接抓住了正要搂上夏知许的胳膊的女人的手腕。

“你来了，我正要给你送水，就被她们……”

夏知许还没说完，就看见许其琛微微歪了歪头，低头看着那个女人，用流利的法语说了几句话，然后抓着夏知许往外走。

几个女人又追了上来，许其琛停下脚步，皱着眉转头看了她们一眼，又说了一句话，然后头也不回地拉着夏知许离开了这里。

许其琛的气场把夏知许都吓了一跳，夏知许被许其琛一路拉着走到了海滩边，找了两张空的沙滩椅坐下。夏知许有些慌，小声地跟 0901 说：“你刚刚怎么不提醒我啊……”

0901 还是那副语气，现在看来倒有点儿看热闹不嫌事大的感觉：“对不起，管理员，我刚才在做深度搜索，忘记您了。”

“0901，别理他。”仰头倒在沙滩椅上的许其琛闭着眼开口。

“是，许先生。”0901 很快回复。

被完全忽略的夏知许感到不满，但又不敢太大声："不是，到底谁是你的管理员啊？"

0901 一本正经地说道："管理员，是您说的，许先生拥有最高权限。"

夏知许哑口无言。

看着许其琛懒洋洋地躺在沙滩椅上，夏知许知道他不太开心："都是我不对，我应该直接把她们都甩开，什么绅士风度都是扯淡……"

许其琛还是一动不动地躺着，另一只手臂搭在自己的脸上，遮住眼睛。

不过他倒是听进去夏知许认错的话了。

夏知许确实没做什么，总不能像个恶霸一样把女孩儿甩开。

夏知许见他对自己不理不睬，从沙发椅上站起来，换了个话题："你刚刚跟她们说什么了？"

许其琛不回答，夏知许又缠着他问了好几遍，把他都给问烦了。

"我就说：这是我的游泳教练，花了很多钱请的，没工夫跟你们在这儿耗。"

终于等到许其琛回答的夏知许长长地"哦"了一声："可我刚刚让 0901 开启了同翻功能，我听到的好像是……"

许其琛猛地抬起头，站起来就准备离开。

夏知许见状："哎，哎，哎……别走，我知道了，一定是 0901 骗我的，这个鬼 AI 整天不安好心，别气，别气，"他像哄小孩一样拍着许其琛的背，"都是我不对，都是我的错。"

全程旁听的 0901 内心并没有什么情感波澜，但它想到了自己之前搜索词汇时看到的另一个网络流行语——背锅侠。

到了阳光底下，许其琛的眼睛不自觉地眯起来，看向夏知许的时候眼神显得更冷，夏知许忍不住笑了。

快要离开尼斯的那一晚，夏知许租了一辆自行车，带着许其琛沿着英国人大道骑行。

两岸的棕榈树在夜风中轻轻地摆动着叶子，被迫坐在后座上的许其琛手抓着夏知许的座椅边，维持自己的平衡，这样的场景实在是太过熟悉。

夏知许带着许其琛来到了当时在第一个世界的那处隐蔽的礁石边，把车停到一旁，两个人并肩坐在遍布鹅卵石的海滩边。

"感觉上一次坐在这里，就好像是昨天的事。"许其琛感慨地望向没有边际的大海，湿润的海风推着潮汐缓缓涌上来，又慢慢地沉下去，回到大海的怀中。

海上的夜空像是一块巨大的深蓝色丝绒，上面几乎看不见太多星光，只有一轮明亮到让一切都黯然失色的月亮，清寒的光在黑暗中晕开。

“月亮和太阳的光，果然是不一样的。”许其琛缓缓地开口，“月亮是冷的，太阳却很暖。”

他沉默了一会儿，又笑了一声，似乎觉得这样的讨论意义不大：“不过说起来，月亮的光芒本来就不属于自己，全部都来源于对太阳光的反射，一旦太阳消失，月亮也就熄灭了吧。”

夏知许侧过脸：“你就是月亮，我绝对不会让你熄灭的。

“我会一刻不停地燃烧自己，让你发光。”

图书在版编目（CIP）数据

旧雨重落 .2 / 稚楚著 . — 武汉 ：长江出版社，
2023.1
ISBN 978-7-5492-8617-1

Ⅰ . ①旧… Ⅱ . ①稚… Ⅲ . ①长篇小说—中国—当代
Ⅳ . ① I247.5

中国版本图书馆 CIP 数据核字（2022）第 226602 号

旧雨重落 .2 / 稚楚 著

出　　版	长江出版社 （武汉市解放大道 1863 号）
出版统筹	曾英姿
选题策划	黄　欢
市场发行	长江出版社发行部
网　　址	http://www.cjpress.com.cn
责任编辑	江　南
印　　刷	湖南天闻新华印务有限公司
版　　次	2023 年 1 月第 1 版
印　　次	2024 年 6 月第 3 次印刷
开　　本	710mm×980mm　1/16
印　　张	18
字　　数	295 千字
书　　号	ISBN 978-7-5492-8617-1
定　　价	52.80 元

9月1日
7点39分
Soul
Rotation
当次有效，下车作废
729路
公交车

Soul
Recognition